Anna Hellmich

Frostglühen

Dark Urban Romantasy

Anna Hellmich

FROSTGLÜHEN

FSC
www.fsc.org
MIX
Papier aus verantwortungsvollen Quellen
Paper from responsible sources
FSC® C105338

Frostglühen
Erste Auflage Januar 2025

Verlag: BoD · Books on Demand GmbH, In de Tarpen 42,
22848 Norderstedt, bod@bod.de
Druck: Libri Plureos GmbH, Friedensallee 273, 22763 Hamburg
ISBN: 978-3-7693-3969-7

Umschlaggestaltung, Kapitelzierden und Charakterkarten:
Yola Stahl, https://www.yola-stahl.de/design

Grundlektorat und Buchsatz:
Martina Volnhals, https://www.martinavolnhals.de/lektorat

KLAPPENTEXT

Vampire in Berlin!

Lydia, 500 Jahre alt, hat eine klare Jobbeschreibung: Regelverstöße bei Ihresgleichen zu ahnden, damit die Menschen weiterhin nicht mitbekommen, wer da ihre Stadt bevölkert.

Als sie auf einer Vernissage der Künstlerin Sophie begegnet, sehnt sich die Vampirin zum ersten Mal nach langer Zeit danach, sich einem Menschen zu offenbaren. Zwischen den beiden funkt es heftig. Kompliziert wird das Ganze, als ausgerechnet Lydias Clanführer ein außergewöhnliches Interesse an seiner Jägerin zeigt …

Content Notes

Die Content Notes findest du im geschützten Bereich auf meiner Website (https://www.anna-hellmich.de).

Einfach den QR-Code benutzen:

Passwort: Damian

Für NETTE,

die mich von Anfang an ermutigt hat,

diese Geschichte zu erzählen.

PROLOG

Ich hasse diese Stadt. Sie ist laut.

Was die Menschen als ein vertrautes Hintergrundrauschen empfinden mögen, klingt für mich wie ein Aufbrüllen: Hupende Autos, deren Fahrer ungeduldig auf das Weiterfließen der langen Schlange aus Blech warten; die Sirenen von Feuerwehr und Krankenwagen, wer weiß aus welchem Anlass jetzt wieder; wummernde Bässe, deren Melodien in der allgemeinen Kakofonie kaum auszumachen sind; kreischende und juchzende Kinder; bellende Hunde; das Sirren der Fatbikes vom Lieferservice, wenn sie knapp an deiner Schulter vorbei sausen; und wie ein Schleier aus Klang das Auf und Ab von tausend Stimmen, die alle zur gleichen Zeit etwas zu sagen haben. In diesem Gewebe aus unterschiedlichen Klängen bin ich ein Faden, der sich leise und unauffällig einfügt.

Üblicherweise jage ich im Sonnenlicht. Die Nacht hat ihren eigenen Reiz, aber da sind zu viele Jäger unterwegs. Meine Opfer sind am einfachsten am Tag aufzufinden, wenn sie ruhen oder sich verbergen; in einer abgedunkelten Wohnung, in einem einsamen Probenraum, in einem Liebesnest oder Szene-Café im Kellergeschoss, oder an ihren Arbeitsstellen, wenn sie gelernt haben, sich vor der Sonne zu schützen.

Ich jage Meinesgleichen: Vampire. Nicht wahllos, nicht zufällig, sondern zu jedem meiner Opfer gehören eine Kennziffer und ein Handyfoto, das sie verrät. Genauer, das Foto verrät mir ihre Schwachstelle. Es zeigt, wen sie so sehr lieben oder begehren, dass sie unser oberstes Tabu gebrochen haben: Niemals, unter keinen Umständen, zu verraten, was sie sind. Wer dieses Tabu verletzt, gilt als Abtrünniger und ist somit für die Jagd freigegeben.

Jäger der Nacht sind wir alle. Aber am tödlichsten sind wir, die am Tag jagen: die Beauftragten der Clans.

Die Holztür wird mit Schwung aufgestoßen und schlägt mit einem Krachen gegen die Hauswand. Gerade noch rechtzeitig springe ich zurück. Meine Zielperson scheint sich für einen Frontalangriff entschieden zu haben. Er prallt gegen mich, stöhnend vor Schmerzen, weil ihm das Sonnenlicht zusetzt. Ich unterdrücke einen Fluch. Aber meinem Gegner fehlt das harte Training, das ich als Jägerin des Clans durchlaufen habe. Außerdem unterschätzt er meine Kraft. Mein Unterarm drückt gegen seine Kehle und zwingt ihn zurück, in den Atelierraum hinein. Ineinander verkeilt rollen wir über den Steinfußboden. Schritte erklingen hinter uns: Seine Freundin versucht zu fliehen. Sie müssen das so abgesprochen haben; er opfert sich, damit sie entkommt.

Mit der rechten Hand ziehe ich einen Dolch aus dem Messergurt, der unter meiner Kleidung verborgen war, und schleudere ihn nach dem Mädchen. Ein dumpfer Aufprall, die Schritte verstummen. Der Vampir bäumt sich unter mir auf. Meine Handkante schlägt gegen seinen Kehlkopf. Sein Aufschrei endet in einem erstickten Wimmern.

Aus meiner Tasche angle ich die Kanüle und ramme sie ihm in den Hals. Dieser Tod wird hässlich sein.

Meiner Zielperson den Rücken zuwendend, eile ich zu der jungen Frau und überprüfe ihren Puls. In wenigen Sekunden wird sie tot sein. Das Blut strömt aus ihr heraus wie aus einem angestochenen Beutel. Nicht nötig, zu warten, bis es zu Ende ist; schon jetzt käme jede Hilfe zu spät. Ihre Kehle bleibt unangetastet. Arbeit und Vergnügen sind bei mir strikt getrennt.

Das qualvolle Röcheln des Vampirs, während das Gift seinen Körper zerfrisst, lässt mich innerlich erschaudern. Es wird nicht leichter, ganz im Gegenteil, da können die anderen behaupten, was sie wollen. Wir Jäger löschen Existenzen aus, ohne einen Hauch von Zweifel zu empfinden. Aber ihr Vergehen kann ich nicht mit ansehen.

In der Straßenbahn fällt mir ein, dass ich die Tür einen Spalt offen gelassen habe. Ein Versäumnis, das Probleme mit sich bringen kann, falls mich jemand gesehen hat. Doch normalerweise sind die Menschen hier wenig neugierig.

Mein Blick folgt dem trägen Fluss der Autos im Feierabendverkehr. Die Menschenmassen verbergen mich zuverlässiger als jede Glamourmagie.

Ich hasse diese Stadt, und ich liebe sie.

Ich, die Jägerin, bin ein Teil von ihr.

I

DAS BILD

SOPHIE

Sie hat etwas von einer Kriegerin oder Geheimagentin. Ihr schlanker Körper steckt in einem stinknormalen karierten Tweedkleid, anthrazitfarben und schwarz mit cremeweißen Akzenten, das an der Taille weit wird und ihr bis knapp übers Knie reicht. Sie wirkt in diesem Midi-Kleid wie eine viktorianische Lady, sittsam und verrucht zugleich, wie ein Charakter aus einem Anne-Rice-Roman. Ein weißer, gekräuselter Blusenkragen schaut über den eckigen Ausschnitt hinaus und betont die Wölbung ihrer Brüste. Ein Ledergürtel und gefährlich aussehende schwarze Pumps runden den Look ab.

Mit faszinierender Deutlichkeit ist jedes Detail an ihr erfasst. Der Ausdruck in ihren dunklen Augen jagt mir beim Betrachten des Bildes jedes Mal eine Gänsehaut über den Rücken. Wolodjas Bilder wirken, als würden die gemalten Personen im nächsten Moment aus der

Leinwand herausspringen und zu reden anfangen, so lebendig sehen sie aus.

Niemand weiß, wer ihm für die ›Frau in Schwarz‹ Modell gestanden hat. Wolodjas neue Freundin, von der in letzter Zeit alle sprachen, war es wohl nicht; sie habe ich bisher noch nicht kennen gelernt.

Jedenfalls ist es pure Magie, was er da geschaffen hat. Ehrlich gesagt, bin ich längst mehr als ein bisschen verliebt in die geheimnisvolle Fremde. Nicht, weil sie einen tollen Körper hat, sondern weil ich in ihren dunkelbraunen Augen versinke. Ihr Gesicht ist dreieckig, fast ein wenig zu schmal, ihr Mund voll und rot, und das Feuer in ihrem Blick brennt sich durch sämtliche Schichten meiner Seele. Ihre langen, fast schwarzen Haare fallen wie ein glänzender Fächer über ihre Schultern, und ich möchte mit den Händen darüber streichen und erfahren, ob die so seidig sind, wie sie aussehen.

Der Pfirsichton ihrer Haut kontrastiert mit ihrer dunklen Kleidung. Sie hat ein paar verirrte Sommersprossen auf der Nase, die mich zum Schmunzeln bringen, weil bei mir genau an dieser Stelle auch welche sind, aber viel mehr als bei ihr.

Dieses Bild hätte ich allzu gerne in meinem Zimmer, um es jeden Tag anschauen zu können. Irgendein glücklicher Mensch wird es für viel zu viel Geld erwerben und seiner Sammlung hinzufügen. Mir bleibt nur, mich für immer nach der Unbekannten zu sehnen und mir heimlich auszumalen, wie sie nachts an mein Fenster klopft und um Einlass bittet.

Wahrscheinlich besser so, wer weiß, ob ich mein Zimmer jemals wieder verlassen würde, wenn dieses Bild dort hinge.

»Hey, Sophie, wir müssen los. Verabschiede dich von deiner Angebeteten!« Katrina, einer meiner Mitbewohnerinnen, wird langsam ungeduldig. »Dieser Storeroom ist wirklich am Ende der Welt. Komm jetzt, meine Schicht beginnt bald!«

Widerwillig löse ich mich von dem Anblick meiner Traum-Frau und folge Katrina zum Ausgang. »Wie gut, dass wir die Bilder aus dem Atelier überhaupt mitnehmen durften. Stell dir vor, die Polizei hätte sie beschlagnahmt!«

»Ach Unsinn, das hätte sein Galerist niemals zugelassen.«

»Auch wieder wahr.«

Katrina parkt aus und fädelt sich in den dichten Verkehr auf der Pablo-Picasso-Straße ein. Nichts als Grau in Grau gibt es hier zu sehen, ein trister Tag im Januar in einem Jahr, das alles andere als gut begonnen hat.

»Wann kommt Manu heute nach Hause?«, möchte ich wissen.

»Irgendwann später, sie haben mal wieder Personalmangel.«

»Dann treffe ich mich jetzt noch mit Sylvie.«

»Voll okay. Manu ist schon groß, Sophie. Sie wird irgendwann darüber hinwegkommen.«

»Hier, lies das mal: ›Giftmord in Niederschönhausen‹. Tschaikowskistraße, ist das nicht die Ecke, wo eure Party am Samstag stattfinden soll?« Meine Schwester Sylvie hält mir ihr Smartphone vor die Nase.

»Mann, es geht um Wolodja. Alle wissen schon Bescheid.«

Meine Schwester reißt die Augen auf. »Dein Künstler-Kumpel? Was ist mit eurer gemeinsamen Vernissage?«

»Findet trotzdem statt. Es ist genug Platz dort im Atelier. Er hätte nicht gewollt, dass sie seinetwegen verschoben wird.«

»Müssen da denn keine Untersuchungen mehr durchgeführt werden, Spurensicherung oder so was?«

»Bis heute Abend werden die Räume spätestens freigegeben. Dann haben wir immer noch den ganzen Freitag Zeit, um die Bilder aufzuhängen.«

Sylvie schnaubt.

Ich schmunzle in mich hinein und trinke einen Schluck von meinem Chai, während sie mich über den Rand ihrer Kaffeetasse hinweg kritisch mustert.

Wir sitzen in einem von Sylvies Lieblingscafés an der Schönhauser Allee. Meine Schwester macht zwar ihren Master in Charlottenburg, aber sie besucht mich nur zu gerne in meinem Kiez, auch wenn der schon größtenteils gentrifiziert ist, wie sie nicht müde wird zu sagen. Sylvie ist gleich nach dem Abi nach Berlin gegangen, um Architektur zu studieren. Sie kennt die Stadt schon seit ein paar Jahren. Ich hingegen brauchte erst einmal eine Pause von der ganzen Lernerei und habe acht Monate mit Work & Travel in Neuseeland verbracht, bevor ich mir eine WG und einen Job im Prenzlauer Berg gesucht habe, um malen zu können.

Sylvie schaut aus dem Fenster und betrachtet das Treiben auf der Straße, in Gedanken versunken. Ihre orangeroten Haare haben dieselbe Farbe wie meine. Wir werden deshalb oft für Zwillinge gehalten. Wie Zwillinge, die um ihre Individualität ringen, haben wir unsere Lockenpracht völlig unterschiedlich gestaltet. Mein Haarschopf wird durch einen Undercut gebändigt. Sylvie hat heute ihre langen Locken zu einer eleganten Hochsteckfrisur aufgetürmt. Ihre haselnussfarbenen Augen, in diesem Licht beinahe grün, blicken verträumt drein.

Das liebe ich an unserer Schwestern-Zeit: unser gemeinsames Schweigen. Weder fühlt es sich unangenehm an, noch müssen wir die Stille krampfhaft füllen.

Schließlich wendet mir Sylvie ihr Gesicht wieder zu und fragt: »Wie geht es dir mit Wolodjas Tod? Trauerst du um ihn?«

»Nein, ich habe ihn ja kaum gekannt. Aber Manu war richtig eng mit ihm befreundet. Sie ist total fertig. Was uns alle schockiert hat: Seine Freundin ist spurlos verschwunden. Die Polizisten haben Manu gefragt, ob Sara ihn getötet haben könnte. Aber so ein Blödsinn. Die beiden waren ein Traumpaar, sagt sie.«

»Er muss sehr begabt gewesen sein.«

»Ja, das war er. Ich könnte mir seine Bilder stundenlang anschauen. Wahrscheinlich wird der Preis dafür jetzt durch die Decke gehen.«

Sylvie entgeht der sehnsüchtige Unterton in meiner Stimme nicht. »Hättest du eins für dich kaufen wollen?«

»Vielleicht. Aber das ist jetzt sowieso vom Tisch. Die waren vorher schon zu teuer für mich. Jetzt wird es einen Hype geben.«

»Wer bekommt das ganze Geld?«

»Das ist eine gute Frage. Wolodja hat wohl Verwandte irgendwo in der Ukraine. Da ist noch vieles ungeklärt.«

»Und die Freundin wird polizeilich gesucht.«

»Ja. Katrina und Manu glauben, dass Sara vielleicht entführt worden ist.«

»Aber warum das alles? Nach dem, was du mir erzählt hast, war er Künstler und sie studiert BWL oder irgendetwas in der Art. Wer sollte etwas gegen die beiden haben?«

»Das weiß niemand. Deswegen sind die von der Polizei auch ratlos, zumal sie einfach nicht herausfinden, was für ein Gift es gewesen ist, das ihn so dehydriert aussehen ließ.«

»Spooky.« Sylvie schüttelt sich.

»Sag mal, kommst du denn jetzt eigentlich mit am Samstag?«, möchte ich wissen.

Meine Schwester verzieht verlegen ihr Gesicht. »Nein, Süße. Tut mir super leid, aber ich kann auf diese Projektgruppe nicht verzichten. Stell dir vor, die Heckmann hat uns eine Ausschreibung an Land gezogen, wir können unsere Entwürfe dort einreichen! In echt!« Sie schafft es, gleichzeitig zerknirscht auszusehen und leuchtende Augen zu bekommen, als sie mir von ihrer legendären Dozentin erzählt.

Das kommt nicht gänzlich unerwartet; ich bin enttäuscht, aber auch ein bisschen amüsiert. Die Liebe meiner Schwester zur Architektur ist so groß, es ist nicht sicher, ob da jemals ein menschliches Gegenüber Priorität haben kann. »Du kannst auch später noch dazustoßen. Ihr werdet doch nicht bis zum Morgengrauen an eurem Entwurf feilen.«

»Mal schauen, du Geschöpf der Nacht. Es gibt auch Menschen, die ihren Schlaf brauchen, weißt du?«

»Schlafen wird überbewertet«, kontere ich halbherzig. Wahrscheinlich wird Sylvie bei unserer Vernissage nicht auftauchen. Dennoch hat sie ein Herz aus Gold und würde mich nie im Stich lassen, wenn es darauf ankommt.

Auf dem Weg zu unserer Wohngemeinschaft im dritten Stock gerate ich ins Schwitzen. Meine Schicht in der Whiskybar wartet auf mich, vorher soll unbedingt noch eine Skizze für ein Bild fertig werden. Meine Eile auf der Treppe hat mir Seitenstiche beschert. Kurz bleibe ich stehen, um zu verschnaufen.

Manu kommt mir entgegen, den Mülleimer in der Hand, sieht mich da stehen und lacht. »Na, die alte Frau ist doch kein D-Zug? Du musst mal dein tägliches Tempo drosseln, Sophie, sonst bekommst du noch einen Herzinfarkt.«

»Hallo Manu, schön, dich zu sehen«, keuche ich.

»Auf dem Herd steht Gemüsesuppe, die ist noch warm. Kannst dich gerne bedienen, bevor du in deinem Zimmer verschwindest.«

»Danke, du bist ein Schatz.« Das Suppen-Angebot liefert mir den perfekten Vorwand, meine Mitbewohnerin kurz an mich zu drücken, ohne dass sie es als Geste des Mitleids interpretiert.

Manu erwidert die Umarmung und flüstert: »Danke, du auch.« Dann läuft sie schnell die Treppe hinunter, aber ich habe das feuchte Glänzen in ihren Augen gesehen. Meine Mitbewohnerin lenkt sich mit Hausarbeit ab, seit sie vorgestern die Nachricht von Wolodjas Tod erhalten hat.

Oben angekommen, ziehe ich als Erstes meine Schuhe an der Tür aus und stelle sie ordentlich aufs Schuhregal. Manu und Katrina haben nie ein Thema daraus gemacht, aber die beiden mögen es lieber, wenn der Straßendreck draußen bleibt.

Im Flur hänge ich meine Jacke an die Garderobe und achte darauf, nicht mit meinen Socken an einem Splitter hängen zu bleiben. Die alten, kaputten Dielen waren am Anfang gewöhnungsbedürftig.

Die Suppe riecht köstlich; ich nehme mir eine große Portion und setze mich damit an unseren ramponierten Küchentisch. So viel Zeit muss sein.

Als Manu hereinkommt, habe ich schon die Hälfte meiner Suppenportion in mich hinein geschlungen. »Na, schmeckt es?«, erkundigt sie sich mit einem Lächeln. Unter ihren Augen liegen dunkle Schatten. Meine Mitbewohnerin ist nicht halb so unbekümmert, wie sie sich gibt. Wolodja hat sich mit ihr ein Atelier geteilt, die beiden haben sich dort beinahe jeden Tag gesehen. Dass sie ausgerechnet am Dienstag nicht dort war, am Tag seines Todes, wird sich Manu wahrscheinlich immer vorwerfen. Die Befragung durch die Polizei hat es auch nicht besser gemacht.

Meine Mitbewohnerin und beste Freundin ist zierlich, mit zimtfarbener Haut und schulterlangen Locken, die sie meistens offen trägt. Sie ist ein paar Jahre älter als ich, und arbeitet im Unterschied zu mir nicht in der Gastronomie, sondern im Öffentlichen Dienst. Die Zeit für ihre Skulpturen nimmt Manu sich abends und an den Wochenenden. Katrina, ihre feste Partnerin seit einem Jahr, hat vor kurzem einen Job als Straßenbahnfahrerin angenommen. Das Schichtsystem hat ihrer beider Alltag ganz schön verkompliziert.

»Wie immer super lecker, Manu. Du könntest ab sofort einen Imbiss aufmachen, die Leute würden dir die Bude einrennen.«

Das ist ein Running Gag zwischen uns. Freiberuflerin ist das Letzte, was Manu sein möchte. Meine Mitbewohnerin hat sich durch ein Parallelstudium gequält, um finanziell abgesichert zu sein. Ihre festen Arbeitszeiten im Bürgeramt und die Begrenzung auf 30 Stunden helfen ihr, genug Raum für ihre Bildhauerei zu schaffen. Katrina muss mit ihrem neuen Job schon zu den unmöglichsten Zeiten aufstehen und schlafen gehen. Da braucht Manu nicht auch noch eine Arbeit, die sie sieben Tage à vierundzwanzig Stunden in Atem hält.

Ohne auf meine letzte Äußerung einzugehen, setzt sich meine Mitbewohnerin mir gegenüber an den Tisch. »Du möchtest bestimmt wissen, welche von deinen Bildern in die engere Auswahl gekommen sind, richtig?«

»Ja, es wäre toll, wenn ich bald weiß, wie viele von mir wir unterkriegen werden.«

»Kann ich dir sagen. Von deinen können wir acht aufhängen, und die Kitesurfer sollten unbedingt dabei sein.«

»Echt jetzt?« Manu liebt dieses Bild, das im letzten Spätsommer an der Ostsee entstanden ist, aber es ist eher untypisch für meinen sonstigen Stil.

»Auf jeden Fall. Hey, komm, es ist eine selbst organisierte Ausstellung, es werden ein Haufen Leute kommen, die Experimentelles, Frisches, Neues suchen, und deine Kitesurfer passen zu diesem verrückten Haus mit seiner hohen Decke wie ein Dekoelement, das noch fehlt.«

»Wolodjas Bilder passen dort auch hinein, genau genommen sind sie dort entstanden.«

»Das schließt deine nicht aus, Dummerchen. Übrigens hat Wolodja deine Bilder sehr gelobt. Er sagte, er sehe bei dir großes Potential.«

Er hat mich immer unterstützt, aber dass er so viel von mir gehalten hat, ist mir neu. Überrascht betrachte ich Manus Gesicht. Ihr Blick ist wehmütig. Sicher denkt sie gerade daran, wie sehr ihr Freund und Kollege bei der ganzen Veranstaltung fehlen wird.

»Wer auch immer ihn umgebracht hat«, sagt sie und bestätigt damit meine Vermutung, »diese Person wird dafür bezahlen. Aber trotzdem sollen deine Bilder so viel Aufmerksamkeit bekommen, wie sie verdient haben. Nutze diesen Tag, du wirst es nicht bereuen.«

»Ja, Coach«, antworte ich und entlocke ihr damit ein kleines Lachen.

Ihr Drang, mir gute Ratschläge zu geben, hat mich am Anfang unserer Freundschaft zur Weißglut getrieben. Inzwischen weiß ich ihre Unterstützung zu schätzen, denn Manu hat ein paar Jahre mehr Erfahrung mit dem Verkaufen. Außerdem knüpft sie Kontakte, die auch mich weiterbringen.

»Du musst bald los, oder?«, fragt sie mich.

»Jup.« In einer Stunde beginnt meine Schicht, bleibt etwas mehr als eine halbe Stunde, um meine Skizze zu vervollständigen und mich dann umzuziehen und zu schminken. Mit dem Fahrrad werde ich fünfzehn Minuten brauchen, um zur Whiskybar zu gelangen. Sie befindet sich in einer Straße, in der sich vorwiegend Touristen und Partyvolk aufhalten. Auch jetzt, Mitte Januar, gibt es sie nicht zu knapp. Gut für mich, weil meine Chefin mich wider Erwarten nicht nur für den Sommer eingestellt hat, sondern mich immer noch braucht.

Manu nickt mir zu. »Wir sehen uns. Pass gut auf dich auf.«

»Du auch auf dich. Lass dich von Katrina verwöhnen.« Ich stehe auf und stelle meinen Teller in die Spülmaschine.

»Diejenige werde wohl eher ich sein, die hier verwöhnt«, sagt meine Mitbewohnerin in knurrigem Tonfall. Aber der Gedanke an ihre Liebste, die in ein paar Stunden von der Arbeit kommen wird, hat ein Lächeln auf ihre Lippen gezaubert.

Fünfundvierzig Minuten später trage ich einen fein gestrickten, schwarzen Wollrock, der mir bis zur Mitte der Oberschenkel reicht, und ein knappes Top aus Tweedstoff. Letzteres entlockt mir ein Schmunzeln, weil es mich an die ›Frau in Schwarz‹ erinnert. Eine Strumpfhose und Sneaker vervollständigen den Look – Absatzschuhe würden mich nach der Hälfte meiner Schicht umbringen.

Vor dem Verlassen der Wohnung stopfe ich schnell noch meinen Skizzenblock und ein paar Bleistifte in meine Tasche. Melli, meine Chefin, beklagt sich zwar pro forma über mein Zeichnen während der Arbeitszeit, aber sie kommt mindestens einmal pro Schicht zu mir und bestaunt, wen ich alles mit schnellen, zielsicheren Bleistiftstrichen festgehalten habe – die lachende und feiernde Partymeute, Geeks, verliebte Pärchen, lärmende Rentnergruppen aus allen möglichen Teilen Deutschlands, Touristen, manchmal auch Gothicleute.

In mich hinein lächelnd steige ich aufs Rad und fahre, nicht zu schnell, in Richtung Whiskybar. Der Boden ist teilweise spiegelglatt, so gründlich wird hier nicht gestreut. Ein leichter Nieselregen erhöht noch das Sturzrisiko. Aber die frische Luft und die Bewegung sind für mich unverzichtbar. Die gefütterte Lederjacke, die ich über mein Outfit gezogen habe, passt nicht ganz zum Rest, aber sie hält mich warm, ebenso wie die Fahrradhandschuhe.

Die glitzernden Lichter der Stadt ziehen an mir vorbei. Es ist bereits dunkel, das Treiben auf den Straßen hat ein wenig nachgelassen. Einige Geschäfte sind aber noch geöffnet und werfen ihren einladenden Schein auf den Gehweg.

Da ich nicht viel Geld habe, heißt es Second Hand für mich statt der teuren Boutiquen. Das ist okay, aber mein Untergang sind die Bäckerläden. Kaum ein Tag vergeht, an dem ich nicht mit einer Tüte voller überteuerter süßer Teilchen und Brötchen in allen Farben und Formen nach Hause komme.

In einer Viertelstunde macht die Bar auf. Außerdem wird mein Bauch noch angenehm von Manus Gemüsesuppe gewärmt. Tapfer fahre ich daher am Öko-Bäcker vorbei und biege in die Seitenstraße ein, die zur Whiskybar führt. Sie hat einen gälischen Namen, dessen Aussprache mir zu kompliziert ist. Deswegen heißt sie bei mir immer nur ›die Whiskybar‹.

Mit einem leisen Ächzen ziehe ich die schwere Holztür auf und schiebe den Vorhang aus Lodenstoff beiseite. Wärme umfängt mich, verbunden mit der vertrauten Duftnote von jahrzehntealtem Whisky. Das schummrige Licht von Kerzen und Glühlampen schafft eine heimelige Atmosphäre im Schankraum. Alte, solide Holzmöbel und eine braune Ledergarnitur tun das Ihre dazu.

Melli winkt mir fröhlich zu. »Hi, Sophie! Sag mal, hast du nicht bald deine Vernissage?« Typisch meine Chefin, gleich mit der Tür ins Haus zu fallen. Sie ist Irin, um die 50 und eine Frohnatur. Die gute

Laune sprudelt ihr aus allen Knopflöchern und hebt meine Stimmung sofort.

»Auf jeden Fall«, bestätige ich, »brauchst du noch einen Flyer?«

»Ja«, gibt sie zerknirscht zu, »der Letzte ist irgendwo verschwunden.« Melli kann ganz schön zerstreut sein, was bei ihrem Arbeitspensum auch kein Wunder ist. Seit dem Tod ihres Mannes hält sie den Laden allein am Laufen.

In meiner Umhängetasche sind noch Flyer. Einen davon reiche ich Melli, dann schäle ich mich aus meiner Lederjacke und den Stulpen aus Schafwolle, die mich zusätzlich warm gehalten haben.

»Häng das feuchte Zeug hier drüben auf«, empfiehlt mir Melli und weist auf die Garderobenhaken direkt beim Kamin.

Ein Traum ist das im Winter in der Whiskybar: Hier brennt ein echtes Feuer. Wie Melli damit die Brandschutzprüfung geschafft hat, ist mir ein Rätsel; vielleicht mit ihrem Charme, oder weil es ein supermoderner Holzofen ist. Kurz wärme ich mir die Hände, die sich trotz der Stulpen und Fahrradhandschuhe wie Eisklumpen anfühlen, und gehe dann nach hinten, um meine Bauchtasche mit der Kasse zu holen.

Der Abend beginnt heute eher ruhig. Mitten in der Woche gibt es drei Sorten von Kunden: den üblichen Strom an Geschäftsleuten, die nach einem Meeting noch auf einen Absacker herkommen, ein paar versprengte Touristengruppen und die vertraute Stammkundschaft.

Der Mann, den ich unbedingt zeichnen möchte, sitzt an seinem üblichen Platz am Fenster. Schon vor ein paar Tagen ist er mir aufgefallen. Er sieht weder besonders gut aus, noch gibt er ungewöhnlich viel Trinkgeld, aber er hat eine Ausstrahlung, die ihn von den meisten unserer Kunden unterscheidet. Seine Augen sind stahlgrau und kalt wie Eis, sein Gesicht wirkt wie modelliert, und zwar von einem Bildhauer, der die Abgründe der menschlichen Seele darstellen wollte. Er ist schmal, fast hager, und sein Alter ist unmöglich zu schätzen. Er könnte Ende Zwanzig sein und eine harte Drogenkarriere hinter sich haben, oder mit Mitte Fünfzig gut in Form sein. Er trägt immer dieselbe abgewetzte Lederjacke, die wahrscheinlich vor mehreren Jahrzehnten bessere Tage gesehen hat. Sein kastanienfarbenes Haar ist voll und lang und im Nacken zusammengebunden, aber auch das macht ihn nicht schöner.

Warum es mir in den Fingern juckt, ihn zu zeichnen, ist mir selbst ein Rätsel. Ich stehe nicht auf Männer, und schon gar nicht auf welche, die so kalt und gefühllos wirken wie er. Vielleicht regt er einfach meine Fantasie an. Hinter seinen hellen Augen scheint sich eine Vielzahl an Geschichten zu verbergen; mich packt die Lust, ihre Spuren auf Papier zu bannen, vielleicht sogar ein Gemälde daraus zu machen.

Ich zapfe Bier und fülle Whisky in Gläser, ohne und mit Eiswürfeln, da wir für die Touristen auch irische, amerikanische und japanische Sorten führen. Dabei geht mir durch den Kopf, was Sylvie immer sagt: Ich sei mit einem Zeichenstift in der Hand geboren. Ein Leben ohne Zeichnen gibt es in meiner Erinnerung nicht, und das ist für mich auch nicht vorstellbar.

In der Nische vorne beim Kamin nimmt ein junges Pärchen Platz. Ich bringe den beiden die Karte und lächle ihnen zu. Sie tauschen intensive Blicke und schauen dann wieder scheu beiseite, mit glänzenden Augen und geröteten Wangen. Ein erstes oder zweites Date vielleicht.

»Möchtet ihr die Happy Hour nutzen?«, frage ich die beiden. »Wir haben auch ein paar Cocktails auf der Karte.«

»Nein danke, lieber erst einmal etwas zu essen«, antwortet das Mädchen. Sie ist vielleicht zwanzig Jahre alt und hat ein hübsches, herzförmiges Gesicht, halblange dunkelblonde Haare und blaue Augen. Ihrem ebenfalls sehr niedlichen Freund ist anzusehen, dass er sie am liebsten hier und jetzt besinnungslos küssen würde. Bei diesem Anblick krampft sich in mir etwas zusammen, ähnlich, wie wenn Katrina und Manu, wieder einmal so verliebt aussehen. Sie haben einander gefunden. Wenn mir doch nur die richtige Frau über den Weg laufen würde! Kurz erscheint ein Gesicht vor meinem inneren Auge, das mich bis in den Schlaf verfolgt; dunkles Haar, ein roter Mund; aber ich blende es aus.

Die beiden Turteltäubchen bestellen Kartoffelecken und Cider, eine gute Wahl, um ein angeregtes Gespräch zu führen und beim Nachhauseweg nicht zu betrunken zu sein.

Danach versorge ich eine japanische Touristengruppe mit Hibiki und Cocktails und anschließend winkt mich mein Zeichenobjekt zu sich, der Mann mit der Lederjacke. Er bestellt wie immer einen Irish Coffee, den er nur zu einem Drittel trinken wird. Das Getränk vor sich auf dem Tisch, beginnt er konzentriert auf seinem Tablet herumzutippen. Meine restlichen Tische sind noch unbesetzt, und Melli scheint für den Moment nichts weiter zu tun zu haben. Die Bar habe ich vor kurzem erst abgewischt, frische Gläser sind auch ausreichend vorhanden.

Das ist meine Chance. Ich schnappe mir meinen Skizzenblock und beginne. Bald erscheint die markante Nase des Mannes auf dem Papier, die schroffe Profillinie, das volle, glänzende Haar, das auf den Rücken seiner Lederjacke fällt. Eine ganze Zeitlang beschäftige ich mich mit seinen faszinierenden hellen Augen, die von langen, dunklen Wimpern gerahmt werden. Die Augenbrauen sind drohend zusammengezogen, wahrscheinlich, weil er so fokussiert auf seine Arbeit ist.

Zufrieden betrachte ich meine Skizze. Sie ist gut geworden.

Die Türglocke ertönt und lässt mich aufschauen; eine kleine Gruppe von Geschäftsleuten kommt herein und bewegt sich auf den Ecktisch im hinteren Bereich zu. Dieser gehört noch in meine Zuständigkeit, also lege ich widerstrebend Block und Stift beiseite und widme mich meinen neuen Kunden.

Auf dem Weg zurück sehe ich den Mann mit der Lederjacke an der Bar stehen. Auf meine fragend hochgezogenen Augenbrauen hin zeigt er keine Reaktion. Mein Blick fällt auf ein Blatt Papier in seiner Hand: Es stammt aus meinem Skizzenblock, er muss es herausgerissen haben!

Mein Atem stockt. Klar, er hat alles Recht, diese Zeichnung an sich zu nehmen. Schließlich habe ich sein Persönlichkeitsrecht verletzt, nicht umgekehrt. »Entschuldigen Sie ...«

Meine gestammelten Worte ignorierend, wendet er mir seinen missbilligenden Blick voll zu. Dann macht er kehrt und verlässt unser Lokal, ohne etwas bezahlt zu haben. Dabei bewegt er sich unglaublich schnell. Fassungslos stehe ich daneben, kein einziger Laut kommt mir über die Lippen. Erst als die Tür krachend hinter ihm ins Schloss fällt, kommt Bewegung in mich.

»Was ist los?«, ruft Melli hinter mir.

»Zechpreller!«, rufe ich über die Schulter zurück, arbeite mich durch den Vorhang, wuchte die Tür auf und eile hinaus in die Kälte, um die Verfolgung aufzunehmen.

Meine Chancen, ihn einzuholen, sind gleich Null. Die eiskalte Luft prickelt mir wie tausend Nadelstiche auf Gesicht und Händen. Meine Jacke hängt noch drinnen an der Garderobe, für eine Verfolgungsjagd draußen reichen die dünnen Klamotten nicht. Außerdem hat der Mann durch die sehr lange Schrecksekunde, gefühlt eine Schreckminute, in der ich mit offenem Mund neben der Bar stand, einen Vorsprung bekommen. Ich habe keine Ahnung, in welche Richtung er gelaufen ist.

»Mistkerl!«, schimpfe ich und mache damit vor allem meinem Ärger über mich selbst Luft.

Melli kommt zur Tür und stellt sich neben mich. »Er ist weg, oder?«

Ich nicke und betrachte die Wölkchen, die unser Atem in die frostklare Luft sendet.

»Verzehr?«

»Ein Irish Coffee, ist nicht so wild, nimm es von meinem Trinkgeld.«

»Ach Unsinn.« Melli knufft mich in die Seite. »Du siehst ganz bedrückt aus, Sophie. Was ist los?«

Trotz der Kälte werden meine Wangen heiß. »Ich habe ihn gezeichnet, und er hat die Zeichnung geklaut. Das ist mir total peinlich.«

»Wirklich? Na, dann muss er dir beim nächsten Mal Modell sitzen, und außerdem zwei Irish Coffee zahlen.«

Das amüsierte Funkeln in Mellis Augen bringt auch mich zum Lachen. Natürlich, um die Zeichnung ist es schade. Höchstwahrscheinlich wird der Mann nicht mehr zu uns kommen. Damit ist sie für mich verloren. Aber das Wichtigste ist: Der Schaden für Melli ist nicht sehr groß. Sie macht es mir leicht mit ihrer entspannten Art.

»Aber, Sophie?«

»Ja?«

»Leg für heute vielleicht mal den Skizzenblock weg, okay? Sicher werden die Kunden sich fragen, was da gerade los war.«

Hm, vielleicht doch nicht so entspannt. Ich schaue in Mellis freundliche grüne Augen, die von kleinen Fältchen umrahmt sind, und nicke bestätigend. »Geht klar. Tut mir leid, das wird nicht wieder vorkommen.«

Gemeinsam gehen wir zurück ins Warme. Das wird dringend Zeit, meine Finger, meine Ohren und meine Nase fühlen sich schon ganz taub an.

Während ich Bestellungen aufnehme, Getränke und Essen an Tische bringe, abkassiere, und mich darauf konzentriere, die ganze Zeit freundlich zu lächeln, geht mir jedoch eine Frage nicht aus dem Kopf: Woher hat der Mann gewusst, dass ich ausgerechnet ihn zeichne? So fokussiert, wie er auf seine Arbeit war, hätte er es nicht merken dürfen. Was hat dieser Typ bloß für einen sechsten Sinn gehabt?

2
PIZZA

LYDIA

Mein Kopf fühlt sich an wie eine Baustelle mit zehn Presslufthammern. Ich stoße einen Schwall unflätiger Worte aus, die einen Gangster erröten lassen könnten, jedenfalls wenn er ihren Inhalt zufällig verstünde.

Mein Fluchrepertoire stammt aus Italien und wird von mir seit dem 16. Jahrhundert stetig ergänzt. Darauf bin ich stolz. Wenn nur diese Kopfschmerzen nicht wären, die mich quälen, als triebe mir jemand glühende Eisendornen durch die Augen ins Hirn. Ein bisschen wie bei einer Eisernen Jungfrau, aber die sind ja bekanntlich eher Legende als Realität gewesen.

Aufstöhnend taste ich mit der linken Hand nach dem Lichtschalter. Er befindet sich an der Wand neben der Ledercouch, die mir als Bett dient, wenn ich mich in der Zentrale des Clans aufhalte. Vergesst

Särge. Die nutzen wir schon lange nicht mehr als Schlafgelegenheiten. Wenn man denn in unserem Fall von ›Schlafen‹ sprechen kann.

Die ganz Alten sagen, einen dem Schlaf entsprechenden Entspannungszustand erreicht nur, wer einen Gefährten oder eine Gefährtin gefunden und mit dieser Person das perfekte Gleichgewicht erreicht hat.

Ich bin mir sicher, sie meinen einen Orgasmus. Einen zu bekommen, fällt uns nicht ganz leicht. Physiologische Grenzen und so weiter.

Der stechende Schmerz in meinen Schläfen bringt mich von jeglichen erotischen Gedanken ab. Wer braucht schon Liebe. Meinen Vampirkörper kann ich mit genügend Zuckerzufuhr ins Nirvana schießen. Genau das habe ich die letzten 48 Stunden über getan, nachdem letzten Dienstag mein Auftrag erledigt war. Marshmallows, Gummitiere, ein Dutzend Tafeln Schokolade ohne Nüsse oder sonstige unlösliche Bestandteile, Cola, Lemon Soda. Dazu mehrere Staffeln ›Trueblood‹ und eine Menge E-Books. Ein paar mehr Blutkonserven mehr wären wahrscheinlich die bessere Wahl gewesen. Oder auf die Jagd zu gehen.

Ein häufiges Missverständnis von Seiten menschlicher Vampir-Fans: Dass wir nicht mehr jagen, sondern ausschließlich auf Blutspenden zurückgreifen.

Leider, oder glücklicherweise, wurde noch kein künstliches Blut erfunden. Mit Sicherheit würde uns das ein Miteinander mit den Menschen erleichtern. Aber es ist wie mit dieser Diskussion über Steak und vegane Ersatzprodukte, über die wir Vampire uns kaputt lachen: Ein Mensch, der unbedingt Fleisch essen will, behauptet, du schmeckst den Unterschied immer. Ja, es wäre möglich und wünschenswert, ohne das Blut lebender Personen auszukommen. Aber die meisten Clans können sich nicht durchringen, ein solches Verbot innerhalb ihres Gebietes zum Gesetz zu erklären. Der Vampirrat, der auf die

Durchsetzung und regelmäßige Aktualisierung unserer Vorschriften achtet, hat wiederum nicht die Befugnis, Gesetze zu erlassen.

Ich jage selten, vielleicht einmal im halben Jahr. Mit meinen beinahe 500 Jahren braucht mein Körper das nicht mehr, um weiter zu existieren. Aber der Drang bleibt, auch ohne die Notwendigkeit.

Das grelle Licht der Stehlampe trägt nicht zu meinem Wohlbefinden bei. Die Finger meiner rechten Hand wie eine Klammer um meine Stirn gelegt, hieve ich mich in eine sitzende Position. Dort verharre ich eine Zeitlang mit gekrümmtem Oberkörper und zwinge mich schließlich, vom Sofa aufzustehen. Die Schmerzen werden erst nachlassen, wenn ich meinem Körper Flüssigkeit zugeführt habe, das weiß ich aus Erfahrung. Mein nächstes Ziel ist es daher, den Gemeinschaftsraum mit dem Kühlschrank zu erreichen.

Als ich über den Flur tappe wie ein Zombie, das genaue Gegenteil einer kühlen und professionellen Jägerin, begegnet mir ausgerechnet Henry. Das darf nicht wahr sein. Gerade jetzt, wenn ich aussehe wie ein Drogenopfer, das ich ja faktisch auch bin, muss mir mein Chef über den Weg laufen.

Henry trägt Trainingshose und T-Shirt, das heißt, auch er hat höchstwahrscheinlich ein paar Stunden in einem der Ruheräume verbracht, nachdem er einen Job ausgeführt hat.

Normalerweise interessiert mich das Aussehen meiner männlichen Kollegen nicht, aber Henry ist wirklich heiß. Nein, ich habe nichts mit ihm vor. Er ist immerhin mein Vorgesetzter, streng und unerbittlich. Dennoch bleibt mein Blick kurz an seinen wohlgeformten Schultern und seinem ganz passablen Gesicht hängen. Sein silberblondes Haar trägt er lang und im Nacken zusammengebunden, sein Bart ist ordentlich getrimmt und hat mehr als einmal den Wunsch in mir geweckt, ihn mit meinen Fingern zu zerzausen.

Die eisblauen Augen meines Clanführers mustern mich amüsiert. »Na, Lydia? Zuckerorgie? Schon wieder?«

Henry kennt mich einfach zu gut. »Ja, Chef. Lass mich mal durch zum Kühlschrank.« Als eine seiner besten Jägerinnen kann ich mir diesen schnoddrigen Ton mit ihm erlauben. An der Oberfläche sind wir alle Freunde hier. Aber wenn ein Fehler passiert, wird Henry zur Stelle sein und ihn ahnden, wie es die Gesetze des Clans vorschreiben. Niemand hier würde unseren Clanführer leichtfertig gegen sich aufbringen. Dennoch vertrauen wir ihm, denn er ist fair.

Henry geht nicht gleich zur Seite, um mir den Durchgang zum Gemeinschaftsraum freizumachen, sondern bleibt da stehen, wo er ist: Mir gegenüber und ziemlich nah, so nah, dass mir der Duft seines Rasierwassers in die Nase steigt. Es ist nicht Old Spice. Irgendetwas, das viel besser riecht. Wir haben nicht viel Eigengeruch, da Vampire technisch gesehen nicht am Leben sind. Deswegen nutzen wir teure Düfte. Exzessiv.

»Was ist los?«, will Henry wissen.

»Was trägst du für einen Duft?«, platzt es aus mir heraus.

Hätte ich die Fähigkeit, im Erdboden zu versinken, wäre jetzt ein guter Zeitpunkt.

Aber mein Clanführer lacht nur. »Das wüsstest du wohl gern.«

Flirtet er mit mir? Mit offenem Mund stehe ich da und schiebe mich dann hastig an ihm vorbei, nicht ohne eine weitere Kostprobe von diesem süchtig machenden Rasierwasser einzuatmen. Henry weicht leicht zurück, aber der Platz reicht nicht aus, um eine Berührung zu vermeiden. Für einen Sekundenbruchteil streifen meine Brüste seinen Arm.

In seinen Augen flackert etwas auf, eine schwer zu greifende Emotion, aber dann ist der Moment vorbei. »Wenn du dich gestärkt hast, komm bitte in mein Büro. Ich habe einen Folgeauftrag für dich.«

Oh, nein. *Nessun riposo per i malvagi. No rest for the wicked.* Ohne ein Wort setze ich meinen Weg zum Kühlschrank fort und schnappe mir mehrere Blutkonserven. Gierig bohre ich meine Eckzähne in das kühle Plastik und sauge den Inhalt heraus. Kaltes Blut ist besser als nichts. Um mein Gehirn wieder aufnahmefähig für neue Informationen zu machen, muss mein Blutkreislauf einwandfrei funktionieren.

Ich bin nicht die Einzige, die nach der Erledigung eines Jobs viel Zucker braucht. Es gibt noch andere, die vergessen möchten, wenigstens für einen Tag oder zwei. Henry gehört nicht zu ihnen. Noch nie habe ich ihn aufgeregt erlebt, nicht einmal während der Attacke der Spinnen-Gestaltwandler. Und die waren ekelhaft, wir konnten sie nur mit Flammenwerfern aus unserem Hauptquartier vertreiben. Henry besah sich anschließend den Schaden, zuckte mit den Achseln und wies uns an, einen kompletten Sack Goldmünzen und einen Diamanten aus dem geheimen Tresor zu verkaufen. Denn welche Versicherung hätte wohl einen Brandschaden bezahlt, der aus einem Konflikt mit einer fremden Spezies resultierte.

Ich habe meinen Chef abtrünnige Vampire in der Luft zerreißen sehen, buchstäblich, aber niemand kann ihm vorwerfen, dass er die Nerven oder die Kontrolle über sich selbst verliert. Was immer er tut, er bleibt ganz ruhig dabei.

Die leeren Plastikbeutel werfe ich in den dafür vorgesehenen Eimer und wische mir den Mund mit einer Serviette ab. Jetzt schnell die Kleidung wechseln, um wenigstens einen kleinen Teil meiner Würde zu bewahren.

In Jeans, ein schlichtes Top und einen Blazer gekleidet, meine Alltags-Uniform, betrete ich Henrys Büro, das auf dem anderen Flur gegenüber dem Ruhe- und Gemeinschaftsbereich liegt.

Da unser Hauptquartier sich aus naheliegenden Gründen unter der Erde befindet, gibt es hier keine spektakuläre Aussicht auf die Stadt. Das Büro besitzt ein künstliches Oberlicht, keine Pflanzen und, typisch Henry, ein Aquarium voller bunter, exotischer Fische. Mein Blick folgt den Bewegungen ihrer zarten Flossen, während ich auf einem der skandinavischen Sessel Platz nehme, um auf meinen Chef zu warten.

Als er hereinkommt, unterdrücke ich ein Schmunzeln. Auch er hat sich umgezogen und trägt jetzt Hemd, Sakko und Anzughose. Wüsste ich es nicht besser, könnte das so wirken, als hätte Henry ein Interesse an mir entwickelt. Aber es ist wohl ein ähnliches Bedürfnis wie bei mir: sich für die Arbeit zu wappnen, die getan werden muss, egal, ob sie uns gefällt oder nicht.

Mein Clanchef setzt sich nicht hinter seinen Schreibtisch, sondern holt nur einen Schnellhefter, der dort liegt, und schiebt für sich einen Sessel in meine Nähe. Dadurch sitzen wir über Eck.

Dann blättert er den Hefter auf, hält ihn mir unter die Nase und erklärt: »Deine letzte Zielperson besaß einen umfangreichen Freundes- und Bekanntenkreis. Auf dieser Liste hier«, er vollführt eine Geste über dem obersten Blatt im Hefter, »stehen alle, die er in seine vampirische Existenz mit eingeweiht haben könnte, oder die dich über dieses Bild mit ihm in Verbindung bringen. Du hast die Aufgabe, sie zu überprüfen und gegebenenfalls zu eliminieren, oder ihr Gedächtnis zu löschen. Um das Bild müsstest du dich auch bitte kümmern.«

Mir entfährt ein ungehaltener Seufzer. Äußerst ungern korrigiere ich meine Jobs nachträglich, es könnte Verdacht auf meine Person lenken und den Erfolg der ganzen Sache gefährden. Ein kleines Stimmchen in meinem Hinterkopf, das ich geflissentlich ignoriere, fügt hinzu: *Und du hasst unnötiges Zerstören, auch dann, wenn es sich um Menschenleben handelt, oder um geniale Kunstwerke.*

Henrys Blick ruht auf mir, sachlich und mit so etwas wie Mitgefühl. »Ich weiß, Lydia. Du magst Folgeaufträge nicht. Aber du bist nun mal eine meiner besten Jägerinnen.«

Obwohl er das mindestens schon eine Million Mal gesagt hat, schmeichelt es mir. Es stimmt, meine Erfolgsquote ist eine der höchsten. Nicht nur, weil ich meine Gefühlsimpulse perfekt unter Kontrolle habe, sondern auch, weil ich mit der Stadt verschmelzen kann wie kaum jemand sonst. »Du möchtest mir sagen, dass es sowieso keine andere Wahl für mich gibt.«

Henry lächelt, nicht verhalten, sondern breit. Seine Eckzähne blitzen auf. »Wenn du es so nennen möchtest.«

Erneut seufze ich und komme dann zu einem Entschluss. »*Bene*.«

Henrys Gesichtsausdruck wechselt von spitzbübisch zu ernst. »Diesen Auftrag kann auch jemand anderes übernehmen. Das weißt du.«

»Ja. Frag nicht mehr nach.«

»Okay. Und noch etwas, Lydia.« Seine Augen werden schmal, er bleckt die Zähne und sieht jeden Zoll wie ein Jäger aus. Warum mir dabei ein wohliger Schauer über den Rücken läuft, darüber möchte ich lieber nicht so genau nachdenken.

»Ja?«

»Versuch beim nächsten Mal an alles zu denken. Bei einer offenen Tür können Nachbarn oder andere Leute sehr schnell aufmerksam werden und die Polizei rufen. Nicht auszudenken, was passiert wäre, wenn sie die Zielperson in eine Klinik gebracht hätten und versucht hätten, sie wiederzubeleben.«

»Kommt nicht wieder vor, Chef.«

»Gut. Das ist alles.«

Mit einem vagen Gefühl der Enttäuschung mache ich mich auf den Weg nach Hause. *Hast du etwa erwartet, dass er dich nach einer Verabredung fragt? Träum weiter!* Ich ignoriere das fiese Stimmchen aus dem Off. Mein Gehirn muss noch unter den Nachwirkungen des Zuckerschocks leiden.

Unser Hauptquartier befindet sich im Friedrichshain, in einem ehemaligen Brauereikeller, der als Fundament für neue Wohnblocks genutzt wird. Der Clan hat eine Sicherheitsfirma gegründet, die den Bau überwacht. Die Überwachung ist in unserem eigenen Interesse, und wir haben keinerlei Probleme mit Nachtblindheit; zwei gute Gründe für diese Tätigkeit.

Mein Nachhauseweg ist nicht lang: Mit der Straßenbahn bis Landsberger Alle, dann umsteigen und ein paar Stationen mit der Ringbahn.

Während der Fahrt mit der S-Bahn schaue ich nachdenklich aus dem Fenster und betrachte die Lichter, die vorbeiziehen. Meine rechte Hand knetet die linke, dann löse ich meine Finger wieder voneinander, um meinen Ärmel zurecht zu zupfen. Irgendetwas nagt an mir. Was stimmt mich heute, abgesehen vom Üblichen, nur so melancholisch? In 500 Jahren habe ich unzählige Menschen leben und sterben sehen und viele vampirische Gefährten gefunden und verloren. Wir sind nicht gerade ein geselliges Völkchen. Eine Zeitlang ertragen wir die Gesellschaft einer anderen Person, aber nicht für länger als eine menschliche Lebensspanne. Aus diesem Grund entwickeln manche von uns Gefühle für einen Menschen. Sie haben nur diese begrenzte Zeit. Irgendwie erscheint uns in ihrer Gegenwart unsere Existenz wie etwas Echtes, voller Leidenschaft und Zielstrebigkeit.

Das ging dir mit Carl auch so, meldet sich wieder das fiese Stimmchen.

Ja, aber das ist gerade der falsche Zeitpunkt, um mich an Carl zu erinnern.

Weil du Angst hast, dass deine Gefühle von damals dir die Stimmung vermiesen.

Chiudi il becco, stupida! *Das ist heute ein Abend zum Klavierspielen, oder um ein gutes Buch zu lesen. Nicht für Gefühle oder die Vergangenheit oder irgendwelchen anderen Kram, der mir auf die Nerven geht.*

Mein Kopf zuckt hoch, da sich die Blicke der anderen Passagiere wie Laserstrahlen in meinen Rücken bohren. War das eben ein Selbstgespräch? Habe ich dabei vielleicht sogar die Zähne gefletscht? Gerade scheint es mit meiner Selbstkontrolle nicht zum Besten zu stehen. Aber zum Glück ist das hier Berlin. Ich kann immer behaupten, Schauspielerin zu sein und für eine Rolle proben zu müssen.

»Gefühle sind es wert, dass man sich an sie erinnert«, sagt ein alter Mann zu mir. Seine Jacke ist schäbig und an mehreren Stellen geflickt, Haar und Bart ungepflegt. Aber seine grauen Augen wirken, als könnten sie auf den Grund meiner Seele schauen. Falls es die überhaupt noch gibt.

»Da mögen Sie Recht haben«, erwidere ich. »Aber manche Erinnerungen bleiben besser begraben.«

Tot und begraben, wie Carl.

Schönhauser Allee. Mein Ziel für heute. Erleichtert gehe ich zur Tür und nicke dem Mann zu, bevor ich die Bahn verlasse. Er kann nichts für meine saturnische Laune, und sein Blick war freundlich, fast gütig.

In meiner Wohnung angekommen, endlich allein, atme ich befreit auf. Na ja, ›Atmen‹ kann man es nicht nennen, aber meine Brust weitet sich spürbar.

Der Clan lässt sich nicht lumpen. Seit vielen Jahrzehnten schon gehört mir diese Eigentumswohnung, die mit Hilfe der Goldmünzen aus dem Tresor erworben wurde. Heute würde sie das Doppelte oder Dreifache des damaligen Preises kosten. Gut für mich, dass wir vom Jägerteam gewisse Privilegien haben.

Die Küche wurde vor ein paar Jahren renoviert, auch wenn sie bis auf den Kühlschrank nur dazu da ist, den Schein zu wahren. Manchmal koche ich mir einen Tee, um mir die Hände daran zu wärmen und ein paar ungefährliche Schlucke zu nippen, oder gar einen Espresso, von dem ich stundenlang Bauchkrämpfe bekomme.

Mit einem Glas Rotwein, um das erdige Aroma in mich aufzunehmen, mache ich es mir auf dem Sofa bequem und fahre meinen Rechner hoch. Die Liste, die mir Henry gegeben hat, ignoriere ich zunächst und gebe Wolodjas Namen in die Suchmaschinen ein. Alle Informationen, die in der Presse über ihn verbreitet werden, sind relevant für meinen Folgeauftrag. Manche Schlagzeilen in den Boulevardnachrichten wirken unfreiwillig komisch. »Giftmischer am Werk. Junger Künstler als Mumie aufgefunden«, titelt ein bekanntes Blatt. Wenn die nur wüssten.

Bei meiner Recherche stoße ich auf einen Termin und einen mir nur allzu vertrauten Ort: Dort, wo meine Zielperson tot aufgefunden wurde, wollen sie eine Vernissage mit seinen neuen Werken und auch Beiträgen anderer Künstler stattfinden lassen. Am kommenden

Samstag, also in zwei Tagen. Wenn das nicht die perfekte Gelegenheit ist, die Personen von meiner Liste aufzuspüren. Zwei Namen stimmen überein: Sophie Beeck und Manu Kaltwasser sind die Mitausstellerinnen. Eine Malerin und eine Bildhauerin. Der Galerist Lukas Quast, ein guter Bekannter von mir, wird mit Sicherheit auch dort sein, und sämtliche Freunde des Toten. Henry ist der Letzte, der von mir erwartet, dass ich sie ohne Federlesen alle umbringe. Wer allerdings Wolodjas Geheimnis kennt oder darauf kommen könnte, muss entweder mit dem Blick behandelt werden oder sterben. Sonst bin ich meinen Job los.

Das Aufräumen nach einem Auftrag reizt mich nicht im Entferntesten. Das einzig Erfreuliche daran sind die Kunstwerke. Schließlich hat Wolodja mich gemalt. Damit hat alles angefangen. Er meinte, er müsse eine »vampirische Malerei« entwickeln. Dagegen war erst einmal nichts einzuwenden, aber … Schon damals hätte ich stutzig werden sollen. Denn es war der erste Schritt in Richtung eines Abgrundes, in den er unweigerlich stürzen musste. Wir nennen ihn ›Sehnsucht nach Menschlichkeit‹, und keiner von uns hat jemals diesen Sturz heil überstanden.

Um meine elegische Stimmung zu vertreiben, will ich mich an meinen digitalen Konzertflügel setzen, der im Erkerzimmer steht. Da reißt mich die Türklingel aus meiner Träumerei. Ohne nachzudenken und ohne erst die Gegensprechanlage zu benutzen, betätige ich den Türöffner.

Ja, es kamen auch schon Pakete für Nachbarn hier an. Aber um diese Zeit? Meine Nackenhaare stellen sich auf.

Nach kurzer Zeit klingelt es erneut, diesmal an meiner Wohnungstür. Vor mir steht ein junger Mann mit einer Box, aus der es köstlich nach Pizza duftet. Hunger steigt in mir auf, nicht nach Prosciutto und geschmolzenem Käse, sondern nach weicher Haut und frischem Blut.

Er muss irgendetwas in meinen Augen gesehen haben und stammelt: »Frau Mertens?«

Die Namensschilder an den Klingeln fehlen, dort stehen nur Codes. Auch hat er sich offensichtlich im Stockwerk geirrt. Mein Hunger übernimmt und treibt mich zum schnellen Handeln, damit mir meine Nachbarin nicht zuvorkommt. »Kommen Sie doch kurz rein, ich muss eben meine EC-Karte holen.«

Er zögert; ich fixiere ihn mit einem Blick. Wie von einer unsichtbaren Schnur gezogen, bewegt er sich zum Sofa und setzt sich dort hin, während ich die Wohnungstür schließe und für alle Fälle die Kette vorlege.

Der Junge ist höchstens zwanzig Jahre alt, er hat braune Locken, von der Kälte gerötete Wangen, helle Bartstoppeln und leuchtend blaue Augen. Seine Motorradkluft gefällt mir außerordentlich gut, aber da ist keine Zeit zum Spielen. Mein Bann wird maximal zehn Minuten anhalten. Alles, was währenddessen geschieht, wird der junge Mann nachher vergessen.

Schon lange verzichte ich darauf, beim Bluttrinken zu töten. Der Nachteil ist, dass der Genuss durch die Hast beim Trinken geschmälert wird. Der große Vorteil ist, dass es keine Leiche zu beseitigen gibt. Ohne unangenehme Konsequenzen wäre das in der heutigen Zeit nahezu unmöglich. Ich töte nur, wenn es Teil eines Auftrags ist, und hinterlasse dabei niemals mein Vampirmal.

In einer schnellen, eleganten Bewegung sinke ich neben dem Jungen auf die schwarze Ledercouch und vergrabe mein Gesicht an seinem Hals, während er ins Leere starrt. Meine Zunge gleitet über seine Haut, die verlockend nach Salz schmeckt. Der Duft menschlicher

Haut ist unbeschreiblich angenehm, und sehr vielfältig. Dieser junge Mann riecht nach Pfirsich und etwas Herbem, wie bitterer Honig. Der Hunger schwillt an in mir, droht die Grenzen zu sprengen, die ich ihm gesetzt habe, und verlangt nach der Lebensessenz dieses Menschen. Geschwind bohre ich meine Eckzähne in den Hals des Jungen, um mir zu nehmen, was der Drang in mir fordert. Sein heißes Blut schießt mir entgegen, wohlschmeckender als jene Mahlzeiten, die mich als Mensch einst erfreuten. Jahrhundertelange Erfahrung zeigt mir an, wann es gilt aufzuhören: Wenn der Hunger befriedigt, aber die Gier nach der Lebensessenz noch nicht gestillt ist.

Ein Nebeneffekt des Blicks: Der Junge wird sich mir nicht freiwillig hingeben. Damals in Florenz, als das alles noch nicht so gefährlich war, hatte ich menschliche Dienerschaft in meinem Haushalt. Diese Männer und Frauen waren mir auch ohne den Blick hörig, sie fanden mich reich und schön und verehrten mich. Nicht unbedingt im Sinne einer sexuellen Beziehung, sondern sie wollten mir jeden Wunsch erfüllen, weil es sie glücklich machte.

Der junge Mann hängt schlaff in meinen Armen. Weder setzt er sich zur Wehr, noch reagiert er in irgendeiner anderen Weise auf mich. Von mir und meinen Fangzähnen befreit, sinkt er schwer in die Kissen. Besorgt betrachte ich sein Gesicht, kann aber keine ungewöhnliche Blässe feststellen. Meine Haut hingegen fühlt sich warm an und kribbelt ein wenig. Blut von einem Lebenden hat diese Wirkung. Meine Zungenspitze streicht über die zwei punktförmigen Wunden am Hals des Jungen, um den Blutfluss zu stoppen. Bevor mich die Versuchung übermannen kann, mein Mahl an einer anderen Stelle seines Körpers fortzusetzen, stehe ich widerstrebend von der allzu bequemen Couch auf. Mit einem Seufzen gehe ich zur Küchenzeile, um dort aus einer Schublade einen Schokoriegel zu holen, ergänzt durch ein Sportgetränk aus dem Kühlschrank.

»Sie müssen etwas essen und trinken, Ihr Blutzucker ist etwas unten.« Ich stelle die Getränkedose auf den Couchtisch und drücke dem Jungen den Schokoriegel in seine Hände, die offen auf seinem Schoß ruhen.

Mit demselben abwesenden Gesichtsausdruck wie vorhin reißt er die Verpackung des Riegels auf und beginnt zu essen, wobei er zwischendurch immer wieder einen Schluck trinkt.

Den Moment, in dem er zu sich kommt, erkenne ich daran, dass seine Augen sich erstaunt weiten.

Ruckartig steht er auf und lässt die Dose fallen, woraufhin sich das Sportgetränk auf meinen Teppich ergießt. Mit zunehmend panischem Gesichtsausdruck lässt er seinen Blick durch mein Wohnzimmer wandern. »Sie ...!« bringt er hervor und richtet einen zitternden Zeigefinger auf mich.

Jetzt gilt es schnell zu reagieren, sonst geht hier etwas gewaltig schief.

Ich setze mein charmantestes Lächeln auf und fixiere ihn mit dem Blick, nicht zu intensiv, um nicht seine Gehirnfunktion dauerhaft zu schädigen. »Sie haben die falsche Wohnung erwischt und sind hier in Ohnmacht gefallen. Vielleicht haben Sie heute zu wenig gegessen? Sie wirkten ziemlich erschöpft, da habe ich Ihnen eine kleine Stärkung angeboten.«

Zum Glück kann ich trinken, ohne dass mir Blut aus den Mundwinkeln läuft und eine Schweinerei auf meiner Bluse anrichtet. Sonst hätte er sich mit dieser Erklärung sicherlich nicht abgefunden.

Der junge Mann schüttelt verwirrt seinen Kopf, als traue er seiner eigenen Wahrnehmung nicht, aber dann nimmt er seine Box und geht zur Tür. Noch einmal blitzt Misstrauen in seinen Augen auf, als er mich die Türkette abnehmen sieht, um ihn herauszulassen.

»Frau Mertens, nach der Sie gefragt haben, wohnt im zweiten Stock links.«

»Danke. Ja.«

Nachdem seine Schritte im Hausflur verklungen sind, lege ich die Kette erneut vor. Sicher ist sicher. Auf den nassen Fleck auf meinem Teppich werfe ich ein paar Lagen Küchenpapier, entsorge dann den angebissenen Schokoriegel im Mülleimer und lasse mich auf mein Sofa sinken.

Ein schwacher Duft von Pfirsich und bitterem Honig hängt noch in den Kissen, vermischt mit einem Hauch von Prosciutto und Käse. Heiß pulsiert das fremde Blut in meinen Adern und wärmt mich von innen heraus.

Das alles wäre ein weitaus größerer Genuss, wenn mich nicht die hartnäckige Stimme in meinem Inneren quälen würde: *Wirst du es beim nächsten Mal drauf ankommen lassen, nur für den Kick? Du fühlst dich derart fremd und alleine in dieser Welt, Lydia. Was hast du verloren?*

3
ENTZAUBERT

SOPHIE

Als sie vor mir steht, trifft mich der Schock des Wiedererkennens wie eine gewaltige Welle. Mit Armen und Beinen fuchteln ist zwecklos, sie überrollt dich so oder so und deine einzige Chance zu überleben ist, mit der Bewegung mitzugehen und abzuwarten, bis du die Wasseroberfläche durchbrichst.

Ihre dunklen Augen scheinen Funken zu versprühen, ihr schwarzes Haar ist vom Nieselregen mit feinen Tropfen übersät, die im Licht der Galerielampen funkeln wie tausend Sterne.

Ist mein Traum-Bild lebendig geworden? Aber nein, sie trägt Jeans und ein verboten sexy Top, darüber einen dunklen Blazer. Sie sieht einfach nur nach Kunstszene aus. Ein Modell. Kein ephemeres Wesen, das aus einem viktorianischen Schauerroman entsprungen ist; keine Vampirlady aus New Orleans, wie meine Fantasie mir weismachen wollte. Eine Frau aus Fleisch und Blut steht vor mir, ich kann sie ansprechen.

Wie erstarrt stehe ich da und bringe nur ein gequetschtes »Hallo« heraus.

Ohne ein Wort rauscht meine Traum-Frau an mir vorbei, direkt in die Richtung von Wolodjas Bildern. Nicht einmal meine Begrüßung hat sie erwidert. Ich schieße ihr einen empörten Blick hinterher, und kann nicht umhin zu bemerken: Auch ihre Rückseite ist einwandfrei. Ein sexy Hintern, in der engen Jeans perfekt präsentiert, und diese glänzenden Haare, die wie eine dunkle Schwinge über ihre Schultern gleiten. Sie ist nicht besonders groß, doch ihre Proportionen erscheinen mir ausgewogen. Am liebsten würde ich sie zeichnen, aber das kommt hier nicht in Frage, unter neugierigen und fachkundigen Blicken. Irgendwie facht ihre Schönheit erst recht die Wut an, die in mir schwelt. Sie scheint zu diesen Leuten zu gehören, die sich sogleich dem wichtigen Teil der Ausstellung zuwenden und sich dabei nicht einmal an minimale Höflichkeitsregeln halten. *Eine arrogante Bitch, das ist sie*, schimpft ein wütendes Stimmchen in mir. Aber die Faszination bleibt, die lässt sich nicht abschütteln.

Erst sehr viel später richtet sie ihre ersten Worte an mich und meine Illusion zerplatzt vollends. Das geschieht, als ich gerade mit Manu vor ihrer »Erlösten« stehe, der Skulptur einer Frau, die einen schweren Brocken Stein mit beiden Händen hält, als wolle sie die Last von sich schleudern.

»Wie hast du nur diesen Ausdruck in ihrem Gesicht hinbekommen?«, frage ich meine Mitbewohnerin zum gefühlt hundertsten Mal.

Sie lächelt nur und schüttelt leicht den Kopf. »Kann ich dir nicht sagen. Es war kein bewusstes Tun. Es passte irgendwann einfach.« Katrina legt den Arm um ihre Schultern und strahlt sie voller Stolz an.

Bewundernd gleitet mein Blick über die fein modellierten Züge der Frau, ihr Lächeln, das nur um ihre Mundwinkel sichtbar ist, die zarten Linien von Schmerz und Lebenserfahrung, die sich in die Haut um Nase und Augen eingegraben haben. Stein, dem unter Manus geschickten Händen Emotionen eingehaucht wurden. Dieses Schöpferische, das liebe ich an unserer Arbeit.

Jemandes Blick ruht auf mir und ich schaue hin, direkt in die schokoladenbraunen Augen von Wolodjas Modell.

Meine körperliche Reaktion ist heftig und unmittelbar. Mein Puls hämmert wie nach einem Sprint die steile Treppe zur WG hoch, in meiner Bauchgegend flattert eine ganze Legion von Schmetterlingen. Um meine Verlegenheit zu überspielen, setze ich ein professionelles Gesicht auf und lächle sie strahlend an. »Ah, hallo und herzlich willkommen, diesmal richtig!«

Stumm steht sie da, ergreift auch meine ausgestreckte Hand nicht, sondern starrt mich nur abwartend an.

Zugegeben ein bisschen creepy, aber da ist auch diese wahnsinnige Anziehungskraft, die sie auf mich ausübt. Ich lasse meine Hand sinken und hebe fragend die Augenbrauen. Ein minimales Zögern in ihrem Blick, kommt sie weiter auf mich zu, beinahe unangemessen nahe. Unwillkürlich weiche ich ein Stück zurück, weil sie in meinen persönlichen Raum eindringt.

»Sie sind Sophie Beeck?«

»Die bin ich.«

»Ihre Bilder haben Potential, aber sie vermitteln mir das Gefühl, dass Sie noch nicht ganz zu Ihren wahren Möglichkeiten durchgedrungen sind. Neben den übrigen Kunstwerken dieser Ausstellung wirken sie eher blass.«

Wow. Das hat sie wirklich gesagt, mit ihrer samtigen Stimme, die mich noch mehr anmacht als ihr Aussehen. Zwei gegensätzliche Impulse zerren an mir: sie zu küssen oder ihr die Meinung zu geigen. Anstatt der Aufforderung, sich ihr zweischneidiges Kompliment sonst wohin zu schieben, rutscht mir die Bemerkung heraus: »Sind Sie immer so direkt und kommen gleich zum Punkt?«

Sie lächelt. Meine Knie werden weich und die Wut in meinem Bauch noch feuriger. »Als Künstlerin sollten Sie mit konstruktiver Kritik umgehen können«, schleudert sie mir entgegen und geht dann allen Ernstes weiter, um sich einen Sekt zu holen.

»Was war das denn?«, fragt Manu und sieht mich von der Seite an, völlig baff.

Katrina wirkt ähnlich verwirrt, sie schaut der Fremden schweigend hinterher, bis sie zwischen den anderen Gästen verschwindet.

»Heiß ist sie ja«, sagt sie schließlich. »Aber eingebildet ist gar kein Wort für das, was sie da gerade gebracht hat. Als ob sie Kunstmäzenin wäre oder so etwas.«

»Ist sie garantiert nicht«, erklärt Manu. »Wolodja hat sie mal gemalt. Er hat erzählt ...« Sie greift sich an die Stirn und presst zwei Finger auf ihre Nasenwurzel, als habe sie Schmerzen. »Komisch, jetzt kann ich mich gar nicht mehr erinnern. Ihr Name ist auch weg. Also, sie ist Wolodjas Modell gewesen, deswegen ist sie wahrscheinlich hergekommen. Aber warum sie deine Bilder schlechtmacht, aus heiterem Himmel, ungefragt, zumal sie gar nicht vom Fach ist, das verstehe ich absolut nicht. Ihre Kritik entbehrt jeder Grundlage. Aber das weißt du natürlich selbst.«

Als ich nicht antworte, schaut Manu mich stirnrunzelnd an. »Sophie? Du hast dich doch nicht etwa davon beeindrucken lassen?«

»Ihre Meinung ist mir völlig egal, denn sie ist mit Sicherheit bei mir unten durch.« Ganz kann ich den verletzten Unterton nicht aus meiner Stimme heraushalten. So ein Mist, sie und ihre Meinung müssten mir völlig gleichgültig sein. Aber Monate der Träumerei zeigen eben doch ihre Wirkung.

Katrina mustert mich nachdenklich. »Du wirkst, als habe sie dich in irgendeiner Weise enttäuscht. Kennt ihr euch denn, abgesehen davon, dass wir dich bei jedem Besuch im Atelier dabei erwischt haben, wie du ihr Porträt anschmachtest?«

»Nein. Bist du ihr schon einmal begegnet?«

Manus Freundin streicht sich nachdenklich durch ihren kurzen dunkelblonden Haarschopf. Im Gegensatz zu Manu ist sie groß und schlank. Ihre leuchtend grünen Augen bilden einen reizvollen Kontrast zu ihrer sonnengebräunten Haut. Sie hat eine Adlernase, die überhaupt keinem gängigen Schönheitsideal entspricht und die sie, nach Manus und meiner Meinung, erst recht anziehend macht, weil sie kein Nullachtfünfzehn-Gesicht hat.

»Ich weiß es nicht«, sagt Katrina, nachdem sie eine Weile überlegt hat. »Ich glaube nicht, sonst hätte ich mich bestimmt an ihr Modelgesicht und an ihre zickige Art erinnert.«

»Ich hätte eher an ihre Kurven gedacht«, wirft Manu ein und bringt uns damit zum Lachen. »Was denn? Unter rein künstlerischen Gesichtspunkten natürlich!« Sie mimt die gekränkte Unschuld. Katrina beugt sich zu ihr und beißt sie ins Ohr, nicht besonders sanft. Manu kichert. »Hilfe, ein Vampir!«

»Vampire gibt es gar nicht«, sage ich grimmig, und füge leise hinzu: »Leider«, aber die beiden reagieren nicht. Sie tauschen gerade verliebte Blicke.

Die beiden so ineinander versunken zu sehen, obwohl sie gefühlt schon ewig zusammen sind, trifft einen wunden Punkt bei mir. Irgendwie ist meine Sehnsucht zu groß für meine Haut, sie drängt hinaus und will sich zeigen. Aber ich kann mich ja schlecht der nächsten hübschen Frau an den Hals werfen. Schon gar nicht dieser miesen, arroganten …

Natürlich sehe ich sie kurze Zeit später wieder, was ja in diesen begrenzten Räumlichkeiten auch nicht zu vermeiden ist. Der Anblick trifft mich wie ein Schlag in die Magengrube: Sie hat den Arm um einen Mann gelegt und schiebt ihn sanft in Richtung Tür. Er sagt irgendetwas und sie lacht, ein warmer, voller Klang, tiefer, als ich aufgrund ihrer Sprechstimme erwartet hätte.

Mein Blick fällt auf sein Gesicht und ich reiße erstaunt die Augen auf: Das ist Lukas Quast! Der blonde Haarschopf, das leicht zurückweichende Kinn, die wachen blauen Augen, eindeutig einer der bekanntesten Männer der Berliner Kunstszene. Und ausgerechnet er verlässt die Vernissage mit dem Modell seines Stars.

Nach unserem kurzen, unerfreulichen Wortwechsel von vorhin schien sie mir eine Frau zu sein, die sehr viel von sich hält, weil ein junger, aufstrebender Künstler sie gemalt hat. Jetzt verfinstert sich mein Bild von ihr noch weiter: Sie scheint zu diesen Leuten zu gehören, die selbst weder künstlerisch tätig sind noch eine Galerie betreiben, die sich aber gerne im Dunstkreis der Kunstszene bewegen, um ein wenig vom Glamour abzubekommen. Eine Art Groupie, das sich nun an den Galeristen heran schmeißt, weil ihr Künstlerfreund tot ist. Vielleicht möchte sie so viel, wie es noch geht, von Wolodjas Glanz profitieren. Angewidert möchte ich meinen Blick abwenden, aber in diesem Moment dreht sie ihren Kopf und schaut mir voll in die Augen. Schon wieder.

Der Ausdruck in ihrem Gesicht überrascht mich. Etwas Hungriges, Ungeschütztes liegt darin, gar nicht so weit entfernt von der Sehnsucht, die mir die Kehle zuschnürt. Nur für den Bruchteil einer Sekunde, dann ist es, als ob sich eine unsichtbare Wand vor ihre Augen schiebt. Jetzt wirkt sie nur noch unnahbar, wie vorhin.

»Sehe ich richtig und Miss Unausstehlich hat sich Lukas gekrallt?«, raunt Manu an meinem Ohr.

Ein Schmunzeln wider Willen breitet sich auf meinem Gesicht aus. Meiner Mitbewohnerin entgeht überhaupt nichts. Während sie und Katrina Blicke miteinander tauschen, die mich erröten lassen, checkt sie gleichzeitig die Menge nach interessanten Kontakten ab.

»Der Name passt schon mal«, erwidere ich.

Nachdem der Galerist und seine Begleiterin im Dunkel des Abends verschwunden sind, atme ich erleichtert auf. Als wäre ein Bann gebrochen, lockert sich meine Zunge und ich kann mich endlich in den Trubel stürzen, um mein lang vernachlässigtes Netzwerken aufzunehmen.

»Hey, Sophie!« Das ist David, ein Autor, der mit mir einen Lyrikband geplant hat. Viel Geld wird mir das nicht einbringen, aber, wenn es gut läuft, Präsenz in einigen bekannten Blogs und auf Buchmessen, und vielleicht ein paar verkaufte Bilder.

Mit einem strahlenden Lächeln in seinem schmalen Gesicht kommt David auf mich zu. »Deine Bilder noch mal alle auf einmal zu sehen, das ist so beeindruckend! Ich könnte mich ganz in ihnen verlieren. Deine Kitesurfer sind einfach nur toll.«

»Danke«, sage ich mit aufrichtiger Freude. Es tut gut, einen Fan zu haben, nachdem die Frau meiner Träume mich so gnadenlos heruntergeputzt hat.

»Hast du meine letzten Texte schon gesehen?«, möchte David wissen.

»Ja, natürlich, ich lese die immer sofort. So, so gut! Du wolltest wohl unbedingt zu dem Bild mit den Grashüpfern was machen?«

»Auf jeden Fall. Ich finde, ein dadaistisches Kindergedicht kann ruhig dabei sein. Sonst sind das ja eher ernste Themen.«

»Ist dir sehr gut gelungen. Die Leute werden es lieben. Es haben schon einige nachgefragt, wann wir endlich veröffentlichen.«

Davids kaffeebraune Augen glänzen vor Begeisterung. »Das ist top. Hoffentlich findet es ganz viele Leser.«

Wir schnappen uns einen Sekt und verziehen uns für die weitere Planung auf das Sofa, das im hinteren Bereich steht, da, wo mein Kitesurfer-Bild hängt.

Davids Enthusiasmus ist ansteckend. Er ermutigt mich, meiner Kunst etwas zuzutrauen. Klar, als Wolodja mich gefragt hat, ob ich zusammen mit ihm und Manu ausstellen möchte, war ich völlig von den Socken. Das war eine Riesenchance. Wenn bloß Wolodja hier wäre, um mit Manu und mir gemeinsam durch die Ausstellung zu gehen. Seine Kommentare zu meinen Bildern hätten mir etwas bedeutet. Er hätte viel, viel mehr Zeit verdient, um seine Kunst weiter zu entwickeln.

Als ob David meine Gedanken lesen kann, fragt er mich: »Es ist traurig, oder?«

»Ja. Wolodja war kein enger Bekannter, aber wenn wir uns gesehen haben, war er immer super freundlich zu mir. Er hat sich nie etwas darauf eingebildet, dass alle plötzlich seine Bilder kaufen wollen.«

Im Gegensatz zu einer gewissen Miss Unausstehlich, die gar nichts hat, auf das sie sich etwas einbilden könnte. Außer ihrem tollen Körper … äh. Das nervt langsam. Nicht einmal meiner inneren Stimme gelingt es, gehässig über meine Traum-Frau zu sprechen.

»Er wurde abrupt aus dem Leben gerissen. Das ist unglaublich schade«, sagt David und ich zwinge mich, seinem Gedankengang zu folgen. »Sein Bild vom Puppentheater zum Beispiel. Das liebe ich und habe noch nie etwas in der Art gesehen. Als Künstler wird er allen im Gedächtnis bleiben. Aber es ist unglaublich schade. Eine fiese Krankheit, dieses COPD.«

Moment. Wie bitte? »Wie kommst du darauf, dass Wolodja an einer Krankheit gestorben ist? Es war doch ein Giftmord, das stand doch überall in den Medien!«

»Ein Giftmord? Bist du sicher? Aber dann hätte es doch eine polizeiliche Untersuchung gegeben.«

Meine Augen werden immer größer. Irgendetwas stimmt hier ganz und gar nicht.

Weil David mich anschaut, als wäre ich diejenige, die plötzlich wirres Zeug redet, atme ich tief durch und versuche, mir meine wachsende Bestürzung nicht anmerken zu lassen. »Vielleicht war das nur ein Gerücht«, lenke ich ein und setze einen neutralen Gesichtsausdruck auf, den Manu oder Katrina mir nie im Leben abgekauft hätten, David aber schon. So gut kennt er mich noch nicht.

»Ja, die Gerüchteküche kommt bei so was immer schnell in Gang«, stimmt er mir zu. Ganz überzeugt wirkt er noch nicht, sondern betrachtet mich nachdenklich. »Mich hat auch etwas stutzig gemacht«, sagt er schließlich zu meiner Überraschung. »Im Internet sind kaum noch Informationen zu Wolodjas Tod zu finden. Er war ein bekannter Künstler, da müsste es mehr Artikel geben, und vor allem mehr Posts.«

»Wann hast du zuletzt nachgeschaut?«

»Vorhin, als mir jemand von dem COPD erzählt hat. Diese Info habe ich gefunden, aber sie stammt von heute.«

»Steht etwas über Sara drin?«

»Wer soll das sein?«

»Seine Freundin.«

»Wolodja hatte keine Freundin, so weit ich weiß. Von wem hast du das gehört?«

»Weiß ich nicht mehr. Vielleicht war es nur ein Teil des Gerüchts«, sage ich schnell.

Bei mir fällt langsam der Groschen. Jemand muss das gesamte Netz durchforstet haben, um alle Hinweise auf einen Giftmord und auf Saras Existenz zu beseitigen. Wie das gehen soll, ist mir ein Rätsel, aber mit genug Geld und Kontakten ist es wahrscheinlich kein Problem.

Erschreckend ist, wie schnell David die neue Version der Wirklichkeit akzeptiert hat. Ich selbst weiß von dem Giftmord nur aus einem Zeitungsbericht, aber wer vergisst denn auf einen Schlag alles, was er gelesen hat!

»Du hast jetzt zu fast allen Bildern aus unserer Auswahl Texte geschrieben, richtig? Welche fehlen noch?« Schnell das Thema zu wechseln scheint mir die einzige Lösung zu sein, um den Abend nicht noch eigenartiger werden zu lassen, als er ohnehin schon ist.

»Eins nur noch. Das von dem Mann an der Haltestelle im Nirgendwo, das berührt mich total, aber dieses Gefühl mit Worten wiederzugeben … Wahrscheinlich wird es ein sehr minimalistischer Text.«

Ich lasse die Luft entweichen, die ich unbewusst angehalten habe. Jetzt ist nicht der Zeitpunkt, und David nicht der geeignete Gesprächspartner, um mit Verschwörungstheorien über Wolodjas Tod anzufangen. Nachher, wenn es ruhiger ist, möchte ich noch einmal mit Manu und Katrina über das Thema reden. Vielleicht war David einfach nur falsch informiert.

Der richtige Zeitpunkt kommt und kommt nicht.

Der stetige Strom von Besuchern reißt nicht ab. Die meisten wollen Wolodjas Bilder sehen, aber auch Manu und ich werden wieder und wieder angesprochen. Wir posieren für Fotos; Manu lässt sich von einem Journalisten interviewen, der sich im Anschluss für meine Kitesurfer interessiert; wir trinken Sekt, bis er uns gefühlt zu den Ohren heraussprudelt, wechseln dann zu Wein und mehr Gesprächen, dann Musik; um vier Uhr morgens sinken wir völlig erschöpft auf das Sofa.

Auch jetzt ist nicht der richtige Zeitpunkt, aber ich versuche es trotzdem: »Sag mal, Manu, was ist eigentlich aus Sara geworden?«

»Sara? Wer soll das sein?«

Der Sekt hat meine Zunge gelöst. Bevor die Vernunft siegen kann, platzt es aus mir heraus: »Na, Wolodjas Freundin, von der heute niemand mehr etwas wissen will.«

»Wolodja hatte eine feste Freundin? Das ist mir ja völlig neu«, sagt Katrina verwundert. Manu schaut mich nur irritiert an.

»Was?«, frage ich, verwirrt und allmählich ganz schön frustriert. Bin ich denn bitte schön die Einzige, die keinen spontanen Gedächtnisverlust erlitten hat?

»Also, davon hätte Wolodja mir bestimmt erzählt«, sagt Manu langsam. Die tiefe Falte auf ihrer Stirn sagt mir, dass die spritzige

Stimmung vom Sekt verflogen ist und sie sich fragt, was dieses Thema jetzt soll.

»Vergiss es«, lenke ich ein. »Wahrscheinlich hatten wir heute zu viel Sekt und zu viele skurrile Gespräche.«

»Das glaube ich auch«, erwidert Manu. Und weil sie wirklich eine Eins A Freundin ist, lässt sie die Irritation vorübergehen, als wäre nie etwas gewesen, und ruft: »Aber hey, das haben wir heute richtig gut gemacht! Wolodja wäre stolz auf uns.«

»Absolut«, stimmt Katrina ihr zu und gibt ihr einen dicken Schmatz auf die Wange.

»He, macht das wo anders!« Auf meinen lahmen Protest hin grinsen sie breit.

»Komm her«, sagt Katrina, streckt einen Arm aus und zieht mich mit in eine Umarmung. Als meine Freundinnen mich an sich drücken, kommen mir die Tränen. Vielleicht ist es der Alkohol, vielleicht das Wechselbad der Gefühle, oder das Nachlassen der Anspannung. Jedenfalls schluchze ich in Manus Shirt und die beiden streicheln meinen Rücken.

Das leise Klicken der Glastür an der Vorderseite des Ateliers lässt uns auseinanderfahren.

Mir fallen fast die Augen aus dem Kopf. Wer da zu später oder eher sehr früher Stunde durch die Ausstellungsräume auf unser Sofa zu schreitet, ist niemand anders als … »Sylvie!«, quietsche ich.

Etwas zerknautscht und erschöpft, aber immer noch todschick in ihrem Business-Outfit steht da meine Schwester vor uns und nimmt die Szenerie in sich auf. »Gruppenkuscheln?«, fragt sie amüsiert.

»So ähnlich. Ich war gerade etwas nah am Wasser gebaut.«

»Ich weiß, es ist spät«, sagt meine Schwester, ohne auf mein Geständnis weiter einzugehen, »aber eine exklusive Führung wäre mir eine große Freude, und danach fahre ich euch nach Hause. Es ist ja nicht gerade die sicherste Gegend hier.«

»Niederschönhausen?«, fragt Katrina verblüfft. »Nun ja … Aber hey, warum nicht. Um die Zeit könnten wir sogar schneller sein als die Straßenbahn.«

Die Bemerkung meiner Schwester, es sei hier nachts gefährlich, macht mich stutzig. Kann es sein, dass sie als Einzige nicht von dem eigenartigen Gedächtnisschwund betroffen ist? Nachher muss sie mir unbedingt Rede und Antwort stehen. Aber zuerst ist unsere Ausstellung dran. Ein letztes Mal in dieser Nacht spreche ich über meine Bilder, erzähle kleine Anekdoten, wie sie entstanden sind, erläutere handwerkliche Details. Dann zeigt Manu Sylvie ihre Skulpturen. Anschließend wenden wir uns Wolodjas Bildern zu. Das Puppentheater, der Tänzer, die Jugendlichen im Park, die Frau, die ihre gesamte Habe in einem Einkaufswagen und zehn Plastiktüten mit sich herumfährt … Egal, welches Motiv Wolodja gewählt hat, es wird wie durch Magie lebendig.

Und dann, unvermeidlich, stehe ich vor ihrem Porträt.

»Mensch, Sophie, das ist doch genau dein Typ Frau, oder?«, will Sylvie wissen und erntet von mir nur ein undeutliches Knurren. Taktgefühl liegt nicht in der Familie.

»Sophie hatte vorhin eine Begegnung der besonderen Art mit dieser Lady«, erklärt Manu, an meine Schwester gewandt. »Sie ist gerade nicht gut auf sie zu sprechen. Sie hatten etwas explosive Chemie zwischen sich.«

Sylvie lacht nur. »Das Modell des Künstlers war hier? Klingt nach der perfekten Frau für Sophie. Wie wäre es, kleine Schwester?«

»Ganz bestimmt nicht«, grummle ich und funkle das Bild wütend an.

Die gemalte Frau starrt zurück, und zu meinem Leidwesen setzt bei mir dieselbe Reaktion ein, die ich vorhin bei der realen Person erlebt habe: Eine wilde Schmetterlingsjagd in meinem Bauch, ein Kribbeln am ganzen Körper, ein Ziehen an strategisch wichtigen Stellen, und unter all dem eine heiße, heftige Wut. Mein Gesicht glüht, wie nahezu meine ganze Haut. Wahrscheinlich erröte ich gerade von Kopf bis Fuß. Zum Glück weiß Sylvie, wann sie mich nicht weiter reizen sollte, und verkneift sich einen Kommentar.

Manu und Katrina starren mich fasziniert an. Im Unterschied zu Sylvie wissen sie bis ins Detail, was dieses Bild bei mir auslöst und dass ich am liebsten mein gesamtes Hab und Gut verpfänden würde, um es zu besitzen.

»Dieser Wolodja ist wirklich ein Meister«, sagt meine Schwester. »Er hat sie gemalt, als würde sie im nächsten Moment von der Leinwand herunterspringen.«

»Und unsere Sophie ärgern? Das würden wir diesmal sofort verhindern«, erklärt Katrina und entlockt mir ein Lächeln.

»Wollen wir dann los?«, fragt Manu. Mein Gewissen plagt mich, weil sie so müde aussieht und niemand von uns auf die Zeit geachtet hat.

»Es ist okay, Sophie. Ich war voll dabei, und jetzt reicht es mir für heute«, sagt meine Mitbewohnerin, die meinen Blick richtig deutet. Katrina legt den Arm um sie und schiebt sie sanft, aber bestimmt in Richtung Tür. Sylvie und ich folgen ihnen. Wir alle schnappen nach Luft, als wir in die tiefschwarze Kälte hinaustreten.

»Halt, ich muss noch die Alarmanlage anschalten«, protestiert Manu, als Katrina sie direkt zu Sylvies blauem Ford führen will. Sie löst sich von ihrer Freundin und dreht den Sicherheitsschlüssel.

Eigentlich müsste für einen kurzen Moment der Alarmton angehen, sobald die Anlage scharf geschaltet ist. Aber nichts passiert. Manu zieht den Schlüssel heraus und versucht es erneut. Wieder nichts.

Schließlich flucht sie und schließt die Tür ab, ohne die Alarmanlage einzuschalten. »Ich habe es versucht. Ihr seid meine Zeuginnen. Den Notdienst können wir auch von zu Hause anrufen, jetzt möchte ich einfach nur noch los.«

Wir steigen ins Auto, Sylvie winkt mir, nach vorne auf den Beifahrersitz zu kommen; Manu und Katrina kuscheln sich auf den Rücksitz. Es ist angenehm warm, und die Müdigkeit kommt mit voller Wucht.

Im Spiegel sehe ich, dass meinen Mitbewohnerinnen schon fast die Augen zufallen. Bestens. Das ist meine Chance, um etwas zu überprüfen.

»Sylvie?«, frage ich.

»Mhm?«

»Weißt du noch, woran Wolodja gestorben ist?«

»Klar, das war doch dieser Giftmord«, sagt meine Schwester. »Ziemlich gruselig, vor allem, weil sie seine Freundin nicht finden können. Wie hieß sie noch, was hattest du gesagt?«

»Sara«, antworte ich verblüfft. Das Gedächtnis meiner Schwester scheint nicht gelitten zu haben.

»Ach ja, genau. Du kanntest sie nicht persönlich, oder?«

»Nein. Nur Wolodja. Aber sag mal, Sylvie, hast du in der Zwischenzeit noch mal nachgelesen oder recherchiert?«

»Nein, warum?«

»Weil auf geheimnisvolle Weise alle Info dazu verschwunden ist.«

»Kein Problem, ich hatte den Artikel ausgedruckt. Möchtest du ihn haben?«

»Auf jeden Fall. Du darfst das aber nicht an die große Glocke hängen, ja?«

»Verschwörungstheorien, kleine Schwester? Das passt überhaupt nicht zu dir.«

»Eigentlich nicht. Aber du würdest dich auch seltsam fühlen, wenn alle um dich herum dir plötzlich erzählen würden, dass du dir das falsch gemerkt haben musst.«

Noch seltsamer ist, dass sich allmählich ein Verdacht bei mir zu formen beginnt. Wer, wenn nicht eine kunstbeflissene Freundin des Künstlers und ein Galerist, könnte ein Interesse daran haben, einen Künstler zu ermorden? Wenn irgendjemand etwas davon hat, dann diese beiden. Die Preise für Wolodjas Bilder sind schon in den wenigen Tagen nach seinem Tod in exorbitante Höhen geschnellt. Lukas Quast wird davon profitieren, vor allem, wenn Wolodjas Verwandte vielleicht niemals aufgefunden werden. Und das ehemalige Modell kann Details aus dem Leben des Künstlers ausplaudern und sich in seinem Ruhm sonnen.

Um Sylvie von dieser Theorie zu erzählen, ist sie mir aber doch zu wacklig. Erst einmal bin ich erleichtert, dass nicht mein Kopf verrückt spielt, sondern das Internet. Was ich mir allerdings nicht erklären kann, ist das Verhalten meiner Mitbewohnerinnen, und auch Davids Reaktion. Warum in aller Welt teilen sie meine Irritation über die verschwundenen Texte nicht?

4
NO REST FOR THE WICKED

LYDIA

Weder ihre flammend roten Haare, wie Herbstblätter an einem sonnigen Tag, noch ihre zwischen Grün und Braun changierenden Augen sind der Auslöser. Es ist auch nicht ihr Duft nach Whisky und Karamell, obwohl das allein schon ausreichen würde, um eine Frau schwach zu machen. Es sind ihre Sommersprossen, winzige schokoladige Tupfen auf ihrer sahnefarbenen Haut, die meine Knie weich werden lassen.

Und es ist die Art, wie sie mich anschaut. Als ob sie mich, die Jägerin, mit Haut und Haar auffressen will. Allein ihr Anblick könnte mich dazu bringen, sämtliche Tabus meines Clans zu übertreten. Um nicht stumm wie ein Fisch vor ihr stehen zu bleiben, ignoriere ich ihre schüchterne Begrüßung und gehe schnellen Schrittes in den angrenzenden Raum. Offiziell sind Wolodjas Bilder der Grund für meine

Anwesenheit. Da kann ich wenigstens die Gelegenheit nutzen und sie mir in Ruhe ansehen.

Es gibt nur eine Möglichkeit, wie Sophie Beeck eine solche Faszination für mich entwickelt haben kann: Sie muss Wolodjas Porträt von mir angeschaut haben. Mehrmals. Vampirische Kunst kann starke Emotionen auslösen, und zwar dauerhaft. Das wäre an sich kein Problem, wenn er irgendeine Frau gemalt hätte, und wenn die Anziehungskraft nicht auf Gegenseitigkeit beruhen würde.

In all den Jahrhunderten dienten mir unterschiedslos Männern und Frauen als Nahrungsquelle. Wessen Blut meine Existenz erhält, ist mir egal, solange die Person gesund ist und mich nicht abstößt. Aber meine Liebe und meinen Körper, nicht zwangsläufig beides zur gleichen Zeit, habe ich ausschließlich Männern geschenkt. Nicht, weil mir Frauen nicht gefallen hätten. Aber etwas hat mich davon abgehalten, mein Begehren auszuleben; möglicherweise ein Überbleibsel meiner religiösen Erziehung.

Ich nehme mir Zeit, die Bilder intensiv und gründlich zu sichten. Alles Teil meiner Tarnung als Kunstinteressierte, behauptet mein Verstand. Doch mein Herz weiß: In Wahrheit verstecke ich mich vor Sophie. Die Leidenschaft, die bei unserer Begegnung in ihren haselnussfarbenen Augen aufloderte, könnte mich auf der Stelle verbrennen. Mein Körper reagiert auf sie, als wäre er nicht seit über 500 Jahren tot.

Wie ich ihr Gedächtnis löschen soll, ist mir ein Rätsel. Bei den anderen ist es ganz leicht, weil sie sich für mich nicht groß interessieren. Bei Manu Kaltwasser und bei ihrer Gefährtin brauche ich nur die Giftmord-Sache entfernen, und die Erinnerung an meine Person. Die

Trauer um Wolodja überschattet bei ihnen ohnehin alles andere, das ist klar und deutlich in ihren Augen zu lesen.

Es genügt ein kurzer Blickkontakt, um beiden die Gewissheit einzupflanzen, dass ihr Freund auf tragische, aber friedliche Weise früh aus dem Leben geschieden ist. Ähnlich löse ich das Problem bei dem jungen Dichter, der ohnehin vor allem wegen Sophie hier ist.

Da alle Gäste der Vernissage auf die ein oder andere Weise von dem vermeintlichen Giftmord erfahren haben, mache ich mit meinem Sektglas die Runde und versuche mit so vielen wie möglich in Kontakt zu kommen, um die übrigen Namen auf meiner Liste abhaken zu können. Lukas Quast, der Galerist, kommt mir dabei sehr gelegen. Er weicht nicht von meiner Seite und ist bemüht, mich all denjenigen vorzustellen, die ich noch nicht kenne. Mein Blick suggeriert ihm: Du kannst mich haben, und du willst. Eine unglaublich heiße Nacht wartet auf dich. Lukas ist mir bekannt von einigen Abenden mit Wolodja. Er ist ein Ästhet, sehr anspruchsvoll, was Frauen betrifft. Das Angebot ist reichlich in seinem Fall. Das nutzt er ausgiebig.

Während wir uns zwischen kleinen Grüppchen hindurchschlängeln und Lukas hier und da mit einem strahlenden Lächeln jemanden grüßt, kommt er auf Sara zu sprechen: »Eine hübsche Frau, und so verliebt, die beiden. Tragisch, ganz tragisch.«

»Wen genau meinst du?«, frage ich und schaue ihm direkt in seine wasserblauen Augen. Du weißt nicht, wer Sara ist. Wolodja hat nie eine Beziehung gehabt, die länger dauerte als ein paar Wochen.

Lukas lächelt ein wenig verwirrt, dann wird sein Blick wieder klar. Drei junge Frauen winken ihm zu und rufen seinen Namen. Er wendet sich ihnen zu und hat unseren kurzen Wortwechsel bereits vergessen. »Hallo! Wie schön, dass ihr meiner Einladung gefolgt seid.«

Da ich für die nächsten paar Minuten nichts zu tun haben werde als geheimnisvoll und dekorativ an der Seite des Galeristen zu verharren, schweifen meine Gedanken ab zu meinem Job und dem Folgeauftrag.

Das mit Sara könnte noch zum Problem werden, ihre Leiche wurde von der Polizei nicht gefunden. Diese Tatsache lässt nur zwei Erklärungen zu: Jemand anderes hat in das Geschehen eingegriffen, oder es gibt etwas über Sara, das ich nicht weiß. Denn bei ihr war unbestreitbar kein Puls mehr vorhanden, das hatte ich überprüft.

»Wolodjas Modell, wie interessant!«, kommentiert eines der Mädchen etwas, das Lukas zu ihnen gesagt hat.

»Vor allem tat mir nachher alles weh, vom stundenlangen Dastehen in dieser Haltung.« Ich nehme die Pose ein, in der mich Wolodjas Bild zeigt: meine linke Hüfte ist leicht nach vorne gedreht, der rechte Arm hängt locker herunter, die Finger meiner linken Hand spielen mit dem Ledergürtel, der das Kleid an der Taille zusammenrafft. Das Kinn ist angehoben, der Blick herausfordernd.

Die drei brechen in helles Gelächter aus, sie haben das Bild offensichtlich schon gesehen und erkennen meine Anspielung sofort. Im selben Moment wird mir mein Fehler bewusst; meine Verbindung zu Wolodja und zu diesem Bild sollte nicht derartig in den Fokus geraten.

Ich gebe die Pose auf, wende mich Lukas zu und schnurre leise: »Hattest du nicht von einem italienischen Restaurant ganz in der Nähe gesprochen?«

Du willst mit mir allein sein.

Während Lukas nach ein paar höflichen Floskeln das Gespräch beendet, begierig, mit mir die Veranstaltung zu verlassen, lösche ich bei den jungen Frauen jede Erinnerung an die Begegnung mit mir.

Mein Gesicht wurde bereits auf Leinwand gebannt. Noch mehr Aufmerksamkeit braucht es wirklich nicht. Ohnehin, das Bild … Nein, ich möchte es nicht zerstören. Aber auf jeden Fall ist es in einer illegalen Sammlung besser aufgehoben als in der Öffentlichkeit.

Einer der vielen Künstler, die hierhergekommen sind, um Kontakte zu knüpfen, spricht Lukas an und ich nutze die Gelegenheit, mich zu entschuldigen.

»Gleich wieder da«, verspreche ich dem Galeristen und ernte einen feurigen Blick von ihm und ein leicht abschätziges Lächeln von dem jungen Mann, der neben ihm steht.

Jetzt schnell zu Sophie. Nicht, um sie in meine Arme zu ziehen und – reiß dich zusammen, Lydia!, sondern um zu versuchen, ihr Gedächtnis zu löschen.

Sie steht mit ihren Mitbewohnerinnen vor einer der großen Skulpturen, die von Manu Kaltwasser stammen. Das Talent der Bildhauerin erstaunt und berührt mich. Der Gesichtsausdruck der Frau, die im Begriff ist, einen Steinbrocken von sich zu schleudern, ist von unendlicher Erleichterung gekennzeichnet. Auch Entschlossenheit bildet sich in ihren fein modellierten Zügen ab, in den zahlreichen Fältchen um ihren vollen Mund. Ihre Augen sind vor Anstrengung zusammengekniffen. Je länger ich voller Begeisterung die Skulptur betrachte, desto mehr Details eröffnen sich mir. Fast könnte ich vergessen, dass mich ein Auftrag hierher geführt hat.

Natürlich habe ich mir auch die Bilder von Sophie Beeck angeschaut. Ihre ›Kitesurfer‹ haben in mir die Sehnsucht nach dem Meer geweckt. Widersinnigerweise, denn sie hat kein Idyll gemalt, keine türkisfarbene See, die in der Sonne glitzert, auch nicht die bunten Lenkdrachen, sondern sturmgraue Wolken und zwei Menschen, die mit der Gewalt von Wind und Wellen ringen. Man sieht von der einen Person nur den Kopf und die Arme aus dem Meer ragen, der Mund ist zu einem Schrei aufgerissen, die Schnüre des Drachen reichen diagonal über die obere Bildhälfte und enden in der linken Ecke. Von der zweiten Person sieht man das Bord und die Füße in der Luft.

Das Gefühl abschüttelnd, das diese Frau und ihre Bilder in mir auslösen, mustere ich ihren Hinterkopf, den langen, wilden Lockenschopf, an der rechten Seite und im Nacken kurz geschnitten. Die zarte Haut dort duftet einladend. Meine Hände zu Fäusten geballt, um mich nicht zu vergessen, konzentriere ich mich auf meine Botschaft an sie: *Es hat nie einen Giftmord und nie eine Sara gegeben. Wolodja war sehr krank.*

In diesem Moment dreht sie sich um und schaut mir direkt in die Augen. Ihr Mund öffnet sich ein wenig, was unbeschreiblich sexy wirkt, dann atmet sie tief durch und der Moment ist vorbei. Sie begrüßt mich freundlich und reicht mir die Hand, die ich nicht nehme. Mit meiner Kontrolle ist es gerade nicht weit her. Wer weiß, was eine Berührung in mir auslösen könnte.

Zu meiner Verlegenheit fällt mir nichts ein, was ich sagen kann, um meine Unsicherheit zu überspielen. Mein Körper ist wie erstarrt.

Sie lässt ihre Hand sinken und hebt fragend die Augenbrauen.

Unwillkürlich trete ich näher an sie heran, um ihren Duft einsaugen zu können. Ihre Augen weiten sich und sie weicht zurück, offensichtlich ist ihre persönliche Grenze des Angenehmen überschritten.

»Sie sind Sophie Beeck?« Schnell ein Gespräch beginnen, das ist das Einzige, was mich jetzt noch daran hindern kann, eine Dummheit zu begehen.

»Die bin ich.« Sie wirkt ein wenig misstrauisch, aber auch hoffnungsvoll, als warte sie auf ermutigende Worte von meiner Seite.

Um diese Hoffnung im Keim zu ersticken, fahre ich schwere Geschütze auf und mime die Kunstkritikerin: »Ihre Bilder haben Potential, aber sie vermitteln mir das Gefühl, dass Sie noch nicht ganz zu Ihren wahren Möglichkeiten durchgedrungen sind. Neben den übrigen Kunstwerken dieser Ausstellung wirken sie eher blass.«

Wütend und verletzt schießt sie zurück: »Sind Sie immer so direkt und kommen gleich zum Punkt?«

Unter ihrem Zorn lodert Begehren. Ein Lächeln zupft an meinen Mundwinkeln. Beides, ihre Wut und ihre Leidenschaft, verschärfen sich daraufhin. Ihre Hände zucken. Am liebsten würde sie mir eine Ohrfeige verpassen.

»Als Künstlerin sollten Sie mit konstruktiver Kritik umgehen können«, sage ich kühl, drehe mich um und stolziere davon, in Richtung eines Praktikanten, um mir von seinem Tablett ein Alibi-Glas Sekt zu schnappen.

Kurze Zeit später begegnet mir Sophie Beeck zum dritten Mal. Lukas Quast hat gerade entschieden, auf eine Fortsetzung des Abends in einem intimeren Rahmen nicht länger warten zu wollen, und folgt mir bereitwillig zum Ausgang. Etwas verloren steht sie neben Manu Kaltwasser und deren Partnerin, die miteinander turteln, als gebe es kein Morgen. Tapfer mimt sie die Gelangweilte.

Die junge Malerin fasziniert mich unendlich und ich wünsche mir zum ersten Mal seit vielen Jahrhunderten, ein ganz gewöhnlicher Mensch zu sein. Dann könnte ich den Galeristen stehen lassen und sie nach ihrer Telefonnummer fragen.

Aber mein Folgeauftrag erfordert, dass diese Scharade noch wenigstens für ein paar Stunden andauert, und so lege ich meinen Arm leicht um Lukas' Taille, beuge mich zu ihm und flüstere: »Italienisch für Anfänger: »Vorrei far l'amore con te.«

Er lacht mit seiner angenehmen Baritonstimme und antwortet: »Molto volentieri!«

Mein antwortendes Lachen klingt sinnlich und einladend, aber mein Herz ist nicht darin.

Wenn Blicke töten könnten, und zwar auch Unsterbliche wie mich, bliebe da jetzt von meiner Person nur noch ein kleiner Brandfleck auf dem Terrazzoboden. Die mentale Kraft dieser Frau kommt einem brodelnden Vulkan gleich. Ich kann nicht anders und drehe mich nach ihr um. Für einen kurzen Moment begegnen sich unsere Blicke ungeschützt. Die Sehnsucht in ihren Augen überwältigt mich. Mein Körper steht in Flammen. Gewaltsam das Bedürfnis unterdrückend, Sophie in meine Arme zu schließen, attackiere ich sie auf der mentalen Ebene: Die anderen haben Recht, das mit dem Giftmord war ein bloßes Gerücht!

Wie erwartet gleitet mein Blick wirkungslos an ihr ab. Was auch immer es ist, das mich daran hindert, ihr Gedächtnis zu löschen, ist stärker als meine Magie. Darüber muss ich später nachdenken. Jetzt habe ich die Aufgabe, eine Pizza so aussehen zu lassen, als wäre sie zu einem Drittel gegessen worden, und einen Mann glauben zu machen, er sei für diesen Abend der Mittelpunkt meiner Welt. Ohne zurückzuschauen folge ich Lukas, der mir galant die Tür aufhält, hinaus in die Kälte.

Wohlig räkle ich mich zwischen den mit Satin bezogenen Kissen. Meine Haut hat jenen rosigen Farbton, den sie nur dann annimmt, wenn frisches, warmes Blut durch meine Adern fließt. Meine Lippen schmecken noch danach, darunter die leicht salzige Note von Pizza und Mann.

Der Galerist liegt friedlich schlummernd in seinem Bett, ein wenig blass um die Nase, aber mit einem seligen Ausdruck auf seinem Allerweltsgesicht. Mächtige Männer zu allen Zeiten und in allen Kulturen tendieren zu ein und demselben Fehler: Sie wollen nicht wahrhaben, wenn jemand sie ausnutzt.

Lukas ist mir sogar sympathisch; er kann sehr witzig sein. Er gehört nicht zu denen, die sich nur für sich selbst und für ihre Arbeit interessieren. Um mich auf kultivierte Weise in sein Bett zu locken, hat er mich in ein teures italienisches Restaurant ausgeführt. Dafür ließ er sich sogar hinreißen, frühzeitig von der letzten Vernissage seines Vorzeige-Künstlers aufzubrechen. Die Macht des Blicks ist wirklich nicht zu unterschätzen.

Im Austausch für sein Blut hat der Galerist bekommen, was er sich von mir erhofft hatte: Eine unvergesslich erotische Nacht. Er wird sich nicht an jedes Detail erinnern können, wohl aber an meinen talentierten Mund. Während er sich mit einer Frau vergnügt hat, die ihm intellektuell und auch im Bett ebenbürtig war, habe ich den Abend auf meine Weise genossen, mich ganz unkompliziert von seinem Blut genährt und nebenbei meine Arbeit getan. Wenn der Galerist erwacht, wird er sich nicht mehr an meinen Namen erinnern. Er wird auch vergessen haben, dass die ›Frau in Schwarz‹ ein ihm bekanntes Vorbild hat. Wolodjas Bilder wird er an die Meistbietenden verkaufen, nur dieses eine nicht, denn es wird schon verkauft sein.

So weit bin ich zufrieden mit mir. Jetzt muss ich gleich zurück nach Niederschönhausen fahren, um ein Bild zu stehlen.

Mit der ›Frau in Schwarz‹ und ihrem Zauber fangen leider auch die Probleme an, denn mir will einfach nicht aus dem Kopf gehen, wie Sophie mich vorhin angeschaut hat. Wenn es für uns üblich wäre zu heulen und sich die Haare zu raufen, wäre das jetzt ein passender Anlass. Aber für so etwas fehlt mir ohnehin die Zeit.

Wäre ich nur darauf aus gewesen, einen Kerl zu finden, um ab und zu mit ihm zu schlafen und mir dabei ein bisschen von seinem Blut zu nehmen, wäre alles gut. Ich könnte nach Hause fahren, mich dort entspannt zurücklehnen und mich meinem vampirischen Nicht-Schlaf überlassen. Vielleicht ein, zwei gute Bücher lesen oder mir Kopfhörer aufsetzen und in einer Sinfonie versinken.

Doch die Zahnräder in meinem Kopf drehen und drehen sich und wollen keine Ruhe geben. Mein Folgeauftrag ist so gut wie erledigt. Alle Namen auf meiner Liste sind abgehakt, bis auf einen. Als Jägerin des Clans müsste ich Sophie jetzt töten, weil sie immun gegen jegliche suggestive Magie zu sein scheint. Der Rest wäre ganz einfach. Aber da mache ich mir nichts vor: Eine solche Tat ist unvorstellbar für mich. Ohne die Malerin kommt mir die Welt plötzlich klein und leer vor. Nahrung und ein wenig Spielen sind eben nicht alles. Meine Liebe zu Carl und alles, was mit ihr zusammen in Vergessenheit gesunken war, ist mit voller Wucht zurückgekehrt. Mir fehlt ein Gegenüber, eine Person, die meine Existenz mit mir teilt.

Sophies Augen funkeln in einem hellen Grün, wenn sie wütend ist. Das ist mir vorhin aufgefallen, als sie wegen meiner Bemerkung so außer sich war. Mit zu streiten wäre herrlich. Und Liebe zu machen … Wenn sie nicht meine Zielperson wäre. *Caspita*! Frustriert werfe ich die viel zu glatte Decke von mir und stehe auf.

Es hilft nichts, eine Entscheidung muss her. Entweder gehe ich zu Henry und bitte ihn, eine andere Jägerin mit Sophies Tod zu beauftragen. Oder ich tue das nicht und gebe dem Ganzen ein wenig Zeit. Sie allein wird nicht gegen die feste Überzeugung ihrer Freunde ankommen, dass es keinen Mord, keine polizeiliche Untersuchung und keine Sara gegeben hat. Die einzige Schwachstelle ist das Bild. Sophie ist dem Zauber meines Porträts verfallen. Wahrscheinlich kennt sie mein Gesicht bis ins kleinste Detail. Da war kein Zögern, kein Zweifel, sie hat mich sofort zuordnen können. Die anderen werden sich vage an Wolodjas Modell erinnern, aber Sophie wird genau sagen können, wie ich aussehe und was sie von mir hält. Wenn sie bezüglich Wolodjas Tod eine Ungereimtheit wittert, wird sie keine Ruhe geben, bis sie etwas herausgefunden hat. Wenn die Polizei sie abblitzen lässt, wird sie es auf eigene Faust versuchen.

Unwillkürlich muss ich schmunzeln, als ihr entschlossenes Gesicht vor meinem inneren Auge erscheint. Wie sie wohl mit ihren Freundinnen über mich spricht?

Es gibt nur eine Lösung: Das Bild muss weg. Es genügt nicht, es zu stehlen und über einen Mittelsmann auf dem Schwarzmarkt zu verkaufen. Es muss sicher versteckt sein, damit niemand auf die Idee kommt, danach zu suchen.

Der Einfall trifft mich wie ein Blitz, und ich grinse ein wenig dümmlich vor mich hin. Flugs stehe ich auf und schleiche barfuß über den weichen Schlafzimmerteppich in Richtung Flur. Ein schläfriges »Wo gehst du hin?« lässt mich zu Eis erstarren.

»Nur zur Toilette, schlaf weiter, *micione*.«

Bettwäsche raschelt, verfluchter Satin!, dann dreht sich Lukas auf die andere Seite und wenig später beginnt er leise zu schnarchen. Der Klang ist nicht unangenehm, wie ein Schnurren, das mich tatsächlich ein bisschen an einen Kater erinnert. Um nicht zu riskieren, dass er mich bei meinem nächsten Vorhaben erwischt, suche ich so schnell wie möglich nach seinem Arbeitszimmer und werde beim zweiten

Versuch fündig: Ein antiker Schreibtisch, übersät mit Papieren, steht in einem der beiden Räume, die auf den Balkon führen. Damit weder der Galerist noch seine Nachbarn auf mein Tun aufmerksam werden, schließe ich vor dem Anschalten des Lichts leise die Tür hinter mir und stelle sicher, dass der Vorhang geschlossen ist.

Ich mache so etwas nicht zum ersten Mal. Hin und wieder erfordert ein Folgeauftrag das Fälschen von Dokumenten. Lukas' Rechner liegt angeschaltet auf einem der Stühle, die Hülle dazu auf dem Schreibtisch. Auf der Innenseite klebt ein gelber Zettel mit Login und Passwort. Erleichtert seufze ich auf und kann mein Glück kaum fassen. So einfach macht es mir selten jemand.

Unter ›Dokumente‹ ist ein Ordner betitelt mit ›Rechnungen‹ abgespeichert. Die ›Frau in Schwarz‹ ist eines von sechs Bildern, die bisher noch nicht verkauft worden sind.

Eine Preisliste gibt es nicht, aber ich gehe die übrigen Rechnungen durch und schätze den Preis für das großformatige Gemälde auf 55.000 Euro. Lieber etwas großzügiger, damit Lukas sich nicht bemüßigt fühlt nachzuforschen.

Mit ein paar Klicks ist eine neue Datei erstellt, das Datum in den Dateieigenschaften angepasst und die übliche Rechnungsadresse angegeben, die unser Clan bei gefälschten Transaktionen verwendet. Digitale Unterschrift, fertig.

Ich drucke das Ganze zweimal aus und stecke ein Exemplar ein, zücke dann mein Smartphone und schicke einen Text an Henry.

Das Geld wird in den nächsten Tagen auf dem Konto des Galeristen eintreffen. Vielleicht braucht es ein zweites Treffen mit ihm, um seine Erinnerung entsprechend anzupassen. Gut nur, dass ich vorsorglich eine andere Jägerin beauftragt habe, die Alarmanlage des Ateliers außer Gefecht zu setzen. Als PR-Managerin des Clans sind mir ein paar Kniffe geläufig, um Passwörter zu umgehen, aber Sicherheitstechnik ist nicht mein Spezialgebiet. Meine Kollegin Linda hingegen ist ein Genie darin.

Draußen ist es dunkel und kalt. Es ist Mitte Januar, angemessen frostig. Die Kälte schadet mir nicht. Dennoch fühle ich ihren Biss. Meine Nase fühlt sich an wie ein lebloses Stück Fleisch. Ich reibe mit der Hand darüber. Der raue Stoff meines Wollhandschuhs kratzt über meine Haut, die Wärme hilft.

In der halbvollen Straßenbahn sind die ersten Pendler unterwegs, und die letzten Feiernden. Feuchte, warme Luft lässt meine Hände und Füße wieder beweglich werden. Die Ausdünstungen der Menschen stören mich nicht weiter. Das geht den meisten Fahrgästen anders. Mit angewiderten Gesichtern wenden sie sich von einem Mann mit Basecap ab, der gerade durch den Mittelgang wankt.

»Ihh!«, kommentiert ein Mädchen, deren verschmierte Mascara nach einer langen Nacht aussieht. Sie stößt ihre Freundin mit dem Ellenbogen an und zeigt mit dem Finger auf den Mann. Der taumelt zu einem der Sitze und sinkt dort zusammen, den Geruch von Bier, Schweiß und Urin verströmend.

Ungerührt setze ich mich neben ihn und beginne eine Melodie aus ›L'Orfeo‹ von Monteverdi vor mich hinzusummen. Erst, als mir ein Sicherheitsmann mit einem Körperbau wie Hulk finstere Blicke zuwirft, höre ich damit auf. Ihn außer Gefecht zu setzen wäre kein Problem für mich, aber das würde unnötiges Aufsehen erregen.

Es ist nach vier Uhr morgens, kein Grund zur Eile, aber es wird doch allmählich Zeit. Die Rechnung zu schreiben und dann meine überall verstreuten Kleidungsstücke einzusammeln, hat ein Weilchen gedauert, vor allem, weil ich Lukas nicht noch einmal aufwecken wollte. Nach dem ausgiebigen Mahl vorhin wäre eine weitere Runde im Bett überflüssig gewesen. Auch ist es besser, wenn er sich an möglichst wenig Details erinnert.

In der Tschaikowskistraße verlasse ich die Tram und nähere mich vorsichtig, auf Umwegen, dem Atelier. Kein Licht brennt dort mehr. Gut. Es sieht so aus, als hätte die Party früher als üblich geendet.

Ich öffne das Schloss mit einer Haarnadel. Keine Alarmanlage, Linda hat ihren Auftrag ausgeführt. Zum dritten Mal in dieser Woche betrete ich Wolodjas Atelier … und schnüffle irritiert. Der Hauch eines fremden Parfüms liegt in der Luft, ganz bestimmt nicht von meiner Teamkollegin, denn sie hasst Blumenduft. Diese Duftnote, Jasmin und Zitronengras, wäre mir im Zusammenhang mit der Vernissage ganz bestimmt im Gedächtnis geblieben. Jemand Fremdes muss vor Kurzem hier gewesen sein. Ich verzichte darauf, das Licht einzuschalten, und lasse meinen Blick suchend durch den hohen Raum schweifen. Nichts. Das liegt nicht an meiner Sehkraft. Meine Augen nehmen auch im Dunkeln mühelos alle Details auf. Der Boden ist schmutzig, voller Straßendreck und Matsch. Im vorderen Raum stehen Kisten mit Sektgläsern, diese sind immerhin gespült worden und warten wohl auf ihren Abtransport.

Es gibt meines Wissens nur diese beiden Räume, und keinen Keller. Links von der großen Glasfront befindet sich ein Vorsprung, hinter dem eine Kellertür verborgen sein könnte. An einem der folgenden Tage sollte ich das überprüfen, um sicher zu gehen, dass sich hier niemand versteckt.

Jetzt wartet eine andere Aufgabe auf mich. Es dauert nicht lange, bis ich wieder vor der ›Frau in Schwarz‹ stehe. Ich lächle meinem Porträt zu und flüstere: »Komm mit, *bellissima.* Wir beide wollen eine Botschaft absenden.« Selbstgespräche gehören zu meiner täglichen Routine. Nicht schlafen zu können macht das mit einem Mädchen.

Das Verpackungsmaterial haben die Künstlerinnen und ihre Helfer im Wirtschaftsraum aufgestapelt. Ich nehme das Bild von der Wandleiste ab und packe das Porträt mit Hilfe eines weichen Tuchs, Luftpolsterfolie, Klebeband und Schere in aller Ruhe ein.

Mit dem großformatigen Bild in meinen Armen kann ich nicht mit der Straßenbahn fahren und gehe daher zu Fuß nach Hause. Die kalte, klare Luft tut mir gut. Mein Plan ist wahnwitzig, aber erspart mir möglicherweise das Auslöschen eines Menschenlebens und das Zerstören eines Kunstwerks.

Dass Vampire gern töten oder darin sogar Befriedigung finden, ist ein häufiges Missverständnis unserer Gewohnheiten. Wir töten, wenn es sein muss, ohne mit der Wimper zu zucken. Aber Befriedigung finden wir nur, wenn wir uns von jemandem nähren, der uns angenehm ist. Warum sollten wir die Person danach umbringen? Zwar können wir keine engen Beziehungen mit Menschen eingehen, weil die Gefahr der Entdeckung langfristig zu groß ist. Aber solange sie nichts davon ahnen, was wir sind, können sie ihr Leben ungestört weiter leben.

Mit Mantel und Schuhen eile ich in mein Wohnzimmer und lehne Wolodjas Bild an die Wand. Sanft streiche ich über den dick in Folie gewickelten Rahmen und wende mich dann zur Tür. Die ›Frau in Schwarz‹ geht jetzt erst einmal nirgendwo hin.

Ein Lächeln breitet sich auf meinem Gesicht aus. Wenn alles weiterhin alles glatt läuft, könnte ich fast an so etwas wie eine Vorsehung glauben – ihr muss nur ein bisschen auf die Sprünge geholfen werden.

Auf dem Weg zum Spätkauf schlage ich meinen Mantelkragen hoch. Die Kälte dringt tief bis ins Mark. Ein eisiger Regen beginnt zu fallen. Ein weiterer Punkt auf meiner Liste von Dingen, die gegen diese Stadt sprechen: Die Winter sind kalt genug, um unangenehm zu sein, aber für Schnee reicht es meistens nicht.

Sonntag früh um sechs ist selbst im Prenzlauer Berg nicht viel los. Eine Frau, die mit zwei Pudeln und einem Regenschirm kämpft und mich kaum eines zweiten Blicks würdigt, hastet an mir vorbei. In einer Toreinfahrt hat sich ein Wohnungsloser in einen Schlafsack und mehrere Schichten Kleidung, Kartonagen und Müllsäcke vergraben, um nicht zu erfrieren.

Die Menschen hängen sehr an ihrem Leben. Es ist wertvoll für sie. Mit einem Anflug von schlechtem Gewissen denke ich an meine Entscheidung, Henry nichts von Sophies Immunität gegen den Blick zu erzählen. Sein Nichtwissen ist ihre einzige Chance, am Leben zu bleiben.

Mit mehreren Packungen Gummitieren in meiner Handtasche, die eine horrende Summe gekostet haben, steige ich in die Straßenbahn in Richtung Friedrichshain. Automatisch strecke ich mentale Fühler aus, um mein Umfeld nach Vampiren abzusuchen. Die Abtrünnigen sind in letzter Zeit aufdringlicher geworden, es kostet mehr und mehr Mühe, sie vom Hauptquartier fernzuhalten. Aber die Präsenzen, die ich spüren kann, sind alle weit weg. Klug von ihnen.

Der Klang von Kirchenglocken empfängt mich, als ich die Tram verlasse und in Richtung des halb fertigen Gebäudekomplexes gehe, in dessen Keller wir uns unter dem Deckmantel der Sicherheitsfirma häuslich eingerichtet haben. Sonntagsgottesdienst? Nein, diese verschlafenen Protestanten haben keine Frühmesse. Die Glocke der nahe gelegenen Kirche schlägt erst viermal und dann siebenmal, um die volle Stunde und anschließend die Uhrzeit zu verkünden.

Ein Motorengeräusch lässt mich zusammenzucken. Ein weißer Lieferwagen mit der absurden Aufschrift ›Wir putzen, bis es glitzert‹ biegt mit quietschenden Reifen um die Ecke und kommt direkt vor dem Eingang zum Kellergeschoss zum Stehen.

Die Ladeklappe öffnet sich, ein dunkles Bündel wird hinausgeworfen und kommt hart auf dem Boden auf, die Klappe wird krachend geschlossen und der Wagen rast davon.

Mit zitternden Knien beuge ich mich zu dem Bündel, das daliegt wie ein Haufen Abfall. Eine dunkle Lache bildet sich darunter. Blut und andere Flüssigkeiten rinnen über den Asphalt in Richtung des Gullys zu meiner Linken.

Porca vacca! Der Geruch ist widerlich, beißend wie Chemikalien und Fäulnis, die ursprüngliche erdige Note kaum noch erkennbar, aber es ist ohne Zweifel Vampirblut.

Eine Präsenz hinter mir lässt meinen Nacken prickeln. Ich drehe mich um. Henry, mein Clanchef, kommt gemessenen Schrittes auf mich zu, flankiert von Pat, dem IT-Experten mit den pinken Haaren, und der Jägerin Nadira. Hinter ihnen fällt die schwere Stahltür mit einem Knall ins Schloss.

Als Henry mich sieht, sacken seine Schultern minimal nach unten, eine Geste der Erleichterung. Dann betrachtet er das kaum als Person erkennbare Ding auf dem Boden. Seine hellblauen Augen sind kalt, ausdruckslos.

»Schon wieder«, stößt Nadira hervor. Sie kommt aus Charlottenburg, eine große, schlanke Frau mit schwarzen Locken. »Hast du sie gesehen, Lydia?«

»Ja, aber nur das Auto. Ein weißer Lieferwagen mit der Aufschrift ...«

»Ja, ja. Sie halten sich für witzig«, unterbricht mich Pat genervt. »Kam öfter vor in letzter Zeit.«

Nadira beugt sich zu dem stöhnenden Bündel auf dem Boden, das einmal ein Vampir gewesen ist, und zieht behutsam die Kapuze des fleckigen grauen Hoodies beiseite, die sein Gesicht verbirgt. Henry schiebt sich dazwischen und reißt die Kapuze mit einem Ruck fort. Da ist kein Gesicht mehr, nichts jedenfalls, was diese Bezeichnung verdient. Der Mund ist eine schwarze Höhle, die Zähne wurden herausgebrochen, die Nase zerschlagen. Anstelle der Augen sind da nur noch vernarbte Krater. Die Haut ist roh und wund, teilweise verbrannt, teilweise voller Pusteln. Der Vampir kreischt auf, als ihn das Sonnenlicht trifft, und versucht, zerschnittene und mit Blasen übersäte Hände vor die Ruine seines Gesichtes zu pressen, aber Henry hält seine Arme eisern fest.

»Wer sind sie«, verlangt er zu wissen. »Wer hat dich so zugerichtet?«

Nur ein Gurgeln dringt aus der Kehle des Misshandelten. »*Porca puttana*, mir wird übel«, keuche ich.

»Wende den Blick an, schnell!«, befiehlt mir Henry.

Ich schlucke die aufsteigende Galle hinunter und sage zu dem gefolterten Wesen: »Du erzählst uns alles, was du weißt.«

Der Vampir bäumt sich auf und kreischt, die schwarze Zunge weit herausstreckend. Abgebrochene Fingernägel krallen sich in Henrys Arm. Rauch steigt von der verbliebenen Gesichtshaut des Misshandelten auf.

»*Faen*!« Fluchend lässt Henry los. Der Vampir kracht auf den Asphalt und bewegt sich nicht mehr.

Nadira wirft unserem Clanchef einen finsteren Blick zu.

»Nein, auch den hier hätte Miro nicht retten können«, entgegnet Henry auf ihre wortlose Anklage hin. »Ich verstehe nicht, warum sie die immer bei uns abladen, wenn sie mit ihnen fertig sind. Los, wir müssen ihn verbrennen. Wir können nicht wissen, was sie alles in ihn hineingepumpt haben.«

Dieser brüske Tonfall ist ungewöhnlich für meinen Clanführer. Es ist nicht nur der Misshandelte, etwas darüber hinaus scheint ihn zu beschäftigen.

»Was ist hier los?«, frage ich Nadira, während Pat und Henry den leblosen Körper in eine Plane wickeln, die sie gleich mitgebracht haben müssen.

»Die Abtrünnigen behaupten, es gebe einen Pharmakonzern, der Experimente mit Vampiren macht. Sie wollen unsere Hilfe, um sich gegen sie zu wehren. Aber bevor ich Raoul vertraue, friert die Hölle zu!«

Es dauert einen Moment, bis der Sinn ihrer Worte zu mir durchdringt. »Menschen haben mit diesem armen Kerl experimentiert? Wie mit einer Laborratte?«

»Ja. Er ist der vierte in dieser Woche.«

»*Porca puttana.*« Vielleicht begehe ich gerade einen großen Fehler mit meiner eigenmächtigen Entscheidung, Sophie am Leben zu lassen. Jeder Mensch, der auch nur ahnt, dass es uns gibt, ist einer zu viel. Ich möchte nicht gefoltert und anschließend aus einem Auto geworfen werden wie etwas, das entsorgt werden soll.

5
Nichts ist, wie es scheint

Sophie

»Spedition Niemeyer, Paket für Sie!«, bellt eine Männerstimme. Verblüfft und noch ein bisschen schlaftrunken, weil der Spediteur mich um sieben aus dem Bett geklingelt hat, lege ich den Hörer der Gegensprechanlage auf und drücke auf die Schlüsseltaste.

Niemand von uns hat in letzter Zeit etwas Großes oder Sperriges bestellt. So etwas hätten Manu und Katrina mir angekündigt. Und warum sollte mir irgendjemand aus meinem Freundeskreis eine Sendung über eine Spedition schicken? Meine Eltern können es erst recht nicht sein. Sie ignorieren mich größtenteils, seit sie vor drei Jahren erfahren mussten, dass ihre Jüngste eine Karriere als Künstlerin anstrebt.

Die Haut in meinem Nacken kribbelt wie von einer Vorahnung. Ich öffne die Wohnungstür, die wie jedes Mal fürchterlich quietscht.

Ein Schauer überläuft mich. Gebannt lausche ich den Schritten im Treppenhaus, wie sie näherkommen.

Schließlich stehen zwei schnaufende Spediteure mit einem hochformatigen, flachen Paket vor mir, das in Luftpolsterfolie eingewickelt ist. Schwer scheint es nicht zu sein, sonst hätten sie für die vielen Treppenstufen mehr Zeit gebraucht, aber sie stellen es behutsam ab, wie etwas Kostbares und Zerbrechliches. Was könnte darin sein? Eine Ahnung erfasst mich und mein Herzschlag beschleunigt sich.

»Unterschreiben Sie bitte mit dem Finger«, fordert mich einer der beiden auf, ein bärtiger Mann in einem Iron-Maiden-T-Shirt, und streckt mir ein Tablet entgegen. Die Absenderadresse ist mir vollkommen unbekannt. Kann man Briefbomben in hochformatigen Paketen verstecken? Eher unwahrscheinlich.

»Kommen irgendwelche Kosten auf mich zu?«, frage ich den Mann.

»Nein, die Schenkungsurkunde ist beigelegt. Sollten Sie Rückfragen haben, kontaktieren Sie bitte den Absender.« Er drückt mir eine Visitenkarte in die Hand. »Prüfen Sie jetzt, ob die Sendung in Ordnung ist, und dann unterschreiben Sie. Spätere Reklamationen können wir nicht berücksichtigen.«

Ich gehe auf das Paket zu und sehe nach, ob die Folie an irgendeiner Stelle eingerissen und eingedrückt ist, kann aber nichts entdecken. »Scheint unbeschädigt zu sein.«

Mein Zögern ist im Grunde sinnlos. Es geht nur eines von beiden: Die Sendung komplett auspacken, um sie gründlich zu prüfen, oder sofort reklamieren. Genau darauf bauen die Speditionen wahrscheinlich.

Erneut streckt der Mann mir sein Gerät entgegen und ich unterschreibe. Meine drängendste Frage wird er mir ohnehin nicht beantworten können: Warum in aller Welt schenkt mir eine unbekannte

Person ein Bild? Denn um nichts anderes kann es sich bei diesem Paket handeln. Für einen Möbelkarton ist es zu leicht, und das Format ist eindeutig. Außerdem ist Spedition Niemeyer ein Unternehmen, das sich auf Kunsttransporte spezialisiert hat.

Die Männer verabschieden sich und gehen. Eine ganze Zeitlang stehe ich noch in der Wohnungstür, ohne die Kälte im zugigen Treppenhaus wahrzunehmen. Mit Gänsehaut am ganzen Körper starre ich die Luftpolsterfolie an, als könne sie mir die Antwort auf meine Frage geben. Das eingepackte Bild lehnt an der Wand, dort, wo die Spediteure es abgestellt haben. Behutsam nehme ich es mit beiden Händen hoch und trage es zu meinem Zimmer. Irgendetwas sagt mir, dass es lieber hinter verschlossener Tür geöffnet werden sollte, auch, wenn Manu und Katrina gerade nicht da sind. Sie wollen erst morgen, am Mittwoch, von der Ostsee zurückkommen.

Schicht für Schicht wickle ich die knisternde Folie ab, darunter kommt Packpapier zum Vorschein und mehr Folie. Ein weißer Umschlag rutscht heraus. Ich reiße ihn mit zitternden Händen auf und ziehe mehrere Blätter Papier heraus, einen Brief. Auf der ersten Seite klebt ein gelber Zettel. »Nichts ist, wie es scheint – L.« steht darauf, in einer engen, ordentlichen Handschrift, mit schwarzer Tinte geschrieben.

Auf der Schenkungsurkunde ist der Titel des Bildes vermerkt. Mir stockt der Atem: Es handelt sich um die ›Frau in Schwarz‹ von Wladimir Koval. Fieberhaft gleitet mein Blick über das Schriftstück, in dem vergeblichen Versuch, zu begreifen, was hier gerade geschieht, und warum.

Als Vertragspartnerin ist eine Firma mit dem Namen Buchmann Works of Art angegeben, die Adresse ist identisch mit dem Absender des Pakets. Die Urkunde ist ordnungsgemäß auf meinen Namen ausgestellt, es fehlen Angaben zum Rücktrittsrecht, jedoch ist unter

»Auflagen« vermerkt: »Die Beschenkte darf das o.g. Bild nicht öffentlich ausstellen oder als Leihgabe an ein Museum geben, ferner ist das Anfertigen und Veröffentlichen von Fotos oder Videos nicht gestattet, weder in Social Media, in Presseberichten, online oder in Printmedien.«

Hat mir Wolodja vor seinem Tod das Bild vermacht? Aber warum darf es nicht öffentlich gezeigt werden? Und wieso sollte er eine Firma nutzen, um mir sein Werk zuzuschicken? Nichts davon ergibt Sinn, denn Wolodja kann allenfalls von Katrina und Manu gewusst haben, wie sehr ich seine ›Frau in Schwarz‹ liebe. Von seinem bevorstehenden Tod hingegen hat er vermutlich nichts geahnt, oder doch?

Ein reicher Sammler könnte das Bild gekauft haben, aber ich kenne keine reichen Sammler persönlich. Schon gar nicht welche, die einer unbekannten Künstlerin ein wertvolles Bild einfach so schenken würden.

Dieser verflixte gelbe Zettel. »Nichts ist, wie es scheint. L.« Der Anfangsbuchstabe eines Namens. Etwas rührt sich in meinem Gedächtnis. Mir fällt jenes Wochenende ein, an dem Malte zu Gast war, ein entfernter Verwandter von Katrina, Cousin soundsovielten Grades, dunkelblonde Locken, athletischer Körper, ein ansteckendes Lachen. Er hatte von einer Lydia erzählt, die ihre Handynummer nicht herausrücken wollte. Katrina hatte Mitleid gehabt und ihm gesagt, wo diese Lydia wohnt, verbunden mit einer Warnung: »Die ist eiskalt. Sie mag die Nacht mit dir verbracht haben, aber du kannst nicht sicher sein, ob sie sich an dich erinnern wird. Ihre einzige erkennbare Qualität ist, dass sie echt gut aussieht, schwarz-rot-weiß, wie Schneewittchen. Wolodja hat sie gemalt.«

Die Erkenntnis trifft mich wie ein elektrischer Schlag, der meinen Körper durchläuft und sich bis in meine Zehenspitzen fortsetzt. Das ist sie. Wolodjas Modell heißt Lydia.

Ich bin wie vom Donner gerührt. Es geht mir nicht in den Kopf, wie sie mich erst eiskalt abservieren kann und mir dann ein Bild schicken lässt, das Zigtausende Euro wert ist.

»Nichts ist, wie es scheint.« Möchte sie von mir gefunden werden? Es wäre verdammt unklug, darauf einzugehen. Katrinas Warnung gegenüber Malte trifft zu, Lydia ist eiskalt. Unsere flüchtige Begegnung bei der Vernissage hat das unzweifelhaft gezeigt. Sie ist mir unsympathisch, ich misstraue ihr, und ich weiß zu 100 Prozent, dass ich jede Möglichkeit nutzen werde, sie wiederzusehen.

Als ich das Bild behutsam auswickle und es an die Wand meines Zimmers lehne, überwältigt mich von neuem die Magie des Porträts. Meine Wangen glühen, meine Brüste fühlen sich kribblig und schwer an, in meinem Bauch explodiert Hitze.

Diese Lydia ist zu schön und zu rätselhaft. Sie einfach zu vergessen, das war auch schon vorher keine Option. Mit Wolodjas Bild vor der Nase ist es jetzt vollkommen unmöglich. Vielleicht wollte sie es so.

Mit einem leisen, bitteren Lachen zücke ich mein Handy und schreibe an Katrina: »Dringender Fall von Koalas. Bitte anrufen.«

»Koalas« bezieht sich auf unsere eigenartige Vorliebe für mit Schokolade gefüllte Koalas. Manu, Katrina und ich nutzen jeden Vorwand, um mehrere Packungen davon zu vertilgen, vor allem aber dann, wenn eine von uns Kummer oder einen anderen Grund für dringenden Gesprächsbedarf hat.

Obwohl die beiden so früh am Morgen sicherlich etwas anderes zu tun haben, vor allem an Manus letztem Urlaubstag, dauert es keine halbe Stunde, bis mein Handy klingelt. Eine sehr verschlafen klingende Katrina fragt mich: »Was ist los, Sophie? Wessen Autoreifen sollen wir zerstechen?«

»Vielleicht hat sie gar kein Auto.«

»Sie? Du meinst doch nicht etwa Miss Unausstehlich?«

»Sie heißt Lydia, und du hast Malte ihre Adresse gegeben.«

»Möglich. Meine Erinnerung in Bezug auf sie ist etwas lückenhaft. Soll ich in meinem Adressbuch nachsehen?«

»Ja, bitte.«

»Pass gut auf dich auf, hörst du?«

Wenige Zeit später schickt sie mir eine Adresse. Ohne Telefonnummer. An Schlaf ist jetzt nicht mehr zu denken. Ich ziehe meine Wollstrickjacke aus, die ich schnell über den Schlafanzug geworfen hatte, und tappe ins Bad, um erst einmal zum Wachwerden eine Dusche zu nehmen.

Mein Schlafanzug ist aus Flanell und hat rosa Herzen auf cremefarbenem Grund. Ein Geschenk von meiner Schwester. Den Spediteuren muss er aufgefallen sein, aber sie haben keine Miene verzogen. Wahrscheinlich sehen sie weit skurrilere Dinge im Lauf eines Arbeitstages.

Ich schlüpfe aus den Nachtsachen und stelle mich unter die warme Dusche, um mir gleich noch schnell die Haare zu waschen. Das Wasser prasselt wohltuend auf meinen Kopf und ich recke mich dem Strahl entgegen, um ihn in kleinen Bächen über meinen Körper rinnen zu lassen.

Meine Brustwarzen richten sich auf. Wie von selbst wandern meine Finger dort hin. Allein der Gedanke an Lydia macht mich heiß. Seit unserer Begegnung letzten Samstag spielt mein Körper verrückt; meine Vulva ist von Null auf Hundert schlüpfrig und geschwollen. Lieber befreie ich mich von der quälenden Erregung, als zu intensiv über Gefühle nachzudenken. Meine Hände streichen über meine Haut und geben mir das, was ich mir von Lydia wünsche. Mit den Fingern fahre ich zwischen meine nassen Schamlippen und stelle mir vor, dass es ihre Finger sind, die mich genau so berühren, wie mein Körper es braucht. Es dauert weniger als eine Minute, bis ich heftig komme und keuchend auf die Wassertropfen starre, die auf der durchsichtigen Wand der Duschkabine Muster malen.

Mein ganzer Körper kribbelt vor Spannung, die Erleichterung war von kurzer Dauer. Ein bisschen taumelig steige ich aus der Dusche, putze meine Zähne und fahre mir mit den Fingern durchs nasse Haar, um es zu ordnen. Meine Locken machen sowieso immer, was sie wollen, aber heute ist es extrem. Mein Haarschopf hat Ähnlichkeit mit einem viel benutzten Stahlschwamm, wirr und so störrisch, dass es mir kaum gelingt, ihn in Form zu bringen.

Genervt von mir selbst gebe ich auf und föhne die Haare trocken, was es nicht besser macht, aber mich wenigstens vor einer Erkältung bewahren wird.

Jetzt müssen Klamotten her, die sich bequem und sicher anfühlen, aber nicht ganz basic sind: Schwarze Stoffhose, grünes Shirt, Wollstrickjacke.

Ich brauche drei Anläufe, um den richtigen Lippenstift zu finden und mich dezent, aber nicht zu brav zu schminken.

Lydia soll mich kennen lernen. Es reicht mir mit ihren Spielchen. Entweder sie lässt mich auf der Stelle in Ruhe und nimmt das verflixte Bild an sich, oder wir landen in ihrem Bett und tun all die Dinge, die ich mir seit Monaten mit ihr vorstelle.

Auf dem Fahrrad, mitten in der Rush Hour, fluche ich leise vor mich hin. Natürlich herrscht genau jetzt ein einziges Chaos von hupenden Autos und Scharen von Schulkindern, die sämtliche Tram-Haltestellen bevölkern. Ich schlängle mich zwischen stillstehenden

Autos und hektischen Menschen hindurch und biege endlich erleichtert in Lydias Straße ein.

Ernüchtert starre ich dann auf eine mit Ornamenten verzierte Haustür: Lydias Name steht nicht am Klingelschild. Dort stehen überhaupt keine Namen, nur Ziffern. Das wäre ein guter Moment, um umzukehren und mein Scheitern einzusehen. Aber jetzt aufgeben? No way. Ich wähle eines der unteren Schilder und klingle. »Ja?« ertönt eine kratzige Frauenstimme durch die Gegensprechanlage. Glück gehabt, das muss eine ältere Nachbarin sein, die vielleicht ein bisschen mehr über die Leute im Haus weiß.

»Entschuldigen Sie, die Lydia Mazzoni, können Sie mir sagen, in welchem Stockwerk genau sie wohnt?«

»Lydia, Lydia … das muss die junge Dame im dritten Stock rechts sein. Warten Sie kurz.«

»Vielen Dank.«

Bald darauf ertönt der Summer und die Tür öffnet sich.

Im dritten Stock, vor ihrer Wohnungstür, verliere ich beinahe die Nerven. Meine Knie zittern wie verrückt und mein Herz droht meinen Brustkorb zu sprengen.

Die Türklingel hat einen scheppernden Ton. Auf dem Schild steht kein Name, nur der Code: 3103. Für eine nicht enden wollende Zeit passiert gar nichts. Als ich schon aufgeben will, öffnet sich die Tür einen Spalt weit, die Kette bleibt vorgelegt. Ich spähe hinein und erkenne sofort Lydias Iriden, die von einem tiefen, schmelzenden Braunton sind und von innen her zu leuchten scheinen, beinahe zu groß für ihr fein geformtes Gesicht mit der hellen Haut und dem roten Mund.

Als sie mich sieht und registriert, wer hier vor ihr steht, weiten sich ihre Augen und für einen Moment glimmt darin ein Hunger auf, der meinem entspricht. Doch anstatt die Tür ganz zu öffnen und mich hereinzubitten, fragt sie mich brüsk: »Was machen Sie hier?«

»Hören Sie auf mit dem Unsinn«, platze ich heraus. »Warum schicken Sie mir dieses Porträt, mit einer kryptischen Nachricht, und tun dann so, als würden Sie mich nicht kennen?«

»Gehen Sie«, befiehlt sie mir. »Sie haben keine Ahnung, um was es hier geht. Ich kann Sie nicht in meine Wohnung lassen. Wenn wir jetzt ...«

Sie bricht ihren Satz ab und wirkt beinahe verzweifelt. Ihre frostige Fassade bekommt Risse. Eine zarte Hoffnung regt sich in mir. Vielleicht war alles gespielt, auch das, was sie mir bei der Vernissage an den Kopf geworfen hat. Zugleich wächst meine Wut.

»Hören Sie auf, mich manipulieren zu wollen. Das funktioniert nicht. Reden Sie endlich Klartext mit mir.«

Lydia murmelt etwas vor sich hin, das verdächtig klingt wie »*Più scemo non potevi nascere*« – »dumm geboren und nichts dazugelernt«.

Da ich während der Schulzeit ein halbes Jahr in Italien verbracht habe, sind mir die gängigsten Beleidigungen vertraut. »Wen meinen Sie damit, mich oder sich selbst?«

Sie knallt mir die Tür vor der Nase zu.

Innerlich kochend vor Wut verlasse ich das Gebäude und schwöre mir, keine Ruhe zu geben, bis sie mir eine Erklärung liefert. Mein Verdacht, sie könne irgendetwas mit Wolodjas Tod zu tun haben, bekommt durch ihr Verhalten neue Nahrung.

Wütend trete ich in die Pedalen, viel schneller als sonst, und achte dabei kaum auf den Verkehr. Kurz vor meinem Haus nehme ich eine Abkürzung über den Gehweg und fahre beinahe einen Mann mit Hund um. Es ist Oskar, mein zeitweiliges Modell. Er weicht zur Seite und kann sich im Stolpern gerade noch so fangen. Ich lege eine Vollbremsung hin und steige sofort ab. »Bitte entschuldige. Ist alles in Ordnung?«

Oskar nickt und schenkt mir ein Lächeln. Er besitzt nur noch wenige Zähne. Sein Gesicht ist faltig wie altes Leder. Seine Freundlichkeit nimmt meiner Wut die Kraft.

»Wie geht es dir?«, fragt er mich. Seine Stimme ist tief und kratzig vom vielen Rauchen. »Du siehst aus, als wäre dir eine Laus über die Leber gelaufen.«

»Sie ist sehr schön und sehr eingebildet.«

»Ah.«

»Aber dich zu sehen, macht meinen Tag gleich besser. Ja, und dich auch, mein Süßer!« RiffRaff, sein Hund, ein schwarzweißer Mischling mit den süßesten Knickohren der Welt, läuft schwanzwedelnd auf mich zu und lässt sich von mir durchs das Fell wuscheln.

»Mach dir nichts draus. Du findest eine, die schön und nicht eingebildet ist.«

»Wahrscheinlich hast du Recht.«

Da es immer noch ziemlich kalt ist, gehen wir bald unserer Wege, Oskar die Straße hinauf und ich die Straße hinunter. Ich schiebe mein Fahrrad, es ist nicht mehr weit bis zum Supermarkt und die Verlangsamung hilft mir, meinen Kopf klar zu kriegen. Wieder und wieder erscheint Lydias Gesicht vor mir, wie sie mich entsetzt angestarrt hat. Der Hunger in ihren Augen, der war ganz bestimmt echt. Warum also weist sie mich zurück? Wütend schlage ich mit der Faust auf den Lenker und verziehe gleich darauf mein Gesicht vor Schmerzen.

Beim Supermarkt angekommen, nutze ich das frühe Aufstehen, um gleich für mehrere Tage einzukaufen. Mit zwei schweren Tüten beladen keuche ich schließlich die Treppen hoch. Meine Mitbewohnerinnen werden sich freuen, wenn etwas zu essen bereit steht, Nudelauflauf und Möhrensuppe, für jede etwas dabei. Katrina schwört auf Low Carb, Manu liebt Nudelgerichte über alles.

Die vertrauten Abläufe in der Küche geben mir mein inneres Gleichgewicht zurück. Während in einem Topf die Nudeln und im anderen die Suppe vor sich hin köchelt, denke ich nach. Was mag Lydia dazu bewogen haben, mir ihr Porträt zu schicken? Eine intime Geste, nachdem sie mich nun schon dreimal abgewiesen hat.

»Nichts ist, wie es scheint.« Meint sie damit, dass sie mich gar nicht abweisen will, aber keine Wahl hat?

Zu viel Romantasy, Sophie. Wenn Lydia Wolodjas Mörderin ist, ist es eine mega dumme Idee, mich auf sie einzulassen. Wenn nicht, dann hat sie ein Nähe-Distanz-Problem und das ist erst recht keine Option für mich. Been there, done that.

Als der Auflauf schon eine ganze Weile im Ofen ist und die Käseschicht knusprig zu werden beginnt, knurrt mein Magen laut. Das beendet endgültig meine Grübelei. Nudelauflauf zum Frühstück? Warum nicht. Das Essen riecht köstlich und ich nehme mir eine große Portion.

Nach dem Kochen und Essen widme ich mich der Wohnung, sauge Staub, putze das Bad und bringe den Müll weg. Das ist sehr viel Haushalt auf einmal. Meistens kommen mir sonst meine Mitbewohnerinnen zuvor.

Das viel zu bequeme Sofa im Wohnzimmer verleitet mich dazu, niederzusinken und alle viere von mir zu strecken. Schläfrigkeit überfällt mich. Meine Augenlider werden schwer und ich kann sie kaum noch aufhalten, müde, wie ich nach der vergangenen Woche bin. Wolodjas Tod, die Stimmung hier in der WG, die Vorbereitung der Vernissage – das hat uns alle viel Kraft gekostet.

Den Kopf auf ein Sofakissen gebettet, verschlafe ich mehrere Folgen McGyver. Heute Abend habe ich keine Schicht in der Whiskybar. Das gibt mir so viel Zeit zum Ausruhen, wie ich will, auch jetzt am Vormittag, wenn es sein muss. Aber eine innere Unruhe bringt mich schließlich dazu, mir meinen Skizzenblock zu schnappen und die Skizzen der vergangenen Wochen durchzugehen.

Eine Zeichnung von Oskar und RiffRaff reizt mich am meisten. Bald beginne ich Farben zu mischen, bin mit Komposition und Aufbau beschäftigt und habe die Aufregung des Morgens so gut wie vergessen. Als ich den Pinsel sinken lasse und mir anschaue, was ich heute geschafft habe, ist es draußen schon seit vielen Stunden dunkel.

Um die letzten Reste meiner schlechten Laune von der eiskalten Nachtluft vertreiben zu lassen, wird mir ein Spaziergang helfen.

Draußen stehen ein paar Jugendliche vor einer Kneipe und quatschen, Gesprächsfetzen dringen an mein Ohr. Ein Junge mit schwarzen Locken beschreibt detailliert eine Folterszene aus einem Videospiel. Irgendetwas Unappetitliches mit Maden.

Genervt verdrehe ich die Augen und gehe weiter.

Hier, abseits der Schönhauser Allee, ist es ein bisschen ruhiger. Es gibt mehr Wohnungen als Kneipen. In einem der Fenster steht ein Schwibbogen. Weihnachten ist vorbei, aber offensichtlich noch nicht für alle.

Autoscheinwerfer erhellen die Straße vor mir, vorübergehend, bis das Fahrzeug um die Ecke gebogen ist. Ansonsten ist kaum noch jemand zu sehen. Der Eingang des Parks und der Hauptweg liegen im Dunkeln. Die Bäume sind schwarze Schatten, das schwache Licht der Laternen lässt den Weg wie einen Tunnel wirken. Normalerweise macht es mir nichts aus, in der Dunkelheit unterwegs zu sein. Aber heute beschleicht mich ein Unbehagen. Zum ersten Mal kommt mir in den Sinn, was dort im Finstern alles lauern könnte.

Hinter mit knirschen Schritte über den Schotterweg. Das mulmige Gefühl steigert sich und wird zu einer ausgewachsenen Panik. Ich drehe mich um, aber da ist nur die Kurve zu sehen, die der Weg macht, ein paar Büsche und sonst nichts. Mit klopfendem Herzen beschleunige ich meinen Schritt. Nur raus hier, in den belebteren Straßen stehen meine Chancen besser. Hier im Park wird mich wohl kaum jemand hören und mir zur Hilfe kommen.

Die Angst überwältigt mich und lässt mich losrennen. Die Schritte hinter mir werden ebenfalls schneller und kommen näher. Bei jedem keuchenden Einatmen sticht die frostige Luft in meiner Brust. Jetzt ist die Person hinter mir ganz nah. Es ist wie in einem Alptraum.

In diesem Moment gehen die Straßenlaternen aus. Es muss gerade Mitternacht geworden sein. Ruckartig bleibe ich stehen, um nicht im Stockdunkeln gegen irgendein Hindernis zu laufen.

Die Person hinter mir hat damit ganz klar nicht gerechnet. Ein Gewicht prallt gegen meinen Rücken und nimmt mir das Gleichgewicht. Wir gehen beide zu Boden. Unsanft landen wir auf dem Schotterweg.

Ein unterdrücktes »Umph«, eine weibliche Stimme, lässt mich erstarren. Eine Frau. Sie hat ihre Arme um mich geschlungen, um meinen Fall zu bremsen. Offensichtlich war sie damit nicht ganz erfolgreich. Schmerz pocht und brennt an meinen Knien. Meine Haut ist aufgeschürft. Die Hose kann ich wahrscheinlich auch vergessen.

Die Unbekannte löst ihren Griff um meinen Körper, reichlich spät, wie ich finde, und fragt: »Alles in Ordnung?«

Ein zarter Blumenduft, durchsetzt mit einer kräftigeren, aromatischen Note, steigt mir in die Nase. Am ganzen Leib zitternd, vor Panik und von etwas anderem, krächze ich: »Lydia? Warum?«

»Sie erwarten zu Recht eine Erklärung, Sophie. Aber nicht hier. Es ist nicht sicher.«

Mir entfährt ein Schnauben. »Nicht sicher. Sehr witzig.«

»Ihre Irritation ist verständlich. Bitte, lassen Sie uns gehen.«

Ich rapple mich in eine sitzende Position auf. Der Schock hat mich bisher vergessen lassen, dass Minusgrade herrschen, aber jetzt ist mir auf einen Schlag richtig kalt.

Ich spüre eine schmale Hand, die nach meinen Fingern greift, um mir hoch zu helfen. Das ist Lydia, die mich gerade berührt. Mein Kopf kann das alles gerade nicht fassen. »Können Sie im Dunkeln sehen?«, frage ich ungläubig und lasse ihre Hand los, sobald meine Füße mich tragen.

»So ähnlich.« Ein kleines bisschen Humor schwingt in ihrer Antwort mit. Irgendetwas ist ganz und gar nicht normal an ihr.

»Warum haben Sie mir im Park aufgelauert, anstatt einfach an meiner Wohnungstür zu klingeln?«

»Sie waren nicht da.«

»Oh.«

»Ich bin durch den Park gegangen, um nachzudenken. Dann waren sie plötzlich vor mir.«

»Und Sie sind mir gefolgt, anstatt etwas zu sagen.«

»Sie sind weggerannt. Wir müssen unbedingt reden.«

Ihre Stimme ist warm und voll. Meine Nackenhaare richten sich auf und meine Haut beginnt zu kribbeln. Selbst ohne ihr Gesicht zu sehen, spüre ich ihre Präsenz mit jeder Faser meines Seins. »Wenn Sie mich umbringen wollen, warum tun Sie es nicht gleich?«

»*Non dire sciocchezze*, ich will Sie nicht umbringen, können wir jetzt endlich gehen?«

Widerstrebend folge ich ihr durch den Park. Es ist stockdunkel, und bald greife ich von mir aus wieder nach ihrer Hand. Denn Lydia scheint keinerlei Probleme damit zu haben, den Weg zu finden. Wahrscheinlich kann sie wirklich im Dunkeln sehen. Wundern würde es mich nicht.

Lydias Finger fühlen sich trocken und kühl an. Ihre Hand ist winzig im Vergleich mit meiner. Nach dem Abebben der Panik erinnert sich mein Körper an die Anziehung zwischen uns. Wie von selbst streicht mein Daumen über ihre Handinnenfläche, und sie seufzt unwillkürlich. Ganz leise, aber ich höre es. Sie ist wohl doch nicht so frostig, wie sie sich gibt.

Hand in Hand erreichen wir das Ende des Parks, der so groß nicht ist. Ohne Licht ist er mir vorgekommen wie ein endloser Wald. Hier in den Straßen direkt an der Schönhauser Allee, Nähe Eberswalder, ist es die ganze Nacht über hell. Irgendjemand feiert, tanzt, streitet, isst, trinkt immer. Musik von einem Straßensänger driftet an mein Ohr.

Meine Panik von vorhin kommt mir jetzt lächerlich vor.

Lydia löst ihre Hand aus meiner und lächelt mich an.

Sie hat ihr langes, glänzendes Haar in einen Dutt gedreht und sieht aus wie eine Königin in ihrem halblangen Wollmantel. Etwas Teures, Alpaka oder Kamelhaar. An einem Ärmel kleben Schotterstückchen und ich strecke die Hand aus, um sie abzuwischen.

»Sie haben sich verletzt«, stellt Lydia fest. Ihre Augen zucken kurz in Richtung meiner aufgeschrammten Knie in der zerrissenen Jogginghose.

»Ja, der Aufprall war etwas hart.«

Sie lacht leise und schaut dann schuldbewusst drein. »Tut mir leid.«

Jetzt wirkt sie nicht mehr so unnahbar wie vorhin, eher wie eine Person, die ich Schritt für Schritt kennen lernen kann.

Aber ein nagender Zweifel bleibt: Was will diese Frau jetzt so plötzlich von mir, nachdem sie mich zuvor ohne Erklärung weggeschickt hat?

»Wahrscheinlich ist es keine gute Idee, wenn ich Sie in meine Wohnung lasse«, sage ich.

Lydia wendet mir ihr fein geschnittenes Gesicht zu. Diese Augen, wie flüssige Schokolade! Auf ihrem roten Mund erscheint ein selbstironisches Lächeln.

»Sie meinen, nach dem Überfall eben?«

»Das, und mir ist klar, dass da Vieles nicht zusammenpasst.«

»Um frei reden zu können, brauchen wir einen sicheren Ort.«

»Und das hier«, ich schwenke meinen Arm und weise auf das bunte Treiben um uns herum, »genügt Ihnen nicht? Niemand wird sich für uns interessieren.«

»Da täuschen Sie sich.«

Na wunderbar. Auch noch eine Verschwörungstheoretikerin. Warum ich sie dann doch entgegen aller Vernunft mit in unsere WG nehme, ist mir nicht ganz klar. Schuld ist vor allem mein Körper, der ein Eigenleben entwickelt zu haben scheint. Vielleicht ist da auch ein winzig kleiner Zweifel, ob an ihren Worten nicht doch etwas dran ist.

Im Haus ist es ruhig. Außer uns wohnen vor allem ältere Leute hier, mit Mietverträgen von Anno Tobak, und junge Familien, deren Kinder – größtenteils – nachts schlafen. Babygebrüll hat mich noch nie gestört. Das Schreien von Herrn Kurt schon eher. Alle reden auf seine Frau ein, ihn doch endlich in eine Einrichtung zu bringen. Aber Frau Kurt weigert sich standhaft. Solange sie noch laufen kann, meint sie, kann sie auch für ihren Mann da sein. Heute scheint eine gute Nacht zu sein, bisher war nichts zu hören.

Mit jedem Schritt, mit wir uns der Wohnungstür nähern, beginnen die Schmetterlinge in meinem Bauch nervöser zu werden. Ich stelle mir Lydia und mich in meinem Zimmer vor und scheitere.

»Was ist los?«, will sie wissen. »Haben Sie immer noch Angst vor mir?«

»Nicht direkt.«

»Was ist es dann?«

Ich hole tief Luft. »Warum haben Sie mir das Bild geschenkt?«

Sie lächelt, was eine verheerende Wirkung auf mein Inneres hat. Wie ein Schokoladenhäschen in der Mittagssonne schmelze ich dahin.

»Was glauben Sie?«

»Sie können sich nicht entscheiden, ob Sie mich mit Haut und Haar verschlingen oder mit Verachtung strafen möchten. Dieses Hin und Her gefällt mir nicht. Ich bin nicht der Typ für Nähe-Distanz-Dramen.«

»Harsche Worte.« Ihr Lächeln ist noch breiter geworden und für einen Moment blitzt da etwas hervor wie … spitze Zähne? Aber das kann nicht sein. Sie ist nicht der Typ für Cosplay. Wahrscheinlich gehört sie zu diesen Leuten, deren Eckzähne etwas länger sind als gewöhnlich. Für einen Moment erlaube ich mir zu träumen. Was, wenn Lydia tatsächlich ein übernatürliches Wesen ist? Vampire in Berlin, nicht nur in New Orleans. Irgendwie wäre das auch cool.

Um mein Unbehagen und meine Faszination abschütteln zu können, werde ich resolut. »Kommen Sie. Es ist zwar mitten in der Nacht, aber Sie werden jetzt eine Tasse Kaffee oder Tee mit mir trinken und mir erklären, was hier eigentlich los ist. Und dann entscheide ich, ob Sie achtkantig wieder rausfliegen oder nicht.«

»Oder nicht.« Sie verzieht ihre roten Lippen zu diesem selbstironischen Lächeln, das sie sexy und gleichzeitig etwas nahbarer wirken lässt. Menschlicher.

Sie folgt mir in Richtung Küche. Ihre Präsenz in meinem Rücken fühlt sich an wie ein permanentes statisches Rauschen. Dann setzt sie sich an unseren verschrammten Küchentisch und drapiert ihren teuren Mantel über die Kiste mit den Möhren und Kartoffeln.

»Was trinken Sie?«

»Tee ist fein.«

»Immerhin etwas, das wir gemeinsam haben.«

Während ich den Wasserkocher fülle, ihn auf 80° programmiere und den grünen Tee aus dem Schrank hole, den teuren frisch fermentierten, ein Geschenk von Manu, rasen meine Gedanken wie eine Schar aufgescheuchter Tauben durch meinen Kopf. Kann Lydia mir gefährlich werden? Emotional gewiss, aber das ist gar nicht einmal meine Hauptsorge. Es ist sogar sehr wahrscheinlich, dass sie eine Giftmörderin ist. Aber selbst, wenn – dann hätte sie heute morgen die Gelegenheit gehabt, mich unauffällig zu beseitigen. Schließlich stand ich vor ihrer Wohnungstür. Verrückt, eigentlich. Ihr ist nicht zu trauen, aber ich möchte einmal, wenigstens ein einziges Mal ihre Lippen auf meinen spüren, um zu erfahren, ob sie so weich sind, wie sie aussehen.

Während der Tee zieht, hole ich mein Handy aus der Hosentasche und schreibe Sylvie einen Text: »Habe unerwarteten Besuch von IHR. Melde mich in zwei Stunden wieder. Wenn nicht, sieh bitte nach dem Rechten. Idealerweise nicht allein. Sie heißt ...«

»Das sollten Sie besser lassen.«

Ich fahre hoch und schaue direkt in Lydias Augen. Von mir unbemerkt ist sie aufgestanden und an meine Seite gekommen, um mir über die Schulter zu schauen. Meine Nackenhaare stellen sich auf, mein Körper ordnet die Situation als Gefahr ein. »Drohen Sie mir?« Die Knie werden mir weich, aber in meinem Bauch lodert heiß die Wut auf.

»Sophie, bitte lassen Sie es mich erklären. Schreiben Sie ihr nicht, wie ich heiße.«

»Damit Sie mich besser verschwinden lassen können? Das glauben Sie ja wohl selbst nicht!«

»Sie verschwinden zu lassen wäre gerade im Park ohne Schwierigkeiten möglich gewesen. Mein Problem ist, dass ich genau das nicht will.«

»Sie wollen mich nicht umbringen, und das ist ein Problem?« Die aufrichtige Sorge in ihren schokoladenfarbenen Augen macht mich fassungslos. Sie ist schön und absolut tödlich. Jetzt richtet sich die Wut gegen mich selbst: Warum kann ich diese Frau nicht einfach hinauswerfen und meine Ruhe haben?

»Hören Sie mich an.«

Bei der Ausstellung hat Lydia auch so mit mir gesprochen, ihre Stimme entfaltet einen beschwörenden Klang und ihre Augen werden dunkel wie zwei tiefe Brunnen. Wäre RiffRaff hier, würde er jetzt zu knurren anfangen.

»Ihre Tricks, was auch immer Sie da tun, die funktionieren bei mir nicht. Sagen Sie mir die Wahrheit, warum Sie zu mir gekommen sind.«

Lydia lässt von mir ab, weicht einen Schritt zurück und setzt sich dann mit einem resignierten Seufzen wieder an den Tisch. »Gut. Der Blick wirkt bei Ihnen nicht, das ist eindeutig feststellbar. Hören Sie mir bitte trotzdem zu?«

Mir zittern die Knie. Hoffentlich bemerkt sie es nicht. Es ist so crazy: In meiner Küche sitzt gerade eine Psychopathin und überlegt, ob sie mich wirklich am Leben lassen sollte.

Um mich zu beruhigen, atme ich tief durch und lasse mir Zeit. Zuerst hole ich den Tee und gieße uns beiden etwas vom ersten Aufguss ein. Die Teeblätter stelle ich beiseite, mit einem kleinen Lächeln auf den Lippen. Den ersten Aufguss gib deinem Feind ... Der erste Aufguss schmeckt am besten, aber ihm haftet beharrlich dieser Mythos an, dass er bitter oder schlecht bekömmlich sei.

Ich setze mich Lydia gegenüber und reiche ihr eine der beiden Teeschalen aus Keramik. »Mit kleinen Schlucken trinken.« Die andere Schale nehme ich in beide Hände, die Hitze an meinen Handflächen ist gerade so auszuhalten. Der aufsteigende Dampf wärmt mein Gesicht; langsam erholt sich meine Haut von der Kälte der Nacht.

Lydia tut es mir gleich, sie nimmt die Teeschale in beide Hände und schließt für einen Moment genießerisch die Augen, als sie die Aromen einatmet. »Wunderbar.« Ihre Stimme hat einen weichen, träumerischen Klang, der in meinen unteren Regionen etwas anrichtet, das überhaupt nicht zu meinen widersprüchlichen Gefühlen und zu meinem Misstrauen passt.

Ich seufze tief. »Erzählen Sie.«

»Gut. Zwei Dinge. Erstens: Ihr Misstrauen mir gegenüber ist vollkommen berechtigt. Ich habe Wolodja aus dem Weg geräumt. Zweitens: Sie zu töten kommt für mich nicht in Frage, aus ganz eigennützigen Motiven, denn ich fühle mich sehr zu Ihnen hingezogen.«

Ich schnappe nach Luft und stelle meine Teeschale ab, damit sie mir nicht vor Schreck aus den Händen rutscht. Das ist ungeheuerlich. »Sie geben zu, dass Sie Wolodja ermordet haben, und sitzen mir hier vollkommen ruhig gegenüber und trinken Tee? Sind Sie ganz bei Trost?«

»Tatsächlich wurde mir uneingeschränkte psychische Gesundheit bescheinigt. Alle paar Jahrzehnte wird die bei uns überprüft. Aber ich sollte von vorne anfangen. Sind Sie bereit, sich die ganze Wahrheit anzuhören?«

Ihre Gelassenheit wirkt auf mich, als sei Lydia jenseits von Gefühlen wie Misstrauen oder Sorge angekommen. Heute morgen hat sie Nervosität ausgestrahlt, aber jetzt scheint sie entschlossen zu sein. Nur, entschlossen zu was? Um das zu verstehen, muss ich sie wohl ausreden lassen. Aber eines muss sie sich vorher anhören. »Ist Ihnen bewusst, welchen Kummer und welches Leid Sie über Wolodjas Freunde und Familie gebracht haben? Manu und Katrina trauern um ihn, seine Freundin Sara wahrscheinlich auch, falls sie noch lebt, und mir vorzustellen, wie seine Familie die Nachricht aufnehmen wird … es ist einfach nur grauenhaft.«

»Das alles ist mir nur zu klar, Sophie. Menschenleben sind kurz und kostbar, wie eine Kerzenflamme. Glauben Sie mir, diese Aufträge zu erledigen widerstrebt mir jedes Mal.«

»Es war ein Auftrag?«

»Bitte, lassen Sie mich das Ganze im Zusammenhang erklären. Wir beide schweben in großer Gefahr. Es ist wichtig, dass Sie die Gründe dafür kennen und mir versprechen, darüber Stillschweigen zu bewahren.«

Ich schüttle stumm den Kopf. Entweder ist sie eine Serienmörderin und gleich geht es mir an den Kragen, oder es steckt mehr dahinter, als ich wissen möchte. »Fahren Sie fort. Mein Versprechen haben Sie für alles, das nicht strafrechtlich relevant ist.«

Lydia presst die Lippen zusammen, als ob sie sich für etwas wappnet, das sie nicht tun möchte. Das kleinere Übel vielleicht, gegenüber einer noch problematischeren Alternative. »Ich bin kein Mensch, schauen Sie.« Sie bleckt ihre strahlend weißen Zähne und jetzt ist es deutlich zu erkennen: Die Eckzähne sind lang und spitz. Lydia sieht exakt so aus, wie sich jeder einen Vampir vorstellen würde. Mein Verstand sträubt sich, aber tief in mir wispert es: Raubtier! Gefahr!

»Vampire gibt es nicht«, flüstere ich mit bebender Stimme.

Ihre dunklen Augen glühen. »O doch.«

»Das kann nicht sein. Entweder sind Sie eine exzellente Schauspielerin, oder ich sollte die Polizei und den Sozialpsychiatrischen Dienst anrufen, am besten vor einer halben Stunde.«

»Was auch immer das für ein Dienst ist, die Polizei kann weder mir noch Ihnen helfen. In Berlin gibt es Vampire.«

»Beweisen Sie es mir.«

Eine eigenartige Veränderung geht mit Lydia vor. Sie beginnt am ganzen Körper zu zittern, wie ein Junkie, der auf Entzug ist. Ihre Augen wirken riesig in ihrem bleichen, spitzen Gesicht. Sie knurrt, ihre spitzen Zähne sind deutlich zu sehen. »Provozieren Sie mich nicht zu sehr. In Ihrer Gegenwart entgleitet mir jegliche Kontrolle. Sie lösen etwas bei mir aus, das ich seit langer, langer Zeit nicht mehr erlebt habe. Bitte, Sie müssen mir glauben. Ich werde diese Wohnung erst verlassen, wenn ich mir dessen sicher sein kann.«

Ihre Worte sind distanziert, aber ihre Stimme klingt beinahe flehend. Verwirrt nehme ich einen Schluck von meinem Tee, der nur noch lauwarm ist, und betrachte die wunderschöne Frau, die da an meinem Küchentisch sitzt und mich über den Rand ihrer Teetasse hinweg verzweifelt anstarrt. »Einmal angenommen, Sie sagen die

Wahrheit. Dann sind Sie immer noch Wolodjas Mörderin. Wie kann ich Ihnen vergeben?«

»Das müssen Sie nicht, Sophie. Aber hören Sie auf meinen Rat, damit Sie am Leben bleiben: Niemand darf die Wahrheit erfahren. Alle in Ihrem Bekanntenkreis glauben, dass Wolodja schwer krank war, richtig?«

Jetzt hat sie meine volle Aufmerksamkeit. »Sie haben ihre Gedanken beeinflusst?«

»Ja, unter anderem. Unser Team hat die Berichte aus dem Internet entfernt, den Zeitungen falsche Informationen zugespielt und die polizeiliche Untersuchung gestoppt.«

»Warum so viel Aufwand? Was hat Wolodja getan, um den Tod zu verdienen? Meines Wissens hat er sich nur um seine Kunst gekümmert.«

»Sagen Sie mir eines: Weiß irgendeine von Ihren Freundinnen, wer Sara ist?«

»Nein.«

»Genau. Wäre sie offiziell als vermisst gemeldet, würde die Suche nicht aufhören.«

»Was sagt ihre Familie dazu?«

»Sie trauern um Sara, weil sie ihrer Erinnerung nach bei einem Verkehrsunfall ums Leben gekommen ist. Hoffentlich hat sie nicht vor, doch noch Kontakt zu ihnen aufzunehmen. Wolodja hatte ihr, einem Menschen, verraten, dass er ein Vampir ist.«

»Deswegen musste er sterben?«

»Ja.«

»Das heißt, ab diesem Moment sind auch Sie in Gefahr, weil Sie mir davon erzählt haben.«

»Genau.«

Dann fällt mir etwas ein. »Sie waren bei Tageslicht in unserer Ausstellung. Das können Vampire doch gar nicht!«

»Wir haben Sunblocker«, brummt sie widerwillig.

Das entlockt mir ein Lächeln. Wider besseres Wissen strecke ich meine Hände nach ihr aus. Ich muss sie berühren, muss mich ihrer Gegenwart vergewissern. Ich sollte Abscheu empfinden, Hass, und das lauert auch alles irgendwo unter der Oberfläche. Aber zugleich berauscht mich ihre Nähe. Mein Körper summt, als ob ein ganzer Bienenschwarm darin wohnt.

Lydia legt ihre schmalen, bleichen Finger in meine. Für ein paar Sekunden steht die Welt still und wir schauen uns nur an. In ihren Augen sind kleine Goldsprenkel, die waren auf dem Bild nicht zu sehen, aber jetzt, aus nächster Nähe, fallen sie mir auf.

Mit einer mir unheimlichen Geschwindigkeit steht sie auf und kommt an meine Seite des Tisches. Sie zieht mich hoch und drückt mich an sich, murmelt italienische Koseworte in mein Haar. Ihr Körper ist kleiner und schmaler gebaut als meiner. Ich staune, wie stark ihre Arme sind.

»Hast du mich irgendwie verzaubert? Ich möchte dich trotz alledem unbedingt küssen«, raunt mein Mund an ihrem Ohr.

Ein Beben geht durch ihren Leib. Ihre kleinen, runden Brüste pressen sich gegen meine und mich stört unsere Kleidung, die ihre Haut von meiner trennt.

»So weit reicht keine Glamourmagie«, flüstert sie heiser.

»Wirklich nicht?« Ich weiche ein Stück zurück, um ihr Gesicht in meine Hände nehmen zu können.

Ihre Augen schimmern feucht wie von Tränen. Eine rinnt ihr über die Wange und trifft auf meinen Daumen. Rotes Blut perlt über meine Fingerkuppe.

»Es ist also wahr«, wispere ich.

»Du meinst, dass wir Blut weinen? Ungünstigerweise ja.« Wieder dieses spöttische Lächeln, dessen Spott ihr selbst gilt. Ihre roten Lippen verlocken mich mehr als alles, was mir je begegnet ist.

Ich beuge mich zu Lydia und küsse sie. Sie ist wie Wachs in meinen Armen, weich und biegsam, keine Spur mehr von Miss Unausstehlich.

Zögernd, vorsichtig öffnet sie ihren Mund; natürlich, sie möchte mich nicht mit ihren Zähnen verletzen. Küssen geht erstaunlich leicht mit Vampirzähnen im Weg – einfach nicht daran denken.

Bald ist es ganz vorbei mit dem Denken. Lydias Duft betört mich, etwas Blumiges, Zartes, darunter ein Hauch von Patchouli.

»Sophie«, stöhnt sie rau, als meine Hände ihre Bluse Knopf für Knopf öffnen und nackte Haut berühren. Sie ist nicht kalt, wie ich erwartet habe, aber auch nicht warm. Mit Zunge und Lippen teste ich die Temperatur ihrer Haut hier und da, was sie dazu bringt, sich unter mir zu winden. Meine Fingerkuppen spielen mit ihren Nippeln, die bereits hart sind. Lydia wölbt sich mir entgegen und stößt kleine, hohe Laute aus, unglaublich süß.

»Komm mit mir ins Bett«, locke ich sie.

Sie schaut mir in die Augen. Ihr Blick ist verschleiert, wie von Drogen, und hungrig. Ihre Eckzähne ragen leicht über ihre Unterlippe, selbst das wirkt irgendwie sexy. Wahrscheinlich hat mein Verstand gelitten.

»Sophie, wenn wir weitermachen, werde ich Lust bekommen, von dir zu trinken. Du brauchst keine Angst haben, aber das musst du wissen«, warnt mich Lydia.

»Werde ich dann auch zum Vampir?«

Ihre Worte haben meiner Leidenschaft einen Dämpfer versetzt. Gleich mein Leben zu verlieren, nur weil ich dabei bin, mich zu verlieben, das ist ein bisschen too much.

Lydia bemerkt sofort, dass sich meine Stimmung verändert hat. »Lass uns in dein Zimmer gehen, dein Bett ist ein guter Ort, um in Ruhe darüber zu sprechen. Gib mir einen Moment, um meine Selbstbeherrschung wieder zu finden. In meinem Alter braucht man weder Blut noch Sex.«

Ihre Worte haben einen Missklang für mich. Was wir gerade geteilt haben, ist für mich viel mehr als etwas rein Körperliches. Aber sie hat Recht. Haut an Haut unter der Bettdecke redet es sich leichter als halb ausgezogen in einer recht kühlen Küche.

Hand in Hand gehen wir in mein Zimmer. Wortlos folgt Lydia mir auf das Hochbett. Oben angekommen, schalte ich meine Leselampe ein. Das warme Licht verwandelt mein chaotisches Zimmer in eine gemütliche Höhle.

Lydia sitzt im Schneidersitz da und macht Anstalten, ihre Bluse wieder zuzuknöpfen.

»Was hast du vor?«, möchte ich wissen. »Wollten wir nicht im Bett reden?«

»Ich sollte dir möglichst wenig Ablenkung bieten«, sagt sie kühl.

Da ist sie wieder, ihre arrogante Art, mit der sie mich bei der Vernissage zur Weißglut getrieben hat. Miss Unausstehlich ist zurück. Aber vielleicht lässt sie sich ein zweites Mal verscheuchen. »Schämst du dich für das, was wir gerade getan haben?«

Sie schweigt und starrt mich mit einem Raubtierblick an, als wolle sie sich im nächsten Moment auf mich stürzen und mir mein Blut aussaugen.

»Uhh, wie gruselig. Antworte mir. Schämst du dich, weil du eine Frau geküsst hast?«

Da lässt Lydia den Kopf sinken. Ihre kämpferische Pose fällt in sich zusammen wie ein misslungenes Soufflé. Ihre Bluse steht immer noch offen. Ich muss mich zusammenreißen, um meine Augen nicht permanent auf ihre cremefarbene Haut und ihre verlockend harten Brustwarzen zu richten.

»Wahrscheinlich hast du Recht. Weißt du, ich bin katholisch aufgewachsen und vor 500 Jahren hatte man ein Wort für das, was wir gerade vorhaben zu tun.«

»Nicht nur vor 500 Jahren, Lydia. Glaub mir, die Welt ist seitdem nicht besser geworden.«

Ihr Blick geht ins Leere, in eine Vergangenheit, die nur sie sehen kann. »Wahrscheinlich braucht das Ganze für mich noch etwas Zeit. Tut mir leid.«

Lydia beginnt wieder, sich anzuziehen. Diesmal lasse ich sie gewähren und bringe meine eigene Kleidung in Ordnung. Sie unter Druck zu setzen wäre nicht fair.

Dabei fällt mir etwas ein. »Sag mal, du Fünfhundertjährige, hast du das denn noch nie gemacht?«

»Eine Frau zu küssen? Nein. Ich habe noch nie eine Frau geküsst, und ich habe noch nie mit einer Frau geschlafen.«

Krass. Entweder hat sie null Experimentiergeist, was absolut nicht zu ihr passt, oder ihr Über-Ich hat sogar die Verwandlung in einen Vampir überlebt. Überrascht über mich selbst halte ich inne. Könnte das denn wahr sein?

Lydia wirft mir einen wissenden Blick zu. »Das geht allen so. Erst können sie es nicht fassen, und suchen nach allen möglichen und unmöglichen Erklärungen, aber dann fällt irgendwann der Groschen.«

»Ich möchte dich nicht bedrängen, Lydia. Für dieses Gespräch würde es mir aber wirklich guttun, wenn du mich ein wenig hältst.«

»Komm her.« Sie streckt ihren Arm aus. Ihre schmalen Finger, ihr schlankes Handgelenk, bleich wie der Mond, fesseln für einen Moment meinen Blick. Ich schmiege mich an ihre Seite und sie hält mich fest. Da ist kein Atem, der ihre Brust hebt, kein Herzschlag, der an meiner Wange vibriert. Ihre Muskeln sind angespannt. Nicht wirklich cozy, mit einer uralten mörderischen Vampirin zu kuscheln, die mir soeben eröffnet hat, dass sie mich nicht töten möchte und dass das für sie ein Problem darstellt.

Der Gedanke an Wolodja und seine Freundin bedrückt mich. Die beiden wollten einfach nur zusammen sein. Doch offensichtlich hatte auch er ein Geheimnis. »Wolodja war also ein Vampir.«

»Ja. Ein sehr junger allerdings.«

»Was heißt ›jung‹?«

»Er hat etwa sechzig Jahre in seiner vampirischen Existenz verbracht.«

In meinem Kopf dreht sich alles. Mein Bild von Wolodja wurde gerade komplett auf den Kopf gestellt. Als Erstes kommt mir eine völlig nebensächliche Frage über die Lippen: »Warum sagst du ›Existenz‹?«

»Weil wir nicht lebendig sind, nicht so wie ihr Menschen.« Lydia macht eine ungeduldige Handbewegung. »Sophie, du bist der einzige Mensch, der weiß, was mit ihm geschehen ist und warum. Ich kann dein Gedächtnis nicht löschen, also werbe ich um deine Mithilfe.«

»Das heißt, zwischen dir und mir soll es ein schmutziges Geheimnis bleiben?«

»Zwischen mir und dir und meinem Clanführer.«

Für einen kurzen Augenblick bin ich versucht, eine anzügliche Bemerkung zu machen, verkneife mir dann aber den unangebrachten Sarkasmus. »Sieht so aus, als hätte ich keine Wahl.«

»Ja.«

»Und das mit uns, was auch immer es ist? Bringt uns das nicht beide in Gefahr?«

»Korrekt.«

»Dann sollten wir es auskosten, solange wir können.« Mit diesen Worten nehme ich Lydias Hand und lege sie auf mein klopfendes Herz, unter mein Shirt. Sie seufzt, dann gibt sie ihre steife Körperhaltung auf und lässt ihre Finger über meine Haut wandern. Mein Kopf sinkt auf ihre Schulter, während sie mich auszieht. Ihre Hände sind überall und schüren das Feuer, das in in mir brennt. Sie streichelt meine Brüste, fährt mit den Handflächen über Rippenbogen, Taille, Bauch, und presst ihre Knöchel auf diese Stelle an meinem unteren Rücken, was mir ein kehliges Schnurren entlockt.

Ineinander verschlungen sinken wir auf die Laken. Ihre scheuen Berührungen erregen mich mehr als jeglicher routinierte Sex. Bald stöhne ich an ihrem Hals und wölbe meinen Körper ihr entgegen. Lydias Finger gleiten zwischen meine nassen Schamlippen und sie haucht in mein Ohr: »So feucht!«

6
DATE MIT DEM CHEF

LYDIA

Der Hunger quält mich wie seit Jahrhunderten nicht mehr, und das, obwohl ich vor unserer Begegnung reichlich Blut getrunken habe. Soeben ist Sophie unter meinen Händen förmlich explodiert. Da war ich mit allen Sinnen dabei; etwas in mir wurde geweckt, das viel zu lange unter Verschluss gehalten wurde. Ich möchte meine Zähne in die zarte Haut knapp unterhalb ihres Ohrs graben und mit meiner Zungenspitze ihr Blut kosten, während sie sich unter mir windet und ihre haselnussfarbenen Augen dunkel werden vor Lust.

Sophie zieht mich zu sich hoch, vergräbt ihre Hände in meinem Haar und verschlingt meinen Mund. Ihre Küsse schmecken wie Whisky und Karamell, so köstlich, dass es gefährlich wird. Der Durst nach mehr zerrt an mir. Ein wenig abrupt schiebe ich sie von mir und sie schaut mich überrascht und verletzt an. »Was ist los?«

»Können wir etwas langsamer machen? Mit meiner Selbstkontrolle steht es gerade nicht zum Besten.«

Sophie schaut mich forschend an. »Der Durst nach Blut?«

»Ja.«

»Ist das denn etwas Schlimmes? Kann es nicht auch lustvoll sein?«

Oh ja. Aber wenn sie mehr darüber erfährt, will sie es ausprobieren. Viel zu früh wäre das. Da ist etwas Reines, Zartes zwischen uns. Eile und Grobheit könnten alles zerstören. »Wir probieren das, Sophie, aber nicht jetzt.«

Sie wirkt enttäuscht. So zärtlich, so wissbegierig. Ein scharfer Verstand, verbunden mit Feinfühligkeit. Es wäre unerträglich für mich, wenn ihr etwas zustieße. Ganz ähnlich mag Wolodja sich gefühlt haben, und die vielen anderen vor ihm: Sie alle standen am Rande des Abgrunds, der sich ›Sehnsucht nach Menschlichkeit‹ nennt, und hatten keine Angst zu fallen.

»Ich bin müde, ich möchte gerne schlafen. Bleibst du?«, möchte Sophie wissen.

Ich riskiere einen Blick in den Abgrund. Noch habe ich Boden unter meinen Füßen. Wie lange noch?

»In Ordnung«, sage ich.

Ich verbringe viele Stunden neben einer schlafenden Sophie und wünsche mir nichts sehnlicher, als von ihr zu kosten. Es ist nicht fair, ihr das vorzuenthalten. Was die wenigsten wissen: Wir können uns über Jahre hinweg von einem Menschen nähren und dieser Person sogar von unserem Blut geben, ohne ihr zu schaden. Ganz im Gegenteil, ein paar winzige Tropfen meines Blutes könnten Sophie vor den meisten gängigen Krankheiten schützen. Es würde ihre Konzentrationsfähigkeit verbessern und ihre Gedächtnisleistung erhöhen.

Warum also nicht: Weil wir Jägerinnen so wie alle anderen aus dem Clan geschworen haben, dass wir nie wieder in solch enger Gemeinschaft mit den Menschen leben werden. Fast hätten sie uns ausgerottet, als die ersten Forschungen über Krankheitskeime bekannt wurden und eine Gruppe von Wissenschaftlern entdeckte, welch immunisierende Wirkung Vampirblut hat.

Ich schaudere, wenn ich daran denke, was damals los war. Die Forschung an uns lief ins Leere, weil die Labore noch nicht gut genug ausgerüstet waren und weil alle Clans sich zusammenschlossen, um das Wissen der Menschen zu vernichten.

Es ging damals gerade noch gut für uns aus, aber seitdem agieren wir mehr als je zuvor im Verborgenen. Es war um die Wende vom 19. zum 20. Jahrhundert, als die Clans begannen, Jägertrupps auszubilden. Strikte Verbote, nahe Beziehungen mit Menschen einzugehen, gibt es seit der Zeit der Inquisition, aber die Kontrolle darüber war den einzelnen Clans überlassen und wurde sehr unterschiedlich gehandhabt. Seit es Mikrobiologie und DNA-Forschung gibt, haben es auch die Letzten eingesehen: Wir müssen uns schützen. Ich denke an den weißen Lieferwagen. Meine Kehle wird eng.

Carls schmales Gesicht und sein seltenes, schönes Lächeln tauchen ungebeten vor meinem inneren Auge auf. Er war ein Kind des 17. Jahrhunderts und hat weit vor jenen Neugierigen gelebt, die Vampirkörper bei vollem Bewusstsein sezierten. Jene Forscher haben Vampiren Krankheitskeime gespritzt und sie in Käfige gesperrt, um zu beobachten, wie sie sich bei Nahrungsentzug verhielten.

Carl hingegen glaubte noch an Mythen der Wissenschaft, wie zum Beispiel, dass ein Baby von Anfang an vollständig im Leib der Mutter vorhanden ist und den männlichen Samen nur braucht, um zu wachsen. Als all unsere Versuche, ein Kind zu bekommen, misslangen, wähnte er den Grund dafür bei sich selbst. Seine Verzweiflung damals … Daran zu denken, treibt mir die Bluttränen in die Augen.

Wir hatten es beide nicht besser gewusst, sondern geglaubt, ein Kind könne uns die Ewigkeit geben, die uns miteinander nicht vergönnt war. Carl wollte kein Vampir werden, aber er wollte mich lieben, solange er lebte. Was danach geschah, ist der Grund, dass ich seitdem nie wieder einen Menschen in mein Leben gelassen habe.

Der Abgrund ist gefährlich nahe. Mein Bauch kribbelt und einige Muskeln, die jahrhundertelang im Schlaf gelegen haben, beginnen sich zu regen. Die Nacht mit Sophie hat mich verletzlich gemacht, dünnhäutig. Mein Begehren für sie mischt sich mit der Trauer um Carl, die nie aufgehört hat.

Sophies Profil leuchtet blassgolden im dämmrigen Morgenlicht, die Sommersprossen zimtfarbene Sprenkel auf ihrer hellen Haut. Bald ist die Dämmerung vorbei. Es wird Zeit, Henry aufzusuchen und mir neuen Sunblocker zu holen. Hier kann ich nicht bleiben, aus den verschiedensten Gründen. Wenn Sophie jetzt aufwacht, ist alles zu spät, dann muss ich ihre Haut an meinen Lippen spüren und die bläulichen Adern an ihrem Hals durchstoßen, um ihr so nahe zu sein, wie ich es vermag.

Zärtlich streiche ich ihr ein paar verschwitzte Haarsträhnen aus dem Gesicht und hauche einen Kuss auf ihr Ohr. Meine Nasenflügel blähen sich und saugen ihren Duft tief ein. Sophie murmelt etwas im Schlaf und räkelt sich unter der Decke. Mein Blick wandert zu ihren Brüsten, die sich wie kleine Hügel unter dem Federbett abzeichnen;

mir wird ganz heiß. Sobald sie die Augen aufmacht, bin ich verloren, dann ist es vorbei mit meiner Beherrschung.

Das Aufbegehren in meinen unteren Regionen ignorierend, klettere ich eilends über die Leiter nach unten. Meine Klamotten liegen dort überall verstreut und müssen eingesammelt werden. Schon wieder. Mein Hauslehrer, der mich als Kind unterrichtete, hätte für meinen heutigen Lebenswandel klare Worte gehabt.

Ein plötzlicher Schmerz durchzuckt meinen rechten großen Zeh und lässt mich unterdrückt fluchen. Die Metallkiste, die Sophie unter ihrem Bett lagert, hat ausgesprochen scharfe Kanten. Der Schmerz zerstreut den Nebel in meinem Kopf. Ich muss jetzt wirklich los, um keine riesigen Brandblasen im Gesicht zu bekommen. Sie heilen zwar binnen weniger Stunden oder spätestens nach einem Tag ab, eine Langzeitwirkung des regelmäßig aufgetragenen Sunblockers, aber das Ganze ist sehr unangenehm.

Das gehässige Stimmchen in meinem Hinterkopf, das nie schweigt, kommentiert: *Da hast du die perfekte Ausrede gefunden, um nicht mit Sophie sprechen zu müssen und dich einfach so davonzuschleichen.* Ich ignoriere das Stimmchen, ziehe mich fertig an und verlasse die Wohnung.

Auf der Treppe begegnen mir zu meinem Entsetzen Sophies Freundinnen. Verdattert bleibe ich stehen und versäume ganz, sie mit dem Blick zu beeinflussen.

»Walk of Shame?« Manu, die Bildhauerin, kraust die Nase und lächelt verschmitzt.

Katrina sagt nichts. Sie mustert mich aus schmalen Augen, misstrauisch, beschützend.

»Etwas in der Art«, entgegne ich verlegen und komme dann zur Vernunft. Ihr habt mich nicht gesehen, sagt mein Blick.

Ich wende mich ab und gehe.

Im Hauptquartier im Friedrichshain halten sich mehrere Jägerinnen meines Clans auf. Ungewöhnlich, denn üblicherweise arbeiten wir allein, und am Tag nur dann, wenn es nötig ist. Der Sunblocker kostet ziemlich viel Geld.

»Was ist los?«, frage ich Nadira, die in der Küche sitzt und Blut aus einem Plastikbeutel trinkt. »Gibt es wieder Probleme mit den Gestaltwandlern?«

»Nein, die verhalten sich ruhig. Aber Henry hat eine interne Sonderversammlung einberufen. Es sind ungewöhnlich viele Abtrünnige in der Nähe unseres Hauptquartiers gesichtet worden. Checkst du denn niemals deine E-Mails?«

Ich ignoriere die Frage und den Vorwurf in ihrem Tonfall, nicke ihr zu und gehe weiter durch die Gänge, um zum Vorratslager zu gelangen.

Die Abtrünnigen machen hin und wieder Schwierigkeiten. Sie halten sich nicht an unsere Clan-Regeln, sondern mischen sich in die Politik der Menschen ein. So etwas kann nicht gutgehen, deswegen beobachten wir sie engmaschig. Auch wir haben unsere Leute in den Institutionen der Menschen. Aber im Unterschied zu den Abtrünnigen gehen wir defensiv vor, modifizieren unsere Sicherheitsmaßnahmen, wenn nötig, und pflegen unsere Kapitalanlagen. Wenn die Menschen wüssten, wie viele ihrer Aktionäre Vampire sind, wäre ihnen wahrscheinlich unbehaglich zumute. Aber dazu besteht kein Anlass. Noch nie hat es uns interessiert, in irgendeiner Form zu herrschen. Wir möchten nur nicht entdeckt werden, und wir brauchen ausreichend Blutkonserven. Das ist alles.

Die Abtrünnigen betreiben aktiv Lobbyarbeit beziehungsweise sabotieren sie, wenn sie ihren Interessen entgegensteht. Es gibt zum Beispiel einen Grund, warum Elektroautos so stark im Kommen sind, während die Forschung am Wasserstoff-Antrieb immer wieder stecken bleibt: Raoul, der so etwas wie der ungekrönte König der Abtrünnigen ist, hat sehr viele Aktien eines bekannten E-Auto-Herstellers aufgekauft. Umweltschutz interessiert uns nicht mehr, als er den meisten Menschen am Herzen liegt. Aus der Perspektive einer Fünfhundertjährigen betrachtet, hat es schon so viele Veränderungen gegeben; heiße Sommer, Überschwemmungen, Tsunamis, Stürme und dergleichen bringen uns kaum aus dem Konzept. Einzelne aus den Vampir-Clans mögen das anders sehen, aber abgesehen von Geldspenden oder der Unterstützung nachhaltiger Projekte gibt es da bei uns nicht viel Aktivität.

Das ist der große Unterschied zwischen den Clans und den Abtrünnigen: Letztere zeigen viel mehr Interesse am Schicksal der Menschen und aktuellen politischen Entwicklungen als wir. Warum das so ist, habe ich noch nicht recht verstanden. Selten begegnet mir ein Abtrünniger in friedlicher Absicht. Sie fürchten und verachten uns, weil wir ihre Regelverstöße ausnahmslos ahnden, vor allem, was den engen Kontakt mit Menschen betrifft.

»Lydia, endlich!« Da kommt schon Henry auf mich zu, mit großen, raumgreifenden Schritten, was sonst so gar nicht seine Art ist.

»Du hast mich gesucht?«

»Ja, unbedingt, du musst mir helfen, die Konferenz vorzubereiten. Du hast genau eine Minute, dann erwarte ich dich zum Briefing.«

Das ist das erste Mal, dass ich Henry derartig aufgewühlt erlebe. Sein weißgoldenes Haar ist in Unordnung, seine hellen Augen sind unstet. Es befremdet und beunruhigt mich, ihn so zu sehen.

Der Weg zum Vorratsraum ist nicht weit, ich versorge mich mit ein paar Tuben Sunblocker aus dem Schrank und kehre dann um in die Richtung, aus der ich gekommen bin.

Henry erwartet mich bereits in seinem Büro. Nadira sowie Linda, Pat und Damian sind ebenfalls bei ihm. Sie gehören mit mir zu seinem persönlichen Jäger-Team. Linda, zierlich und brünett, ist eine PR-Beraterin aus Marzahn, Pat und Damian kommen aus Schöneberg. Pat ist ein schlaksiger Typ mit pinken Haaren, der als Programmierer arbeitet. Damian sieht aus wie ein Rechtsanwalt und macht Webdesign.

»Ist dir unterwegs jemand begegnet?«, möchte Henry von mir wissen.

»Abtrünnige? Nun, ich habe einige Vampire gespürt und habe mich gewundert, warum es so viele sind.«

»Ja. Sie verlangen, dass wir ihnen Einlass in unser Hauptquartier gewähren.«

Mit aufgerissenen Augen und offenen Mündern starren wir unseren Clanchef an. Entsetztes Schweigen herrscht, bis Nadira sich zu Wort meldet: »Sie wollen hierherkommen? Als Ausgestoßene des Clans?«

»Sie haben wichtige Informationen für uns und ersuchen um Wiederaufnahme, um sie mit uns zu teilen.«

»Unmöglich«, schimpft Damian. »Das würde der Vampirrat niemals genehmigen.« Er ist selbst Ratsmitglied und achtet auf die genaue Einhaltung der Vorschriften.

»Wie hast du reagiert?«, frage ich Henry.

»Ich habe ihnen zurückgeschrieben, dass ich eine Versammlung einberufen werde, und dass sie per Videocall ihren Vorschlag unterbreiten können. Sie wollten jemanden schicken, aber davon habe ich ihnen abgeraten.«

»Ist das denn sicher?«, möchte Pat wissen. »Nachher wählt sich noch irgendjemand ein, den wir nicht dabeihaben wollen.«

»Ein berechtigter Einwand«, pflichtet Nadira ihm bei.

Henry nickt. »Wir halten sonst unsere Besprechungen immer in Präsenz ab, um dieses Risiko zu minimieren. Aber in diesem Fall betrachte ich es als das größere Risiko, wenn der Unterhändler einen grausamen Tod stirbt und wir danach Krieg haben.«

Eine naheliegende Befürchtung. Henry ist zwar sehr klar gegenüber den Abtrünnigen, aber er achtet darauf, sie sich nicht zu Feinden zu machen. Raouls Leute sind zu viele. Käme es zu einer Auseinandersetzung, würde der Clan schweren Schaden nehmen.

»Pat, du hast die Aufgabe, die Einhaltung der Sicherheitsvorschriften zu überprüfen und die Verschlüsselung unserer Internetverbindung zu gewährleisten. Damian, du betreust den Warteraum und schreibst das Protokoll. Linda, du übernimmst zusammen mit mir die Moderation. Lydia, du gehst bitte eine Datei zum Thema Pharmaforschung durch, die du gleich von mir bekommen wirst, und fasst den Inhalt in einem Abstract zusammen. Die Versammlung findet in einer Stunde statt.«

Wir wechseln beklommene Blicke. Kontakt mit den Abtrünnigen hat bisher nie zu etwas Gutem geführt. Sicher, per Videocall können wir einander keinen Schaden zufügen, aber der Austausch von Feindseligkeiten ist genauso möglich. Ich beneide Linda nicht um ihren Job.

Mit Henrys Tablet in der Hand sitze ich wenig später in der Küche. Der Text, den er zusammengefasst haben möchte, ist über 200 Seiten lang. Für meine vampirischen Fähigkeiten kein Problem, zumal ich die Schnellste aus unserem Team bin. Jedoch, der Inhalt … mit steigendem Entsetzen registriere ich, dass es hier um medizinische Forschung an Vampiren geht. Die Abtrünnigen sind an das Manuskript einer Forschergruppe gekommen, wie auch immer sie das geschafft haben. Die Studie untersucht in einem ersten Schritt die Wirkung unterschiedlicher Pharmaprodukte auf Vampire. Im Text ist lediglich von »Testpersonen« die Rede; aber aus der Versuchsanordnung erschließt sich mir das Ziel der Experimente, nämlich die körperlichen Schwachstellen von Vampiren auszuloten. Ich schlussfolgere aus meiner Lektüre, dass sich Vampire freiwillig zur Verfügung gestellt haben müssen. Der erste Teil der Untersuchung birgt auch wenig Risiken, da wir gegen die meisten Gifte, wie sie in Medikamenten verwendet werden, immun sind. Es gibt wenige Wirkstoffe, die uns ernsthaft schaden können, wie Eisenkraut. Aber darauf sind die Menschen bisher nicht gekommen, weil wir dieses Wissen streng geheim halten. Auch dieser Forschungsbericht bildet da keine Ausnahme: Versuche mit Eisenkraut fehlen.

Der geplante zweite Teil, in einem Schlusskapitel skizziert, jagt mir einen Schauer über den Rücken. Hier ist die Rede von Organtransplantationen, von Nanotechnologie und von Tests in Extremsituationen, Frost, Hitze, direkter Sonneneinstrahlung über Stunden, Nahrungsentzug, Unterwasserszenarios. Sofort fühle ich mich zurückversetzt in jene finsteren alten Zeiten vor 150 Jahren, als Vivisektionen zur Normalität gehörten. Welches kranke Gehirn hat sich diese Versuchsanordnung ausgedacht? Es muss jemand sein, der Vampire hasst. Auch wir können leiden, egal, was man über die Möglichkeit einer unsterblichen Seele in einem Vampirkörper denken mag.

Etwas noch Gravierenderes fällt mir auf: Wenn ich die Andeutungen richtig verstehe, soll diese Forschung der Optimierung von Soldatenkörpern dienen. Menschen sollen gegen ABC-Waffen unempfindlich gemacht werden, und zu diesem Zweck mit Vampirblut behandelt werden, jedoch ohne, dass sie als Nebenwirkung unsere Schwächen mitbekommen. Je nachdem, wer von den Forschungsergebnissen profitiert, wird diese Welt auch für uns ein sehr unsicherer Ort werden.

Meine Finger huschen über die Tastatur, ich muss mich beeilen, wenn Henry mein Abstract noch rechtzeitig lesen soll. Das Schreiben lenkt mich ab von dem Grauen, das mich erfasst hat. Offensichtlich gibt es einen Kreis von Menschen, die von uns wissen. Das ist an sich verstörend genug. Aber die wirkliche Problematik geht noch viel weiter: Wenn solche Forschung in der heutigen Zeit stattfindet und Erfolg hat, droht nicht nur uns eine Zeit der Verfolgung und des Leidens, sondern die Menschen werden einander in fürchterlicher Weise Schaden zufügen. Ganz zu schweigen von der Gefahr eines dritten Weltkriegs, die jene Forschergruppe offensichtlich voraussetzt.

Eine Präsenz an meiner rechten Schulter lässt mich aufblicken: Henry. Lautlos, wie es seine Art ist, hat er den Raum betreten.

»Wie weit bist du?«

»Fertig. Es ist grauenhaft. Hier, nimm.«

Er nimmt das Tablet aus meiner Hand entgegen, steckt es ein und nickt mir einen Dank zu. Dann setzt er sich zu mir an den Tisch. »Wir haben noch ganz gut Zeit, bevor die Konferenz startet. Ich wollte mit dir persönlich sprechen.«

Der raue Klang seiner Stimme bringt meinen Körper auf sehr unpassende Weise zum Kribbeln. Seit der Nacht mit Sophie scheine ich unersättlich geworden zu sein.

Ein leichtes Lächeln spielt um Henrys Lippen, fast, als könne er meine Gedanken lesen. Das kann er nicht, er ist kein Telepath. Dennoch scheint ihn irgendetwas in meinem Gesichtsausdruck zu ermutigen. »Magst du mit mir heute Nacht um die Häuser ziehen? Nichts trinken, nur schauen.« Die Einladung in seinen frostfarbenen Augen ist unmissverständlich.

Die unterschiedlichsten Gefühle durchzucken mich, Lust, Scham über ihr Ausmaß, Erstaunen über mein Begehren, das Sophie und Henry gleichermaßen gilt; mein anhaltend schlechtes Gewissen, weil ich ihm das Debakel mit meinem Folgeauftrag verschweigen muss. »Ja«, sage ich.

Henry streckt eine Hand aus und berührt sacht meine Wange. »Wenn schon die Welt brennt, möchte ich wenigstens das haben. Du hast ja keine Ahnung, wie lange ich dich schon fragen wollte.«

Hitze steigt in mir auf. »Lies dein Abstract«, erinnere ich ihn und auch mich. »Die Konferenz startet in einer Viertelstunde.«

Henry steht auf und strafft seine Schultern. Sofort ist er wieder der Clanchef. Von der rauen, flirtenden Stimme ist nichts mehr zu hören, als er sagt: »Danke, Lydia. Wir sehen uns gleich im Call.«

Er geht in Richtung Tür. Mein Blick verweilt schamlos auf seinem wohlproportionierten Hintern und den kräftigen Beinen. In diesem Moment dreht Henry sich noch einmal um und schaut mir direkt ins Gesicht. Seine Nasenflügel sind gebläht und seine Augen lodern.

»Ich bin zwar kein Telepath, aber das war deutlich zu spüren«, schnurrt er, und schließt die Tür hinter sich mit einem leisen Klicken.

Mein Körper steht in Flammen, von jetzt auf gleich. Jahrhunderte der emotionalen Abstinenz scheinen da ganz schön etwas angerichtet zu haben. Ob es vernünftig ist, dem nachzugeben, ist mir gerade herzlich egal. Bilder tauchen in mir auf, wie Henry mich küsst und mit seinen großen Händen über meine Haut fährt. Dann schiebt sich Sophies Gesicht dazwischen und vor meinem inneren Auge spielt sich eine Szene ab, wie sie beide mich berühren, gleichzeitig.

Es wird dringend Zeit für mich, an etwas anderes zu denken. Ich hole meinen Arbeitslaptop aus dem Spind, wo er sonst eingeschlossen liegt, und mache mich zu unserem Besprechungsraum auf. Dort fahre ich den Rechner hoch und checke meine E-Mails. Henry hat mein Abstract an alle Teilnehmenden der Konferenz geschickt. Unverschlüsselt. Er hat es wirklich nicht so mit IT-Sicherheit. Wie gut, dass es Pat gibt.

Nach und nach treffen auch die anderen ein, Henry erscheint als Letzter. Wir haben uns entschieden, die Videokonferenz voll digital abzuhalten, dennoch ist es eine Hilfe, wenn wir alle im selben Raum sind. Angesichts des Themas brauche ich die Präsenz der anderen. Wir mögen nicht eng miteinander sein, aber auch ein Vampir kann sich fürchten. Gerade fürchte ich mich.

Ich logge mich ein und blicke kurz darauf in die Gesichter der drei Abtrünnigen, die zum Treffen erschienen sind: Raoul selbst, mit seinem finsteren Raubvogelgesicht und dem langen, kastanienfarbenen Haar, und seine beiden engsten Vertrauten, Sevin mit dem weißen Bart und Alyssa, blond und rundlich.

Henry begrüßt alle Anwesenden und weist darauf hin, dass es keine Aufzeichnung dieser Sitzung geben wird. Er zählt die üblichen Gesprächsregeln auf und bittet Damian, ein internes Protokoll zu schreiben.

Dann wendet er sich an den Anführer der Abtrünnigen. »Raoul, du hast mir ein Dokument von großer Brisanz zukommen lassen. Ein

Abstract habt ihr alle in euren Unterlagen. Was möchtest du von uns?«

»Wiederaufnahme in den Clan, damit wir gemeinsam dieses Projekt stoppen und alles Wissen darüber vernichten können.«

»Warum Wiederaufnahme?«, möchte Nadira wissen. »Ich erinnere mich an deine Worte, wir seien hierarchiegläubige, engstirnige Idioten. Du verachtest unsere Clanregeln und weigerst dich, sie einzuhalten. Warum Rufus dich damals nicht den Flammen überantwortet hat, werde ich nie verstehen.«

»Rufus ist tot.«

»Ohne Zweifel.«

»Wenn ihr uns nicht aufnehmt, helfen wir euch nicht. So einfach ist das.«

Sie starren beide grimmig in die Kamera.

Zwischen den Abtrünnigen und uns besteht ein viel tieferer Graben, als sich Außenstehende vorstellen können. Auf beiden Seiten hat es Verluste gegeben, aber bei ihnen deutlich mehr als bei uns. Raoul und etwa 30 weitere Vampire sind die Einzigen, die der Verfolgung durch den damaligen Clanführer entgangen sind. Rufus war Nadiras Gefährte, er wurde von den Abtrünnigen so lange der Sonne ausgesetzt, bis sein Vampirkörper nicht mehr in der Lage war zu heilen.

Ich möchte gar nicht wissen, was jetzt gerade in Henry vorgeht. Die Bedrohung durch diese Forschergruppe ist immens. Im Unterschied zu Raoul haben wir keine Ahnung, wo wir sie finden können oder wer ihr Auftraggeber ist. Jene Datei enthielt nur den Text der Studie, keine Namen, keine Adressen.

An den Gesichtern des Jägerteams kann ich erkennen, dass sie ähnliche Gedanken hegen wie ich.

»Ein Vorschlag zur Güte«, meldet sich Sevin zu Wort. »Raoul soll euch die Maßnahmen nennen, die wir bisher ergriffen haben, um dieses Projekt zu stoppen. Wenn ihr da mitgehen könnt, vertagen wir die Entscheidung einer Wiederaufnahme in den Clan um zwei Wochen, und ihr diskutiert noch einmal intern darüber.«

»Zwei Wochen? So viel Zeit haben wir doch gar nicht!«, protestiert Pat. »Wir bekommen alle paar Tage schwer verletzte Vampire vor die Haustür geliefert. Sieht aus, als hätten sie mit dem zweiten Teil schon angefangen.«

»Ganz genau«, bestätigt Raoul und sieht sehr zufrieden mit sich aus.

»Ich schalte mich einmal ein in die Diskussion«, sagt Linda, die bisher die Redeliste betreut hat. »Sevins Vorschlag klingt vernünftig. Wir sollten nichts überstürzen. Zeitdruck wird uns nicht zum Erfolg führen. Wir sind jetzt seit 20 Jahren zerstritten. Niemand wird es verstehen oder unterstützen, wenn wir eine Versöhnung forcieren.«

Ein angespanntes Schweigen folgt.

Nadira ist anzusehen, dass sie Raoul am liebsten das Herz aus der Brust reißen würde. Eine ziemlich sichere und schnelle Methode, einen Vampir unschädlich zu machen. Rufus war damals kein solches Ende vergönnt.

»Wegen der Zeitknappheit bin ich hin- und hergerissen«, gebe ich zu. »Aber ich fürchte, wir kommen um eine Versammlung des gesamten Clans nicht herum.«

»Linda und Lydia haben Recht, Sevins Vorschlag ist gut«, bekräftigt Henry das Gesagte. »Lasst uns heute über den Inhalt jenes Dokuments sprechen und von Raoul hören, was für Maßnahmen er für angebracht hält.«

Widerwillig stimmen die anderen zu.

Gebannt höre ich, was Raoul zum Thema zu sagen hat. Bei all unseren Differenzen beruhigt mich doch, wie intensiv er sich mit dem Forschungsprojekt befasst hat. Offensichtlich ist es ihm ernst mit seinem Vorschlag, dass wir gemeinsam dagegen vorgehen sollten.

Es wird keine lange Konferenz. Henry hat bemerkt, dass unsere Geduld mit den Abtrünnigen erschöpft ist, und dringt auf einen Abschluss.

»Eine Frage habe ich noch, Raoul, bevor wir enden«, schaltet sich Damian in das Gespräch ein. »Warum ist es euch überhaupt so wichtig, wieder in den Clan aufgenommen zu werden?«

Das habe ich mich die ganze Zeit über auch schon gefragt. Ich bin froh, dass Damian es anspricht.

»Das ist ganz einfach zu erklären«, erwidert Raoul und lächelt, was bei ihm wirkt wie ein Zähnefletschen. »Ich bin der Meinung, dass sich einige Dinge ändern sollten. Vor allem denke ich, dass wir mehr statt weniger Kontakt mit den Menschen brauchen, damit uns wichtige Informationen wie diese«, er weist auf das Manuskript, das er in der Hand hält, »nicht entgehen. Die Zeit der völligen Isolation ist vorbei, seht das, wie ihr wollt.«

»Das heißt, du willst bei uns hereinschneien, als wäre nichts gewesen, um dann unsere Ordnung auf den Kopf zu stellen?« Nadiras Stimme klingt schneidend.

»So in etwa«, erwidert Raoul mit einem gefährlichen Funkeln in seinen stahlgrauen Augen.

Zum Glück hat Henry einen Videocall angeordnet. Sonst würden sich die beiden jetzt mit Sicherheit an die Gurgel gehen.

»Schluss«, befiehlt Henry. »Alles, was gesagt werden musste, ist gesagt. Wir haben zwei Wochen Bedenkzeit und werden die Clanmitglieder zusammenrufen, um eine Entscheidung zu treffen. Bis dahin besteht Waffenstillstand zwischen meinen und deinen Leuten, Raoul. Wenn du ihn brichst, bist du geliefert. Klar?«

»Dasselbe gilt für euch«, knurrt Raoul.

»Fair.«

Als alle den Sitzungsraum verlassen, gehe ich zu Nadira und lege ihr einen Arm um die Schultern.

»Du hasst ihn für immer, oder?«

Sie hebt ihren Blick. Rote Flüssigkeit hat sich in ihren Augen gesammelt. »Wie sollte ich nicht«, flüstert sie und zieht ein Taschentuch aus der Box, die auf dem Tisch steht.

Rufus war ihre große Liebe. Sie sprachen immer davon, nach Marokko zu gehen, wo Nadiras Eltern einst gelebt haben. Die Vampir-Gemeinschaft dort soll um einiges entspannter sein als die deutsche.

Nadira tupft sich die Augen ab, knüllt das rotfleckige Papiertuch zu einem kleinen Ball zusammen und schleudert es zielsicher in den Mülleimer. »Ich bin nicht die Einzige, die es betrifft. Denk an Rosannas Kinder oder an Farins Mutter. Raoul kommt immer durch mit seinem Mist, aber es ist nicht richtig. Er ist derjenige, der in der Sonne brennen sollte.«

Eine Präsenz in meinem Nacken bringt mich dazu, hochzuschauen. Henry ist zu uns getreten. Er muss den letzten Satz gehört haben. Sein Blick ist ernst. An Nadira gerichtet erwidert er: »Wenn wir nicht klug entscheiden, werden wir bald alle brennen. Wir gehen noch ein bisschen raus, Lydia und ich. Möchtest du uns begleiten, um auf andere Gedanken zu kommen?«

Die Mundwinkel der Jägerin zucken. »Und euer Date stören, auf das wir alle seit Jahrzehnten warten? Ganz bestimmt nicht. Aber danke.«

»Warum wissen sie alle davon?«, beschwere ich mich, nachdem auch Damian, Pat und Linda ihrer Wege gegangen sind, nicht ohne mir amüsierte Blicke zuzuwerfen.

»Offenbar bist du die Einzige, die noch nie darüber nachgedacht hat«, sagt Henry und grinst mich unverfroren an. Ich betrachte seine Eckzähne und stelle mir vor, was er damit tun könnte, wenn sein Mund über meinen Körper wandert.

»Lass uns gehen«, sagt er mit heiserer Stimme und nimmt meine Hand, um sie auf seinen Arm zu legen. Wie ein Pärchen aus dem 19. Jahrhundert schreiten wir über die Gänge, um das Gebäude in Richtung Straßenbahn zu verlassen.

Draußen ist es bereits dämmrig. Diese Wintertage sind immer kürzer als gedacht. Die Luft ist eisig, einzelne Schneeflocken wirbeln um unsere Gesichter, während wir auf die Tram warten. Kirchenglocken läuten zur vollen Stunde.

»Ich möchte mit dir einen ganz besonderen Spaziergang machen«, erklärt Henry.

Das enttäuscht mich ein bisschen. Lieber hätte ich mich mit ihm zwischen den Laken gewälzt; ehrlich gesagt, auch, um nicht mehr an Sophie denken zu müssen. »Wohin denn?«

»Lass dich überraschen.« Er lächelt zu mir herab.

Henry ist einen Kopf größer als die meisten von uns, was in der Regel einschüchternd wirkt. Die spielerische Seite, die er mir zeigt, bezaubert mich. »Ich erkenne dich gar nicht wieder.«

»Das ist gut. Sonst hättest du ja eine Verabredung mit deinem Chef.« Henry lächelt verschmitzt und wirkt für einen Moment beinahe menschlich, wie ein ganz junger Vampir. In Wahrheit ist er beinahe 400 Jahre alt, Mitte des 17. Jahrhunderts geboren. Der Altersunterschied spielt irgendwann keine Rolle mehr, mit den Jahrhunderten werden wir alle gleich.

»Mein Chef gefällt mir ziemlich gut, aber du gefällst mir besser, *tigre*.«

Henry zieht mich an sich und küsst mich, dann hält er mein Gesicht in seinen Pranken und schaut mich ernst an. Ein Zittern erfasst meinen ganzen Körper, nicht vor Kälte, sondern vor Begehren. Genießerisch vergrabe ich meine Finger in seinem Haar, streiche über seinen Bart und ziehe an einzelnen Strähnen, beiße ganz zart in seine Unterlippe.

Seine großen Hände wandern über meine Schultern, meinen Rücken und tiefer. Henrys Küsse werden drängender, er knurrt dabei leise wie das Raubtier, das er ist. Ich lecke ein paar Tropfen Blut von seiner Lippe und knurre meinerseits.

Ein Pfiff reißt uns aus unserer Trance. Ein paar Jugendliche schauen in unsere Richtung, lachend und feixend.

»Lass uns die nächste Tram nehmen, ich habe heute noch etwas anderes mit dir vor als das hier«, sagt Henry und löst sich behutsam aus unserer Umarmung. »Wir sollten den Menschen hier nicht so ein Schauspiel bieten.«

Enttäuscht, seiner Nähe beraubt, runzle ich die Stirn. Er tupft sich dezent den Mund mit einem Taschentuch ab. Seine Lippe blutet ganz schön stark.

»Lass mich das machen«, schnurre ich und nehme das Taschentuch aus seinen Händen, um mit meinem Finger und einem Fünkchen Glamourmagie die Wunde zu schließen. Sie wird nicht sofort heilen, aber die Verletzung wird nicht sichtbar sein.

»Dankeschön.«

»Gern geschehen.«

Wir strahlen einander an wie zwei verliebte Teenager. Dann steigen wir Hand in Hand in die Straßenbahn und fahren in Richtung Ringbahn.

An die Polster im Gang der Tram gelehnt, blicken wir auf das abendliche Treiben auf den Straßen. Dicht gedrängt stehen die Autos, zum Feierabend schaffen sie bloß ein Schneckentempo. Von irgendwo dröhnt die Sirene eines Krankenwagens. Genervte Fußgänger schlüpfen zwischen LKWs hindurch, die trotz der grünen Ampel den Fußgängerüberweg blockieren.

Ich frage Henry: »Wie lange genau denkst du schon darüber nach, dich mit mir zu treffen?«

Mein Clanführer kraust die Nase und überlegt. »Ungefähr die letzten 35 Jahre?«

»So lange!«

»Du wirktest nicht, als wolltest du irgendjemanden an dich heranlassen. Das habe ich respektiert und mich anderweitig umgesehen. Aber du bist mir nicht aus dem Kopf gegangen.«

Seine Ernsthaftigkeit überfordert mich gerade. Ja, ich habe ihn immer schon heiß gefunden, aber dass er sich Gedanken über meine Gefühle und Bedürfnisse gemacht hat, berührt mich auf einer Ebene, die ich lieber außen vor lassen möchte.

»Du brauchst nichts dazu zu sagen, Lydia. Denk nicht so viel nach. Genieße den Abend.«

Dankbar drücke ich seine Hand, außerstande, das, was mich bewegt, in Worte zu fassen.

Mit der Ringbahn fahren wir in Richtung Prenzlauer Berg.

An der Schönhauser Allee signalisiert mir Henry, dass er aussteigen möchte, und wir gehen ein Stück in Richtung Süden.

Verblüfft frage ich ihn: »Der Mauerpark? Dein Ernst? Um im Park spazieren zu gehen, hätten wir doch gar nicht bis hierher fahren müssen!«

»Genau an diesem Ort sind wir richtig, denn ich habe eine Geschichte zu erzählen.«

»Ah.«

Wir betreten den dunklen Park, für unsere vampirischen Augen kein Problem. Sophies Panik bei unserem nächtlichen Zusammenstoß kommt mir in den Sinn und ich schmunzle in mich hinein. Für einen Menschen muss es wahrhaftig ein anderes Gefühl sein, sich im Dunkeln aufzuhalten. Nur kann ich mich kaum noch erinnern, wie das war.

Ich greife nach Henrys Hand und genieße die Verbindung zwischen uns, als er die meine sanft drückt.

»Wir beide sind nicht gebürtig deutsch, und schon gar keine Ostberliner«, beginnt er seine Erzählung.

»Stimmt.« Henry stammt aus Trondheim und hat sich schon in mindestens fünf Ländern für längere Zeit aufgehalten. Unstet, wie die meisten von uns. Unsere Namen verändern sich mit der Zeit, die Besonderheiten werden abgeschliffen, damit alle sie aussprechen können. Auf diese Weise wurde aus Lidia Lydia und aus Henrik Henry.

»Du erinnerst dich noch an die Zeit, als die Mauer stand und wir unser Hauptquartier in Moabit hatten«, fährt er fort.

»Ja.«

»Damals suchte ich noch häufiger die norwegische Community auf, du weißt schon, um irgendeine Art von Identität zu pflegen.«

»Verständlich.«

»Eine Mutter mit ihren zwei Söhnen hatte es aus mir unbekannten Gründen nach Ostberlin verschlagen. Möglicherweise gab es eine politische Affinität, aber vielleicht war es auch wegen ihrer Verwandten. Jonna lebte jedenfalls im Prenzlauer Berg, und zunächst gefiel es ihr dort sehr gut. Wir haben uns Briefe geschrieben. Sie war ein Mensch und ich ein Vampir. Die Mauer trennte uns nicht nur, sie schützte uns auch. Wer weiß, was sonst eines Tages geschehen wäre.«

»Kann ich dir nachfühlen.«

Die Versuchung, eine wie auch immer geartete Beziehung für die Ewigkeit einzugehen, kennen wir wohl alle.

Henry drückt erneut meine Hand und fährt fort: »Eines Tages beschloss Jori, der ältere der beiden Jungs, mich zu besuchen. Er hielt es für ein Abenteuer. Da er gerade Lesen gelernt hatte, konnte er seiner Mutter einen meiner Briefe stibitzen und sich die Adresse notieren. So hat es mir Jonna später berichtet. Kjell, der jüngere, wollte auch nicht zurückstehen. Morgens um vier nahmen sie ihre Rucksäcke und zogen los.

Sie haben es tatsächlich geschafft, über den Grenzstreifen zum alten Bahnhof zu gelangen. Ich weiß nicht wie, aber ihnen ist nichts passiert. Am Vormittag desselben Tages standen sie bei mir vor der Tür, zum Glück bei meiner damaligen Privatadresse, die ich auf den Briefen als Absender angegeben hatte. Nicht auszudenken, was ihnen alles hätte geschehen können. Jonna war natürlich außer sich vor Sorge. Als ich ihr die beiden zurückbrachte, was nur aufgrund von Kontakten so unkompliziert möglich war, fiel ihr ein ganzes Gebirge vom Herzen.

Sie hatte damals schon genug vom Regime. Es stellte sich später heraus, dass sie die ganze Zeit über bespitzelt worden war, nur kurioserweise nicht an jenem Tag, an dem ihre beiden kleinen Söhne illegal die Grenze überquerten.«

Henry schweigt für einen Moment und hängt seinen Gedanken nach. Ich betrachte den dunklen Park, die Pappeln, die ihre blattlosen Äste in den Himmel recken, die Lichter der Stadt vor dem pechschwarzen Himmel. Es ist, wenn möglich, noch kälter als die vorigen Tage. Meine Nase und meine Fingerspitzen fühlen sich an wie Eiszapfen.

»Vielleicht wollte der Geheimdienst wissen, wer du bist, und hat sie mit Absicht gehen lassen?«

»Nein, das ist unwahrscheinlich. Sie hatten damals wirklich andere Probleme, als sich mit unsereins zu beschäftigen. Es muss einer dieser Zufälle gewesen sein.«

»Das ist gut möglich.«

»Immer, wenn ich hier entlanggehe, denke ich an Jonna und an das Vergehen der Zeit. Als die Mauer fiel, war sie um 30 Jahre gealtert. Ihr zu begegnen, ohne mich ihr zu erklären, war unmöglich, also verschwand ich aus ihrem Leben. Sie hat irgendwann aufgegeben, mich finden zu wollen.«

»Für ihre Söhne bist du ein Held gewesen, richtig?«

»Ja.«

Meine vampirische Nachtsicht erlaubt mir, Henry Gesichtsausdruck genau zu lesen. Er hat die Lippen zusammengepresst. Zwei Falten haben sich um seine Mundwinkel gelegt, was sein Lächeln bitter wirken lässt. »Hast du um sie getrauert?«

»O ja. Wahrscheinlich schon seit dem Beginn unserer Freundschaft, weil klar war, auf was sie hinauslaufen würde.«

»Hast du dich alleine gefühlt, danach?«

»Sehr. Die Briefe hatten mir eine andere Realität vorgegaukelt. Indem ich an Jonnas Familienleben teil hatte, konnte ich mir vorstellen, dazu zu gehören.«

Wir gehen in einmütigem Schweigen durch den dunklen Park. Zwischen uns vibriert so viel Ungelebtes. Das Ausmaß meiner Sehnsucht macht mir Angst. Nichts hindert uns, ein Paar zu sein, wenn wir das möchten. Aber was, wenn wir diese kostbare Nähe zwischen uns zerstören, indem wir unserer Bedürftigkeit nachgeben?

Unvermittelt zieht Henry mich an sich und küsst mich, wie ein Verdurstender nach Wasser sucht. Den Kuss erwidernd, schiebe ich meine eiskalten Finger unter seine Jacke und unter sein Hemd, um seine Haut zu spüren.

Mit einem Laut, der wie eine Mischung aus Lachen und Stöhnen klingt, tut er es mir gleich. Da ich keinen BH trage, streifen seine Hände direkt meine Brüste. Henry keucht auf und starrt mich mit glühenden Augen an.

Für einen Moment scheint es, als würden wir hier und jetzt übereinander herfallen, was allein schon aufgrund der Kälte eine weniger gute Idee ist. Auch Vampire können frieren.

Diesmal bin ich diejenige, die dem einen Riegel vorschiebt: »Henry. Wir könnten jetzt einfach weitermachen. Aber dein Spaziergang wäre es wert, ihn bis zum Ende zu erleben.«

Mein Clanführer lacht leise und drückt mir einen sanften Kuss auf die Lippen. »Du hast Recht. Zeit haben wir wirklich im Überfluss. Komm mit, wir gehen in eine meiner Lieblingskneipen. Sie haben heute eine Whiskyverkostung.«

Er kennt meine Vorliebe für Whisky. Ich lächle ihn an, auch wenn es mir einen Stich gibt, an Sophies Duft erinnert zu werden und an den köstlichen Geschmack ihres Körpers. Wahrscheinlich ist meine Libido außer Rand und Band, weil ich ihr solange nichts erlaubt habe außer romantisch-düsteren Filmen und Büchern, Zucker im Übermaß und hier und da einem verstohlenen Seitenblick auf das, was sein könnte.

Aus dem fast menschenleeren Park in die belebten Straßen zurückzukehren, ist, wie aus einer gemütlichen Badewanne direkt in eine Wildwasserbahn zu springen. Nur kalt ist mir nicht mehr, ich glühe von innen heraus. Wann immer Henrys und meine Blicke sich kreuzen, flammt Hunger in seinen frosthellen Augen auf. Es ist derselbe Hunger, der auch in mir brennt, kein Blutdurst, sondern das Bedürfnis nach Nähe und ekstatischem Verschmelzen.

Ich labe mich an diesem Gefühl, sauge es in mich auf wie das köstlichste Blut. Hand in Hand schweben wir förmlich durch die Straßen. Am Rande meines Bewusstseins meldet sich das fiese Stimmchen: Du hast Sophie ohne ein Wort des Abschieds allein gelassen. Was glaubst du, wie sie das aufnehmen wird?

Gerade nicht mein Thema. Lieber richte ich meine Aufmerksamkeit auf Henry und auf die Bar, der wir uns gerade nähern. Vielleicht können das Aroma von irischem oder schottischem Whisky und der verlockende Gefährte an meiner Seite das Stimmchen ganz zum Schweigen bringen.

7
EIFERSUCHT

SOPHIE

Wütend hebe ich den Pinsel und klatsche mehr schwarze Farbe auf die Leinwand. Ich hätte es wirklich, wirklich besser wissen müssen, als Miss Unausstehlich in mein Bett einzuladen. Was soll's, jetzt geht es nicht mehr rückgängig zu machen. Aber das war das letzte Mal. Niemand darf mich auf eine so miese Art und Weise ausnutzen.

Die Ausstellung haben wir heute morgen abgebaut, Wolodjas Bilder sind größtenteils verkauft und beginnen ihre Tour um die Welt. Auch Manu und ich haben ein paar Verkäufe, aber lange nicht so viele. Unsere Werke lagern im Storeroom, bis wir entschieden haben, ob wir das Atelier anmieten oder uns lieber einen neuen Ort suchen wollen.

Das Bild, auf dem Lydia für alle Ewigkeit festgehalten ist, ruht gut verpackt hinter meinem Schrank. Ich habe nichts gegen eine Kapitalanlage, aber jeden Tag in ihre Augen schauen zu müssen ist mir im

Moment zu viel. Stattdessen richte ich meine gesamte Energie auf mein Acrylgemälde von Oskar und RiffRaff, das bis Ende des Monats fertig sein soll. Eine Galeristin hat mir geschrieben, sie möchte eine kleine Ausstellung figurativer Malerei in ihren Räumen organisieren, und eines meiner Bilder käme genau passend. Vielleicht wird sie es auch erwerben und in ihrer Galerie anbieten.

Während der kleine Hund mit dem schwarzweißen Fell auf meiner Leinwand Gestalt annimmt, neben ihm sein Herrchen, hinter ihm die Straßenszenerie, muss ich an nichts denken. Nur die Konturen sind wichtig, die Textur des Fells, der Lichteinfall, der abgeklärte Ausdruck auf Oskars Gesicht.

Ich weiß ein bisschen was von seiner Geschichte. Lange Jahre hat er auf der Straße gelebt, mit seinem Hund als treuem Beschützer. Nur durch einen Zufall hat er eine Wohnung gefunden und halten können.

»Irgendwann wirst du zu alt für diesen Scheiß«, hat er mir erklärt. »Irgendwann tun dir die Knochen weh und du fragst dich, ob ein Besuch beim Hausarzt dein Leben um ein paar Jahre verlängern könnte.«

Für Oskar ist es gut gelaufen. Bei ihm haben die Medikamente angeschlagen; er konnte die Depression und den Alkohol hinter sich lassen. Er hat das nötige Geld beantragt und lebt nun in einer winzigen Wohnung ein paar Straßen weiter von mir. Durch das Modellstehen verdient er sich ein bisschen was dazu.

Aber Oskar weiß auch um die vielen anderen, die es entweder gar nicht mehr in einer Wohnung aushalten würden oder die nicht genug Energie aufbringen, um auf ein anderes Leben zu hoffen. Mit diesem Bild halte ich seine Geschichte fest, und damit auch die Geschichten der anderen, die nicht darauf vorkommen. Malend stelle ich die Frage, warum Menschen so unterschiedlich leben und warum die einen leiden und die anderen nicht.

Ungebeten erscheint ein Gesicht vor meinem inneren Auge, ein dunkler, brennender Blick, ein roter Mund. Ich hasse Lydia nicht für das, was sie getan hat, es ist nur allzu gut nachvollziehbar. Sie wollte Sicherheit für ihren Clan und hat dafür ein Leben ausgelöscht. Den Kontext ist mir klar, was natürlich mein schlechtes Gewissen Manu und Wolodja gegenüber nicht besser macht. Was ich Lydia nicht verzeihe, ist die feige Art, wie sie mich heute morgen verlassen hat; als hätte ihr das alles nichts bedeutet, was zwischen uns geschehen ist.

Wahrscheinlich hat sie kalte Füße gekriegt, nachdem sie so viel von sich preisgegeben hat. Mir ist egal, ob sie ein Vampir oder eine Elfe oder ein verflixter Ork ist. Nichts gibt ihr das Recht, auf meinen Gefühlen herumzutrampeln.

Zack, der Pinsel fliegt in die Ecke. Das hohle Gefühl in meinem Magen trägt auch nicht zu meiner Konzentration bei. Das wird jetzt nichts mehr. Lieber etwas essen und dann erst mit dem Bild weitermachen. Für meine Schicht in der Bar heute Abend brauche ich Energie. Melli versorgt mich zwar regelmäßig mit Potatoe Wedges und Aioli, aber bis dahin sind es noch zwei Stunden. Wenn die Bar sehr voll ist, wird erst am Ende meiner Schicht Zeit zum Essen sein.

Nachdem ich die schwarze Farbe vom Boden abgeschrubbt und Pinsel und Malklamotten weggeräumt habe, prüfe ich den Kühlschrank und die Gemüsekiste auf benutzbare Lebensmittel.

Manu und Katrina sind mit dem frühen Zug zurückgekommen, damit Katrina zwischen dem Abbau der Ausstellung und ihrer heutigen Nachtschicht noch ein paar Stunden schlafen kann. Einkaufen war da nicht drin, weil Manu direkt ins Büro gefahren ist.

Ich beneide die beiden nicht um diesen Stress. Klar, dass sie jede Minute am Meer auskosten wollten.

Aus meiner mageren Ausbeute, ein paar Stangen Lauch, zwei Packungen Frischkäse und einem halben Kilo verschrumpelter Kartoffeln, koche ich einen Eintopf für uns alle. Bald zieht ein süßlich-erdiger Duft durch unsere Wohnung, und es geht mir gleich ein bisschen besser.

Als ich nach dem Essen zu meiner Schicht in der Whiskybar aufbreche, erfasst mich eine Art Vorahnung. Das ist sonst überhaupt nicht meine Art, als rational denkender Mensch, protestantisch erzogen und so weiter. Okay, es gibt Vampire in Berlin, und in der Realität sind sie eine Enttäuschung. Aber deswegen muss man ja nicht gleich an Hellsichtigkeit oder andere übersinnliche Phänomene glauben.

Dennoch, während ich mein Fahrrad aus dem Keller hole und es die Treppe hochbugsiere, überkommt mich ein Gefühl oder vielmehr ein ganzes Gefühlspanorama: Herzklopfende Angst und damit verbunden der Impuls wegzurennen und mich zu verstecken; ein Anflug von Lust, der mich in seiner Intensität überrascht; eine tiefe, brennende Wut. Vor der Haustür angekommen schüttle ich mich wie ein Hund, der Wassertropfen loswerden will.

Beim Losfahren verfliegt der Gefühlswirrwarr in mir. Lieber konzentriere mich auf den Straßenverkehr. Nachdem mir beim letzten Mal der Zechpreller entkommen ist, möchte ich auf keinen Fall wegen Unaufmerksamkeit zu spät zu meiner Schicht kommen oder gar im Krankenhaus landen. Meinen Skizzenblock habe ich eingesteckt, mit dem festen Vorsatz, ab jetzt besser aufzupassen.

Melli strahlt mich an, sobald sie mich sieht. »Da ist sie ja, die berühmte Künstlerin! Komm, lass dich drücken. Das war eine sehr gelungene Vernissage, Sophie.«

Sie betont meinen Namen immer auf der ersten Silbe, was mich jedes Mal schmunzeln lässt, weil es mich an Dinner for One erinnert.

Mellis wohlig warme Umarmung tut mir nach der Kälte draußen richtig gut. »Schön, dass du dabei warst, ich habe dich gar nicht gesehen?«

»Nein, ich kam sehr spät und bin nur sehr kurz geblieben. Dein Bild von den Kitesurfern und auch das mit den jungen Männern im Park, die haben mich unglaublich beeindruckt. So liebevoll hast du die Gesichter gemalt.«

»Danke, Melli. Das bedeutet mir sehr viel.« Gerührt von ihrer bedingungslosen Unterstützung lächle ich sie an.

»Und nun werd diese Klamotten los, Schwitzen ist nicht gut bei diesem Wetter.« Das ist Melli, sie verweilt nicht gerne bei Gefühlen. Ich drücke ihre Schulter und gehe mich umziehen.

Meine Schicht beginnt unspektakulär. Die üblichen Touristen und Geschäftsleute, hier und da ein Pärchen oder eine einzelne Person, Stammkunden meistens, die nach der Arbeit auf ein Getränk vorbeikommen und dann weiterziehen. Die angekündigte Whiskyverkostung zieht dann aber doch, und mehr und mehr Kunden betreten die Bar.

Gerade bin ich dabei, ein paar hübsche junge Männer zu zeichnen, die sich laut auf Spanisch über die besten Locations in der Stadt unterhalten. Da öffnet sich die Tür und meine Hand erstarrt, den Stift auf halbem Weg in der Luft haltend: Herein kommt niemand anders als Lydia!

Erst klopft mein Herz vor Freude. Vielleicht hat sie ihr Verhalten bereut und ist direkt hierhergekommen, um es mir zu sagen.

Aber sie ist nicht allein.

Hinter ihr betritt eine Art Wikinger die Bar, ein großer, blonder Typ mit langen Haaren und Bart und eisblauen Augen. Er legt seine große Hand auf Lydias unteren Rücken und dirigiert sie zu einem meiner Tische, einem Nischenplatz am Fenster, der sich perfekt für ein Date eignet.

Das wäre an sich noch kein Grund zu verzweifeln. Lydia interessiert sich offensichtlich auch für Männer. Schließlich ist sie nach der Vernissage mit niemand anderem als Lukas Quast verschwunden. Aber was mir überhaupt nicht passt, ist die Art, wie sie diesen Wikinger ansieht. Ihre Augen funkeln. Am liebsten will sie ihn wohl an Ort und Stelle vernaschen.

Als hätte ich laut gesprochen, wendet Lydia mir ihr Gesicht zu und ihre Augen weiten sich für einen Moment. Dann nimmt sie an dem Tisch Platz, mit dem Rücken zum Tresen. Aha, also hat sie mich gar nicht aufsuchen wollen, sondern es ist ein Zufall, dass sie hier ist.

Die Heftigkeit meiner Enttäuschung trifft mich wie ein Fausthieb ins Gesicht. Ich hatte mir eingeredet, sie bereits abgeschrieben zu haben, aber meine Gefühle in diesem Moment belehren mich eines Besseren.

Da hilft nur Augen zu und durch. Ich verstaue den Skizzenblock unter dem Tresen, setze eine professionelle Miene auf und schreite in Richtung des Zweiertisches. »Was kann ich Ihnen bringen?«

Da. Völlig unemotional.

»Die Whiskykarte bitte«, sagt der Wikinger.

Er hat eine warme, tiefe Stimme, die zu seinem beeindruckenden Äußeren passt. Nicht unsympathisch. Daher sollte ich ihm wohl nicht die Pest an den Hals wünschen, wahrscheinlich hat er sie nicht verdient. Mache ich aber trotzdem.

Als ich mit der Karte mit den Specials zurückkomme, fällt mein Blick auf seine Unterlippe und es fällt mir schwer, mir nichts anmerken zu lassen: Das sind eindeutig Bissspuren! Was hat Lydia mit ihm vor? Wird sie ihn töten?

Nicht mein Problem. Ich lege ihnen zwei Exemplare der Whiskykarte auf den Tisch. »Möchten Sie etwas zu essen bestellen?«

Lydia wird nichts essen, außer vielleicht diesen Typen, aber vielleicht braucht er ja eine Stärkung.

»Nein, danke«, sagt er freundlich und mir fällt wieder auf, wie angenehm seine Stimme klingt. »Bringen Sie mir bitte einen Laphroaig, für den Start.«

»Für mich einen Bushmills.« Abgesehen davon, dass das Lydias erste Worte sind, die sie seit unserer gemeinsamen Nacht an mich richtet, stört mich ihre Getränkeauswahl.

»Sicher? Wir haben auch eine Sonderabfüllung von Bunnahabhain da. Wenn Sie an der Verkostung teilnehmen, sollten Sie sich zuerst durch die schottischen Whiskys durcharbeiten.«

»Sehr gern, vielen Dank für den Tipp.«

Ich nicke und nehme die Bestellung auf.

Als ich zurück zur Bar gehe, ringe ich mehrere Impulse nieder, die alle nicht zielführend sind.

Der erste ist, zurückzugehen und Lydia zur Rede zu stellen.

Der zweite ist, in ihren Whisky zu spucken, was allerdings ein Sakrileg wäre.

Der dritte ist, den Wikinger am Kragen zu packen und ihn zu fragen, was er von meiner Frau will.

Die vernünftige Alternative ist, einfach meiner Arbeit nachzugehen und die beiden zu ignorieren.

Ganz gelingt mir das nicht. Nachdem alle Tische versorgt sind, schnappe ich mir daher meinen Skizzenblock. Mein Stift fliegt wie von selbst über das Papier und hält ein markantes Profil fest, breite Schultern, helle Augen … eine große Hand, die eine schmale hält, Köpfe, die sich zu einander neigen, ein Kuss … Was ich da tue, wird mir erst bewusst, als Melli meine Zeichnung betrachtet und beifällig murmelt: »Hot.«

Die Röte steigt mir ins Gesicht. Meine Skizze zeigt Lydia mit ihrem Wikinger, flirtend, lachend, allem Anschein nach zufrieden mit der Welt. Mit glühenden Wangen blättere ich weiter, damit auf dem Block eine leere Seite zu sehen ist. Das Blatt zu zerreißen würde mich zu viel Überwindung kosten, obwohl mich die Eifersucht in ihren giftigen Krallen hat. Warum kommen die beiden ausgerechnet hier her? Gibt es nicht genug Bars, in dieser Vier-Millionen-Menschen-Stadt?

Vielleicht ist der Wikinger hier häufiger zu Gast. Er ist mir noch nicht direkt aufgefallen, was angesichts seines markanten Äußeren seltsam ist, aber ich merke mir auch nicht jedes Gesicht.

Was mich stark irritiert, ist meine Skizze. Beim Zeichnen blitzten innere Bilder vor mir auf, die mich gleich wieder erröten lassen könnten.

Der Laut, den Lydia von sich gibt, als sie an ihrem Whisky schnuppert, macht es wirklich nicht besser. Eigentlich sollte ich ihr die kalte Schulter zeigen und sie nicht noch anhimmeln. Aber ihr genussvolles Stöhnen fährt mir direkt zwischen die Beine. Ihrem Typen offenbar auch, nach der Art zu urteilen, wie er sie mit Blicken verschlingt.

Und hier liegt das Problem. Mein Kopf ist voller Ideen, was die beiden miteinander tun werden, wenn sie alleine sind.

Meinen Zeichenstift fasse ich heute lieber nicht mehr an. Leicht könnte es mir passieren, dass sich diese Bilder verselbständigen.

Bei meinem nächsten Rundgang frage ich alle meine Kunden bis auf diese beiden, ob sie zufrieden sind, und nehme weitere Bestellungen auf. Ein Pärchen bittet mich gleich abzukassieren. Auf diese Aufgabe konzentriere ich mich, als wäre sie das Wichtigste auf der Welt, und bringe danach Kartoffelecken an Tisch 7 und eine weitere Runde Bier an Tisch 5. Schließlich lassen sich Lydia und ihr Wikinger nicht länger ignorieren, denn er gibt mir ein Handzeichen, dass sie zahlen möchten.

Mit ausdruckslosem Gesicht, Selbstbeherrschung, Sophie!, folge ich der Aufforderung und lege den beiden die Rechnung hin. Erst nachdem sie die Bar verlassen haben, kontrolliere ich die ledergebundene Mappe und falle fast hintenüber: 20 Euro Trinkgeld! Außerdem sind ihre Whiskygläser noch so gut wie voll. Aber das war bei dieser Art von Kundschaft fast schon zu erwarten.

»Geht es dir gut?«, fragt mich Melli Stunden später, als wir den Abwasch erledigt haben und gerade dabei sind, die Glasflächen der Bar spiegelblank zu putzen.

»Schwer zu sagen.« Ich wienere das Regal mit den Spirituosen, bis kein einziger Schmierfleck mehr zu sehen ist.

»Versuche es«, beharrt sie.

»Was würdest du tun, wenn du mit jemandem eine heiße Nacht verbracht hast, und diese Person dich ohne ein Wort sitzen lässt? Am nächsten Abend siehst du sie dann mit jemand anders, schwer verliebt, und sie richtet nicht ein persönliches Wort an dich; es gibt nicht einmal einen Gesichtsausdruck, von dem du irgendetwas ablesen könntest?«

Melli steht vor mir, den Putzlappen in der Hand, und mustert mich nachdenklich. »Rennen, so schnell ich kann. Außer, es ist jemand Wichtiges und ich möchte die Person nicht kampflos aufgeben.«

Ich stoße einen verärgerten Laut aus. »Das ist es ja. Sie zeigt mir durch ihr Verhalten, dass sie null Interesse an mir hat. Mit Sicherheit steckt mehr dahinter. Nur sind mir meine Zeit und meine Nerven zu schade, um mich damit lange herumzuschlagen. Wie kann ich herausfinden, ob dieses ›Mehr‹ reine Einbildung ist oder nicht?«

»Gib ihr eine Gelegenheit, sich zu erklären. Eine. Keine weiteren. Und nur, wenn sie von sich aus auf dich zukommt. Glaub mir, eine On/Off-Beziehung wäre deine Zeit nicht wert. Wenn du dieser Person wirklich etwas bedeutest, wird sie früher oder später das Bedürfnis haben, mit dir zu sprechen, um das Ganze geradezurücken. Wenn nicht, vergiss sie.«

»Klingt gut.«

Dieser kurze Austausch hat mich erleichtert. In einvernehmlichem Schweigen beenden wir unsere Arbeit und setzen uns dann noch für eine Weile vor den Kamin, um ein bisschen zu schwatzen. Dann und wann starre ich in die glühenden Kohlen, genieße die wohltuende Wärme auf meinem Gesicht und lausche dem Knistern der Flammen, bis das Feuer ganz heruntergebrannt ist.

Spät in der Nacht schließe ich mein Fahrrad auf, ein bisschen benebelt, weil Melli mir ihrerseits einen doppelten Whisky gegen Liebeskummer spendiert hat. Der teure Alkohol wärmt mich angenehm von innen. Mein Schmerz über Lydias Desinteresse ist vorhanden, aber gedämpft. Es war schön, mit Melli zu plaudern und zu lachen. Jetzt schnell nach Hause, und mehrere Stunden wohlverdienten Schlaf genießen, bevor dann am Nachmittag meine Meisterklasse dran ist. In die Pedalen tretend lasse ich die Bar und meine verworrenen Gefühle hinter mir.

Kaum ist die vertraute Straßenecke außer Sichtweite, passieren mehrere Dinge auf einmal. Ein Gefühl von Bedrohung erfasst mich, ähnlich wie letzte Nacht im Park. Obwohl überall um mich herum Menschen sind, schlägt mir das Herz bis zum Hals. Es ist irrational, aber es kommt mir vor, als würde mich jemand jagen. Schneller und schneller fahre ich, keuchend und zitternd, und stoße um ein Haar mit einem Fußgänger zusammen, der diagonal die Straße überquert. Bei dem Versuch auszuweichen gerät mein Fahrrad ins Schlingern. Es muss in der Zwischenzeit geregnet haben, und dann kam der Frost, der Asphalt ist spiegelglatt. Hastig versuche ich gegenzusteuern, aber das Vorderrad rutscht mir weg. Der Rahmen knallt mir gegen das Schienbein. Mit einem schmerzerfüllten Aufschrei lande ich auf dem Boden.

Der Fußgänger beugt sich zu mir und hilft mir auf. Meine Dankesworte bleiben mir im Hals stecken und es überläuft mich eiskalt: Das ist niemand anders als der Typ, der letztens mit einem Blatt aus meinem Skizzenblock davongerannt ist! Sein hageres Gesicht, seine kalten Augen, die kastanienfarbenen Haare, das alles ist unverkennbar.

Für vertrauenswürdig habe ich den Kerl schon vor der Aktion mit meiner Zeichnung nicht gehalten. Was er jetzt tut, kommt dennoch als ein Schock. Mit einem Tritt befördert er mein Fahrrad zur Seite, umklammert mich wie ein Schraubstock, meine Arme an meine Seiten pressend, und zieht mich in eine Toreinfahrt. Das alles geschieht unnatürlich schnell. Es würde mich nicht wundern, wenn es niemand registriert hätte. »Mitkommen. Still sein«, raunt er in mein Ohr. Sein Aftershave steigt mir in die Nase, irgendein herber Männerduft.

Vor lauter Schreck bin ich tatsächlich still wie eine Maus, zunächst jedenfalls. Dann drückt etwas Hartes gegen meine Rippen und mir fällt ein, dass ich meine Maglite in die Innentasche meiner Jacke gesteckt habe, weil auf das Licht bei uns im Treppenhaus kein Verlass ist.

Außerdem haben wir im Selbstverteidigungskurs gelernt, wie man einen Griff sprengt. Zu meinem Glück lässt der Mann ein wenig locker, wahrscheinlich greift er nach seinem Handy, um einen Komplizen zu verständigen. Das ist meine Gelegenheit. Mit einer eleganten und flüssigen Bewegung, mein Lehrer wäre stolz auf mich, ramme ich ihm beide Ellbogen in den Bauch und bringe ihn dazu, mich loszulassen. Gerade rechtzeitig, bevor er sich wieder auf mich stürzen kann, bekomme ich die schwere Taschenlampe zu fassen und donnere sie an seine Schläfe. Er geht zu Boden, sein Smartphone mit ihm. Das Display splittert, wie leider auch das Glas meiner Maglite, die mir aus der Hand gefallen ist. Winzige Scherben fliegen in alle Richtungen.

Mein Herz schlägt wie ein Presslufthammer. Kleine Fünkchen tanzen vor meinen Augen. Dieser Kerl hat versucht, mich zu entführen! Bloß weg hier, sonst wacht er vielleicht auf und greift mich erneut an. Aber meine Füße sind wie gelähmt. Mit klopfendem Herzen mustere ich den Mann am Boden. Ist er einer von ihnen? Es gibt nur eine Möglichkeit, das herauszufinden.

Ich beuge mich über sein Gesicht und schiebe mit spitzen Fingern seine Oberlippe ein Stückchen hoch. Tatsächlich. Die Eckzähne sind gelb, wie bei einem starken Raucher, und unnatürlich lang und scharf.

Hastig wische ich meine Hand an der Hose ab. Und jetzt? Die Polizei rufen? Zweifelhaft, ob die mir helfen können. Die beste Strategie ist wahrscheinlich, meinen lädierten Drahtesel zu schnappen und so schnell wie möglich nach Hause zu fahren, über belebtere Straßen am besten.

Kurz überlege ich, zücke dann mein Handy und fotografiere den Bewusstlosen. Jetzt schnell das Fahrrad aufrichten, nach Schäden suchen und … Eiskalter Schrecken durchfährt mich. Mit dieser Acht im Vorderrad wird das nichts mit dem Fahren. Keine Ahnung, wie lange ein Vampir braucht, um sich von einem Schlag auf den Kopf zu erholen. Hoffentlich hat er keine Kumpels in der Nähe. So schnell, wie es die Schmerzen in meinem rechten Bein zulassen, bugsiere ich das quietschende Gefährt die Straße entlang, und schaue dabei immer wieder über die Schulter, ob sich meine Verfolger schon nähern.

8

GUTE NACHT

LYDIA

»Möchtest du noch mit hochkommen?«, fragt mich Henry zwischen Küssen. Die Art und Weise, wie er seinen großen Körper an meinen presst, rauben mir den Verstand. Eigentlich müsste ich auf Wolke Sieben schweben, hier, mit dem Rücken an einer Hauswand, entflammt von Lust und tiefer Sehnsucht.

Du kannst Sophie auf diese Weise nicht vergessen, meldet sich das nervende Stimmchen zu Wort.

Ihr verletzter Blick, als sie mich mit meinem Clanchef sah, hat mich mitten ins Herz getroffen. Hätte ich geahnt, dass Sophie ausgerechnet in Henrys Lieblingsbar arbeitet, wäre mir irgendein Grund eingefallen, einen anderen Ort mit ihm aufzusuchen.

Ja, dann müsstest du jetzt nicht darüber nachdenken, was sie dir bedeutet, meldet sich das Stimmchen wieder.

Meine Hände wandern über Henrys Schultern, krallen sich in den Stoff seiner Jacke. Gleichzeitig tauchen Erinnerungsfetzen an meine Nacht mit Sophie auf und lassen mich nicht los: Die Zärtlichkeit in ihren Augen, als sie zu mir aufsah, während ihre Lippen über meine Haut streiften; der ekstatische Ausdruck in ihrem Gesicht, als sie den Kopf zurückwarf und ihre Lust hinausschrie.

Ich seufze tief und schiebe Henry sanft von mir. Seine Lippen sind gerötet, sein Haar zerzaust. Einzelne Strähnen haben sich aus seinem Zopf gelöst und hängen ihm ins Gesicht. Eine Welle der Zuneigung überkommt mich.

Er lächelt mich an und wirkt dabei offen und beinahe menschlich. Diese Version von ihm ist mir in all den Jahren noch nie begegnet. »Und? Kommst du noch mit?«, wiederholt er seine Frage von eben. »Oder brauchst du ein wenig Raum für dich?«

Mein Zögern eben ist ihm nicht verborgen geblieben.

Jetzt ist eine Entscheidung fällig. »Sehr gern, Henry. Ähm … erwartest du denn etwas Konkretes, das heute zwischen uns geschehen soll?«

Er schmunzelt. »Wie vorhin schon gesagt: Wenn wir etwas im Überfluss haben, dann Zeit. Fühl dich zu nichts verpflichtet. Ich genieße das Zusammensein mit dir unglaublich, egal ob du vorhast mit mir zu schlafen oder nicht.«

Seine Worte entfachen mein Begehren aufs Neue. Henry schaut mich prüfend an, dann nickt er zufrieden und hält mir die Tür auf.

Im Gehen greife ich nach meinem Smartphone, das gerade vibriert, und folge dem Impuls, meine Nachrichten zu checken. Es ist besser, meinem Bauchgefühl zu vertrauen, um nicht nachher tief *nella merda* zu landen.

Ich werfe einen Blick auf das Display und erstarre. Es ist eine SMS von einer unbekannten Nummer. Der Text lautet: »Wir holen uns die Kleine. Überzeuge Henry von einer Zusammenarbeit. Sonst †«

Merda. Das kann nur jemand von Raouls Leuten sein, er hat meine Nummer noch von früher. Auf keinen Fall möchte ich Henry meinen inneren Aufruhr spüren lassen. Mir bleibt nur übrig, das Ganze für eine Viertelstunde zu vergessen und bald aufzubrechen. Mit etwas Glück wird es dann noch nicht zu spät sein.

Mein Clanchef wohnt in einem schicken Loft im Bötzowviertel, ganz dem Klischee entsprechend. Ich gönne ihm den freien Blick auf den Sternenhimmel, während er sich in einem Liegestuhl im Wintergarten seiner Dachterrasse ausruht. Vor allem, weil da mehrere Liegestühle stehen und er mir mit einer einladenden Geste signalisiert, mir einen davon auszusuchen. Nicht, dass der Sternenhimmel nennenswert wäre. Zu viel Lichtverschmutzung, auch hier oben.

»Wird das nicht total kalt?«, frage ich.

Henry lächelt verschmitzt, was ihn um Jahrhunderte jünger wirken lässt. »Warte mal ab.«

Tatsächlich, der Wintergarten ist beheizt. Die Pflanzen, die in ihren Kübeln jedes bisschen freien Raum einnehmen, sind echt. In der Kälte, die draußen herrscht, wären sie längst eingegangen.

Ich ziehe meine Jacke aus und lege mich in einen der Liegestühle. Henry lässt sich in dem anderen nieder. Gerade einmal unsere Hände berühren sich. Er streicht mit seinen Fingern sachte über meine Handinnenfläche, beruhigend, nicht aufreizend. Wir schweigen für eine Weile. Die Verbindung zwischen uns ist stark, als ob ein unsichtbares Band zwischen uns besteht; wie die Saite eines Cellos, die noch lange schwingt, nachdem der Bogen darüber gestrichen ist. Etwas wurde unwiderruflich in Bewegung gesetzt.

»Weißt du, Lydia, ich bin heute sehr nachdenklich geworden, als Raoul gesprochen hat«, sagt Henry nach einer Weile. »Nicht, weil ich ihn mag oder respektiere. Er ist ein gerissener Bastard und ein Verbrecher dazu. Aber in einem Punkt hat er Recht.«

»Und der wäre?«

»Die Regeln der Clans sind überholt.«

»Welche davon?«

»Dass wir keinen engen Kontakt mit den Menschen haben sollen, dass wir gleichgültig gegenüber ihren Entscheidungen und ihrer Politik sein sollen, dass unsere Unsterblichkeit uns das Recht gibt, sie wie eine bloße Nahrungsquelle zu behandeln.«

»Ist es denn das, was Raoul an unseren Regeln ablehnt? Gegen den Punkt mit der Nahrungsquelle hat er bestimmt nichts einzuwenden.«

»Das mag sein. Aber ich habe etwas dagegen.«

»Deine Skepsis den Vorschriften gegenüber erstaunt mich. Wie kannst du sie dann durchsetzen?«

Henry schnaubt. »Weil es sein muss. Glaub mir, stünde ich nicht als Clanchef unter ständiger Beobachtung durch den Vampirrat, würde ich einiges anders machen.«

»*Perché*?«

»Ich liebe es, wenn du Italienisch sprichst.«

»Was würdest du anders machen, und warum?«

»Bitte sprich wieder Italienisch. Erstens: Kontakt zu den Menschen erlauben, unter bestimmten Sicherheitsvorkehrungen, Verschwiegenheitserklärungen und dergleichen. Zweitens: ein Verbot durchsetzen, Blut von Lebenden zu trinken ohne deren Einwilligung.

Drittens: staatliche Gremien infiltrieren, um die Lobbyarbeit aktiv zu beeinflussen.«

»Also würdest du nicht so viel anders arbeiten als die Abtrünnigen, abgesehen von der Sache mit dem Blut.«

»Ja. Aber ich würde es offiziell tun, ohne im Untergrund zu arbeiten, und damit einem Kleinkrieg zwischen den Abtrünnigen und den Clans die Grundlage entziehen.«

»Warum setzt du deine Politik nicht einfach in unserem Clan durch?«

»Weil es nicht sicher ist, ob ich dann noch lange Clanchef wäre und nicht der oder die nächste meine ganze Arbeit wieder zunichte machen würde.«

»Aber so verstößt du ständig gegen deine eigenen Prinzipien.«

»Und deswegen bist du es und keine andere, die sich das alles von mir anhören muss. Du verstehst meine Beweggründe, du bist in der Lage, out of the box zu denken, und du bist absolut rational. Unbestechlich.«

Se solo sapesse, sagt das Stimmchen in mir.

»Aber was willst du nun tun?«, frage ich.

»Nichts.«

»Da ist noch mehr, oder?«

»Ja, natürlich. Ich vertraue dir, dass du über meine gefährlichen, abtrünnigen Anschauungen schweigen wirst.«

»Du hast mein Versprechen.«

Henry richtet sich halb in seinem Liegestuhl auf, um mir in die Augen schauen zu können. Es wirkt ein wenig unbequem, wie er seinen großen Körper verdreht, aber er scheint die Position ohne Anstrengung halten zu können.

»Als ich im Jahr 1671 nach Dänisch-Westindien reiste, stand mir ein konkretes Ziel vor Augen. Als Biologe und Botaniker wollte ich mich mit der dortigen Tier- und Pflanzenwelt vertraut machen. Mein Plan war, die Mangrovenwälder zu erforschen, die damals noch ausgedehnter waren als heutzutage. In meinem Gepäck befand sich alles, was ein Forscher braucht: Gläser, um Tiere in Formaldehydlösung zu konservieren, Schmetterlingsnetze, Lupen in verschiedenen Größen, Zeichenutensilien, Kisten, Schachteln, feines Papier, um ein Herbarium anzulegen. Doch anstatt wie geplant ein Buch über meine Erkenntnisse herauszubringen, bin ich auf St. Thomas meinem Schicksal begegnet.«

Meine Sorge um Sophie lässt mich allmählich unruhig werden. Aber Henry jetzt zu unterbrechen, wäre nicht nur unhöflich, sondern würde mich in Erklärungsnöte bringen. In der Hoffnung, seine Erzählung ein wenig abkürzen zu können, frage ich nach: »Du bist dort zum Vampir geworden?«

»Ganz genau, und zwar durch einen dummen Zufall. Eines fehlte nämlich, das ich unbedingt brauchte: Klebstoff, um meine pflanzlichen Präparate ins Herbarium einzukleben. Es gab auf St. Thomas noch keinerlei Infrastruktur. Die ersten Siedler, größtenteils Strafgefangene, waren mit demselben Schiff gekommen wie ich. Viele waren unterwegs gestorben, und das Sterben ging auf der Insel munter weiter. Die Einzigen, die mir helfen konnten, waren die Sklaven. Zu meinem Glück war ich ihnen von Anfang an respektvoll begegnet, im Unterschied zum Großteil der Siedler. Sie schickten mich zu einer Frau, die alleine im Wald lebte. Das hätte mich stutzig machen sollen, denn niemand lebte dort, seit die Ureinwohner durch Kolumbus vernichtet worden waren. Die Frau hatte tatsächlich Klebstoff, den sie aus dem Saft der Bäume herstellte. Aber sie forderte einen Preis dafür. Weil sie jung und hübsch war, störte mich das kaum. Während unserer gemeinsamen Nächte verliebte ich mich mehr und mehr in sie. Sie hieß Vea.«

»Was war der Preis?«

»Ein wenig von meinem Blut.«

»Hat sie das von anderen auch gefordert?«

»Ja. Aber sie versicherte mir glaubhaft, dass sie mit niemandem außer mir ihr Bett teilte.«

»Also wurdet ihr ein Paar.«

»Ja. Und dabei hätte es bleiben können, wenn nicht die Gier der Europäer dazwischen gekommen wäre.«

»Sie wollten herausfinden, was Veas Geheimnis war und ob es sich zu Geld machen ließ.«

»Ganz genau. Sie kamen in der Nacht und brannten ihre Hütte nieder, als sie auf ihre Fragen nicht antworten wollte und wir stattdessen durchs Fenster das Weite suchten. Wir flüchteten in die Mangroven. Dort nahm mein Schicksal seinen Lauf, denn im Wasser hielt sich eine giftige Quallenart auf. Ansonsten ist die Tierwelt auf St. Thomas friedlich und harmlos, nur diese winzige Qualle kann einem Menschen gefährlich werden. Vea weinte und sagte mir, es gebe kein Gegengift und ich müsse entscheiden, was ich nun tun wolle.«

»Sie hat dir freigestellt, zu sterben oder die Dunkle Gabe anzunehmen.«

»Ja. Und ich wollte leben.«

»Was ist aus Vea geworden?«

»Sie haben sie verbrannt.«

»Aber du bist entkommen.«

»Ja. Ich habe mich im Bauch eines Schiffes versteckt und von Rattenblut gelebt, bis ich nach Monaten in Bergen von Bord gehen konnte.«

Henrys Miene ist ernst, die Spuren erlebter Verzweiflung haben sich tief in seine Haut eingegraben. Es ist kein glattes Gesicht, wenn ihm auch die Dunkle Gabe eine berückende Schönheit verleiht. Die meisten Vampire, Aussehen hin oder her, sind genauso oberflächlich wie die meisten Menschen. Henry nicht. Alles an ihm ist echt.

»Was hast du gemacht, um deinen Kummer zu überwinden?«

»Mir fehlte die Motivation, irgendetwas Weltbewegendes zu schaffen. Wie der Mensch, der ich im Geiste noch war, habe ich mich meiner Trauer hingegeben.«

»Bist du in die Erde gegangen?« Manche von uns tun das: Sie graben sich tief in die Erde ein und überdauern Jahrzehnte, Jahrhunderte ohne Nahrung, bis sie wieder Lust haben, sich etwas Neues aufzubauen.

»Nein, denn ich konnte es nicht ertragen zu hungern. Die Monate auf dem Schiff waren die Hölle für mich, weil die Seeleute für mich tabu waren, aus praktischen Gründen und um meiner Selbstachtung willen.« Er lehnt sich wieder in den Liegestuhl zurück.

Ich drücke seine Hand, was Henry erwidert, und überlege, ob jetzt ein guter Zeitpunkt ist, um zu gehen. Doch eine Frage lässt mich nicht los. »Wünschst du dir, dass Menschen und Vampire friedlich koexistieren, ganz selbstverständlich?«

»Das ist mein Traum. Vielleicht wird er eines Tages Wirklichkeit.«

Mühsam stemme ich mich aus dem Liegestuhl hoch.

»Du möchtest aufbrechen?«

»Ja.«

Henry steht ebenfalls auf und nimmt meine Hände. »Danke für den schönen Abend, Lydia. Meinst du, wir können das wiederholen?«

»Natürlich. *Sarei felice.*« Mein Lächeln ist strahlend, ohne Vorbehalt. Persönlichkeiten wie er sind ein Licht in der Nacht unseres Daseins.

Er legt seine großen Hände um mein Gesicht und küsst mich, innig und leidenschaftlich. Fast gerät mein Entschluss ins Wanken, mich ohne weitere Verzögerung zu Sophies Arbeitsstelle zu begeben. Aber ein Ziehen in meiner Brust drängt mich, jetzt nicht länger zu warten.

»Danke, Henry«, murmle ich an seinem Hals und löse mich dann von ihm, bevor mein Begehren die Oberhand gewinnt.

Ich eile die Treppen hinunter und rufe eine App auf meinem Handy auf, um so schnell wie möglich zur Whiskybar zu gelangen. Zum Glück ist mir der Name im Gedächtnis geblieben, weil er ungewöhnlich ist: Oíche Mhaith. In der Karte standen ein Hinweis zur Aussprache und die Übersetzung: ›Gute Nacht‹.

Mit einem dieser Roller, die immer im Weg herumstehen, sause ich los. Man sollte meinen, dass mitten in der Nacht auf den Straßen weniger los ist, aber das gilt nicht für den Prenzlauer Berg. Flüche und Gelächter begleiten meinen Zickzackkurs, zu schnell für die meisten, um mir rechtzeitig auszuweichen. Nach einem Fast-Zusammenstoß mit einer Gruppe Jugendlicher zwinge ich mich zu mehr Aufmerksamkeit.

Plötzlich kommt mir Sophie entgegen, zerzaust, mit zerrissener Hose, ihr Fahrrad schiebend, das genauso misshandelt aussieht wie sie. Das Vorderrad quietscht fürchterlich. Der Schreck fährt mir in die Glieder. Zu allem Überfluss nähert sich uns gerade ein Vampir mit bedrohlicher Geschwindigkeit. »Pass auf!«, schreie ich, mit beiden Beinen vom Roller abspringend.

Sophie wirbelt herum und holt mit einem Gegenstand in ihrer Hand aus, der klirrend zu Boden fällt, als ihr Gegenüber den Schlag blockt.

Der Angreifer, der plötzlich aus einer der Nebenstraßen aufgetaucht ist, kommt mir bekannt vor. Mich packt die Wut. »Raoul! Lass sie sofort in Ruhe!«

Die kalten Augen des Abtrünnigen glitzern vor boshaftem Vergnügen. Zu schnell für jedes menschliche Auge zieht er Sophie in eine Toreinfahrt und versetzt ihr eine schallende Ohrfeige. Ihr Kopf fliegt zur Seite. Raoul greift mit der einen Hand in ihr Genick, um sie an sich zu pressen, und beginnt mit der anderen ihren Jackenkragen beiseite zu zerren.

Das darf nicht sein. Auf keinen Fall soll Sophie durch einen von uns Gewalt erleiden. Knurrend werfe ich mich auf Raoul. Es gelingt mir, ihn zu Boden zu ringen, obwohl er stark ist wie ein Ochse, zäh und schlaksig, ein echtes Monster. »Lauf!«, rufe ich Sophie zu, bevor mich Raoul mit Fingernägeln und Zähnen attackiert und sich meine gesamte Konzentration darauf richtet, seinen Angriffen auszuweichen. Zwar kämpfe ich defensiv, habe jedoch keinerlei Hemmungen, meinem Gegner Schmerzen zuzufügen. Meine Hand, zu einer Klaue geformt, krallt sich in seine Weichteile und lässt ihn schmerzerfüllt aufjaulen. Dann ziehe ich die Fingernägel meiner anderen Hand über sein Gesicht, er ist nicht der Einzige, der diese Taktik fährt. Meine Zähne bohren sich in sein Handgelenk, so dass er zusammenzuckt und mich loslässt.

Für einen Moment habe ich meine Balance vernachlässigt und gerate ins Taumeln. Ein Krachen ertönt. Raoul verdreht die Augen, bis nur noch das Weiße zu sehen ist, und fällt zur Seite. Mich reißt er mit sich.

Über dem Abtrünnigen steht Sophie, ein Veilchen im Gesicht, eine massiv wirkende Fahrradpumpe in der Hand. »Nimm das, du Arsch. Ist ähnlich effektiv wie ein Baseballschläger. Oder eine Maglite.«

Während ich noch rätsele, was sie mit der Anspielung auf die Taschenlampe gemeint haben könnte, streckt mir Sophie schon ihre Hand entgegen und zieht mich hoch.

»Danke, Lydia«, sagt sie ernst. »Was geschieht nun mit ihm?«

»Er muss auf der Stelle ins Hauptquartier gebracht werden. Vermutlich sind noch mehr von seiner Sorte in der Nähe.«

»Von seiner Sorte?«

»Abtrünnige. Feinde des Clans.«

»Wie willst du ihn bewegen? Er ist schätzungsweise doppelt so schwer wie du.« Sophie kramt in ihrer Jackentasche und holt einen Kugelschreiber und einen Zettel hervor, auf den sie etwas zu notieren beginnt.

Mein Blick schweift über ihr ramponiertes Äußeres, die zerrissene Hose, das zerschlagene Gesicht. Das rechte Auge schwillt zu und ihre Haare stehen wild ab. Ganz zu schweigen von ihrem Kummer mit mir, der hier und da in ihrer Miene aufschimmert. Diese Frau fasziniert mich. Gerade hat sie etwas erlebt, das sie geängstigt haben muss. Trotzdem reagiert sie pragmatisch und umsichtig, und zerbricht sich dabei noch meinen Kopf.

»Ich rufe die anderen Jäger«, antworte ich auf ihre Frage. »Und du solltest mit der Öffentlichen nach Hause fahren, dann bist du ein kleines bisschen sicherer.«

»Und mein Fahrrad hier lassen? Niemals!«

»Das kannst du doch mitnehmen.«

Sie schiebt ihre Unterlippe vor und für einen Moment kann ich mir vorstellen, wie ihre Trotzanfälle ausgesehen haben, als sie ein kleines Mädchen war. Dann klärt sich ihr Gesicht und Sophie wischt sich mit der Hand über die Stirn, müde und resignierend. »Wahrscheinlich hast du Recht und ich sollte jetzt gehen. Wir beide reden noch, Lydia. Steck das ein.« Sie drückt mir ihren Zettel in die Hand. Der Blick, den sie mir dabei zuwirft, ist schneidend wie ein Laserstrahl.

Ich nehme das Stück Papier, halte ihre Hand fest und hauche einen Kuss in die empfindliche Innenfläche. »Wir reden noch. Pass auf dich auf, Sophie.«

Bevor sie protestieren kann, entwinde ich ihr den Stift und schreibe meine Handynummer auf ihre Haut. Sie entzieht mir ihre Hand, funkelt mich an, nimmt ihr lädiertes Fahrrad und humpelt zur nächsten Tramstation.

Ohne nachzusehen, was darauf steht, schiebe ich Sophies Zettel in meine Hosentasche, für später, um ihn dann in Ruhe zu lesen. In mir ringen zwei Bedürfnisse miteinander. Am klügsten wäre es, Henry alles zu erzählen und darauf zu hoffen, dass er mir nicht den Kopf abreißt. Oder ich könnte mir irgendwo ein Erdloch suchen und für die nächsten paar Monate unauffindbar bleiben. Stattdessen zücke ich mein Handy und rufe Nadira an. Sie zu verständigen erscheint mir als ein sicherer Mittelweg. Die Jägerin wird sofort herkommen und mir helfen, unseren Gefangenen abzutransportieren. Sie verfügt über wesentlich stärkere Glamourmagie als alle anderen im Team. Wenn sie mit den Umstehenden fertig ist, wird es so aussehen, als käme Raoul freiwillig mit uns.

Der Abtrünnige muss gesichert werden, bevor er das Bewusstsein wiedererlangt. Dafür haben wir Handschellen, eine Spezialanfertigung, nur mit zwei Schlüsseln zu öffnen. Ein Paar befindet sich in meiner Tasche. Eigentlich waren die für etwas anderes gedacht, aber jetzt ist es praktisch, sie dabei zu haben.

Das Handy, aus dem das Besetztzeichen erklingt, klemme ich mir zwischen Ohr und Schulter und lege Raoul mit geübtem Griff die Handschellen an.

»Was machen Sie da?«, ertönt eine Stimme.

Ein junger Mann in Jeans und Wollmantel steht vor mir und runzelt kritisch die Stirn.

Mir bleibt nichts anderes übrig als den Blick anzuwenden. Mangels einer Dienstmarke ziehe ich meine Bankkarte aus dem Handy und halte sie ihm vor die Nase. »Sehen Sie doch, Undercover-Einsatz, ich nehme einen sehr gefährlichen Drogendealer fest. Halten Sie bitte Abstand.«

Der Mann nickt, immer noch leicht irritiert, und weicht zurück. Andere Schaulustige sind stehen geblieben. Es wäre zum Lachen, wenn es nicht so traurig wäre. Solange wir uns geprügelt haben, hat sich niemand eingemischt. Jetzt, da keine Gefahr mehr für sie besteht, selbst einen Schlag einstecken zu müssen, kommen die Leute gucken. Ich mustere sie mit dem Blick und pflanze ihnen allen den Gedanken ein, dass hier ein Bösewicht nach langem Bemühen endlich gefasst wurde. Das wird bald anstrengend und ich bin froh, als Nadira beim zweiten Versuch ans Telefon geht. »Ja?«

»Komm bitte sofort zur Schönhauser, Ecke Eberswalder. Wir haben eine Festnahme.«

»Eine Festnahme?« Sie klingt belustigt.

»Es ist Raoul.«

»Okay. Du triffst mich in einer knappen halben Stunde im Hauptquartier an. Damian müsste in der Nähe sein, der soll schon mal, so schnell er kann, zu dir kommen.«

Genau darauf habe ich gehofft und schmunzle in mich hinein. Was wohl Henrys Kommentar zu all dem sein wird? Vielleicht wäre es doch besser, ihm die Wahrheit über Sophie zu sagen.

Nadira hat Wort gehalten. Innerhalb weniger Minuten ist Damian da und hilft mir, den bewusstlosen Raoul in sein Auto zu hieven. Glücklicherweise sind um diese Zeit die Straßen einigermaßen frei. Es läuft zu gut, das ist mir fast ein wenig unheimlich.

Nach einer Weile fällt mir allerdings auf, dass wir in Richtung Norden statt in Richtung Süden fahren. Jetzt kann ich die Irritation einordnen, die schon die ganze Zeit in mir rumort hat. Alarmiert fahre ich herum, um zu sehen, was sich hinter mir auf dem Rücksitz tut – zu spät. Der Schlag auf meinen Kopf kommt unvermittelt. Ein erschrockener Aufschrei bleibt mir im Hals stecken. Meine Sicht flackert an den Rändern und dann wird es dunkel um mich.

9
An den Hörnern des Altars

SOPHIE

Draußen wird es bereits hell. Verwirrt drehe ich mich auf die Seite, blinzle ein paar Mal und werde dann schlagartig wach, als mir die Ereignisse von gestern Nacht wieder gegenwärtig werden.

Keine Kopfschmerzen, das ist ein Plus. Es war ein guter Whisky, ich habe ihn langsam getrunken und Kartoffelecken dazu gegessen. Aber mein Körper schmerzt: meine Rippen, weil der Unbekannte sie mir zusammengepresst hat, meine Knie und Schienbeine vom Fahrradsturz. Mein linkes Auge ist beinahe zugeschwollen und pocht.

So ein Mist. Das Geld für eine Fahrradkarte war auch noch fällig, um meinen armen, verbeulten Drahtesel abzutransportieren. Glücklicherweise ist Katrina mit dem Besitzer eines Fahrradladens befreundet. Vielleicht wird er mein Vorderrad umsonst zentrieren, wenn er dafür ein Glas Honig von meinen Eltern bekommt.

Was nun, wenn demnächst Vampire an unserer Tür klingeln? Ich muss unbedingt meine Mitbewohnerinnen warnen. Aber Manu ist arbeiten und wenn Katrina jetzt, nach ihrer Nachtschicht, von mir geweckt wird, riskiere ich eine sehr reale Gefahr, nämlich ihren Zorn.

Beim Hinabsteigen von meinem Hochbett unterdrücke ich einen Aufschrei. Mein ganzer Körper ist steif. Unentschlossen tappe ich zunächst ins Bad und dusche mich warm, dazu fehlte mir letzte Nacht die Energie. Ein großer Fehler, denn all meine Blessuren schmerzen um so mehr, weil sie gestern keine Aufmerksamkeit bekommen haben.

Als ich in die Küche humple, sitzt Katrina da und erwartet mich mit einem grimmigen Ausdruck in ihrem müden Gesicht.

»Katrina! Hast du mich im Bad gehört?«

»Das war es nicht, was mich geweckt hat. Aber glaubst du, keiner merkt es, wenn dir etwas Schlimmes passiert ist? Wer hat dich so zugerichtet?«

»Woher weißt du das überhaupt?«

»Vorhin musste ich mal. Auf dem Weg ins Bad habe ich einen Blick in dein Zimmer geworfen. Es kam mir komisch vor, dass du so gar keinen Laut von dir gibst. Und da lagst du in deinem Bett, grün und blau geschlagen!«

»Oh.«

»Ja, oh. Wer war das?«

»So ein Typ hat versucht, mich zu entführen.«

»Du gehst hoffentlich Anzeige erstatten.«

»Hm, das wird wohl nichts bringen.«

»Wie bitte?«

Katrina in unausgeschlafen ist wirklich zum Fürchten, aber meine Meinung steht fest: Es würde nichts bringen, den Kerl anzuzeigen. Schließlich ist er ein Vampir. Wahrscheinlich hat er nur eine falsche

Identität, wenn er überhaupt eine hat. Die können ja offenbar mit ihrer Gedankenkraft fast jeden manipulieren, nur mich nicht.

»Du willst ihn nicht anzeigen? Sag mal, spinnst du, hast du mal in den Spiegel geguckt?«

»Katrina, tu mir den Gefallen und trink einen Kaffee, wenn du jetzt wirklich schon aufstehen willst.«

»Lenk nicht ab.« Ihr Blick wird noch grimmiger und ich gieße Kaffee in ihre Lieblingstasse, die sie offenbar schon einmal komplett geleert hat und die die Aufschrift trägt: ›Kaffee – glaub mir, die Alternative willst du nicht ausprobieren.‹

»Danke«, grummelt sie und zieht die Tasse zu sich heran.

Ich setze Teewasser auf. Diese Situation erfordert einen Earl Grey. Während der Wasserkocher summt und zischelt, setze ich mich Katrina gegenüber und schaue ihr in die Augen. »Du siehst diese Prellungen. Sie sind real. Genauso real ist das, was du jetzt zu hören bekommst, und wehe, du sagst mir danach, dass ich mich mal untersuchen lassen soll.«

»Okay.« Ihre Stimme klingt ein wenig milder. Neugierig. Geheimen Informationen konnte Katrina noch nie widerstehen.

Ich atme tief durch. »Mich hat ein Vampir überfallen.«

»Hinterlassen die nicht eher so Bissmale?« Katrina streicht sich seitlich über ihren Hals.

»Wenn man es dazu kommen lässt, ja. Aber er hat mich nicht gebissen. Er wollte mich entführen, wahrscheinlich, um jemand anderes zu erpressen.«

»Sag mal«, Katrina kneift die Augen zusammen und schaut mich über den Rand ihrer Kaffeetasse hinweg scharf an, »das ist jetzt aber nicht die Rache für unseren Aprilscherz in diesem Jahr, oder?«

Katrina und Manu haben mir am 1. April weisgemacht, dass wir eine Nebenkostennachzahlung von 1500 Euro zu leisten haben und sie sich als Sparmaßnahme überlegt haben, für ein Jahr auf WLAN und Süßigkeiten zu verzichten.

»Es ist kein Scherz.«

»Okay. Es ist kein Scherz, das blaue Auge ist echt und du bist nicht durchgedreht. Aber Vampire gibt es nicht.«

»Leider doch. Zum Glück bist du jetzt wach und ich kann mit dir reden.«

»Warum? Soll ich dir dabei helfen, die Wohnung mit Knoblauchzöpfen und Kreuzen zu garnieren?«

»Das hätte null Wirkung.« Ich kann mir nicht vorstellen, dass dieser Raoul oder Lydia oder irgendwer sonst aus ihrer schrägen Vampir-Community gegen Knoblauch oder Weihwasser allergisch ist. Schließlich haben sie sogar eine Lösung für den Sonnenschutz gefunden.

»Was möchtest du tun?«

»Vielleicht können wir für eine Zeitlang aufs Land ziehen, zu deinen Eltern.«

»Uff. Das ist viel verlangt.«

»Komm schon, du liebst sie.«

»Ja, wenn sie weit weg sind. Außerdem, wie soll ich von dort rechtzeitig zur Arbeit kommen?«

»Wenn du tot bist, fragst du dich das auch nicht mehr.«

»Also hast du wirklich Angst vor diesen Vampiren?«

»Die sind total unberechenbar. Die Einzige von ihnen, der ich einigermaßen vertraue, ist Lydia. Auch, wenn sie ein Miststück ist.« Jetzt, nachdem der Schock allmählich nachlässt, kommt meine ganze Wut wieder hoch.

»Da ist also doch was gelaufen?«

»Vorgestern.«

»Du knirschst mit den Zähnen. War es nicht gut?«

»Es war zu gut. Und dann kam sie mit diesem Typen an.«

»Mit dem Galeristen?«

»Nein, er sah aus wie ein Wikinger.«

»Also sexy. Wie Erik aus ›Trueblood‹.«

»Ja, verdammt! Aber auch noch sympathisch.«

»Eifersüchtig?«

»Furchtbar.« Ich lege meine Stirn auf die Tischplatte und Katrina streicht mir unbeholfen über den Arm. Trösten ist eher Manus Spezialität.

»Schlag sie dir aus dem Kopf.«

»Vergiss es. Sie hat mir das Leben gerettet. Aber jetzt ist mein Fahrrad kaputt und meine Taschenlampe auch, weil ich die an dem Kopf von dem Mistkerl zerdeppert habe.«

»Die teure?«

»Genau die.«

»Mist.« Katrina trinkt einen Schluck Kaffee und schlägt dann vor: »Pass auf. Ich texte Manu und wir lassen uns für ein paar Tage krank schreiben, und dann fahren wir mit dir zu meinen Eltern und chillen. Aber sei gewarnt: Es ist wirklich kalt da!«

»Was du nicht sagst.« Katrinas Vater ist Dorfpfarrer, und einmal habe ich mich breitschlagen lassen, mit in den Weihnachtsgottesdienst zu gehen. Einmal, und nie wieder. Es hat Stunden gedauert, bis ich meine Zehen wieder bewegen konnte. Da kommt mir ein Gedanke. »Vielleicht trauen sie sich nicht in die Kirche.«

»Zu Recht. Auch ich habe kein Interesse, als Tiefkühlkost zu enden.«

»Aber das ist es! Wir könnten uns dort im Notfall verstecken.«

»Nur, wenn Papa uns den Heizlüfter ausborgt.«

»Deal.«

»Der bringt die Kirche dann auf Kühlschranktemperatur. Aber Sophie, bist du sicher, dass du die Stadt verlassen willst? Vielleicht solltest du lieber … ich meine, vielleicht kannst du dir auch erst mal Hilfe holen ...«

»Du meinst, ich bin vielleicht doch nicht ganz bei Trost?«

»Du hast mir ganz schön haarsträubendes Zeug erzählt. Du könntest die falschen Drogen erwischt haben.«

Ihr besorgter Blick zeigt mir, wie sie mit sich ringt, gesunder Menschenverstand gegen das Vertrauen, das sie in meine geistige Gesundheit hat. »Du möchtest lieber keine Beweise sehen, glaube mir.«

»Das glaube ich dir. Es ist nur ...« Katrina beißt sich auf die Lippe.

Mir ist klar, an wen sie denkt. »Sascha ist während seiner Schübe auch 100prozentig überzeugt davon, dass das, was er sieht, Realität ist. Ist es das, was du meinst?«

Sascha ist Katrinas kleiner Bruder. Mit 15 Jahren erkrankte er an Schizophrenie.

»Vielleicht nicht 100prozentig, aber er kann es kaum unterscheiden.« Sie schaut mir in die Augen, als könne sie so der Sache auf den Grund gehen. »Ich kann mir nicht helfen«, meint sie schließlich, »du wirkst auf mich nicht, als seist du psychotisch. Aber ehrlich, Vampire?«

Da fällt mir etwas ein. »Ich könnte Lydia anrufen. Sie hat mir ihre Nummer gegeben.«

»Du suchst doch nur nach einer Ausrede, um dich bei ihr zu melden.«

»Ein bisschen vielleicht, aber nein, sie könnte es dir beweisen, wenn sie herkommt.« Wahrscheinlich wird sie sich weigern, aber einen Versuch ist es wert.

Katrina presst sich die Hände aufs Gesicht und stößt einen leisen Jaulton aus.

Ich hole mein Handy, kehre in die Küche zurück und tippe Lydias Nummer ein, deren Ziffern nach meinem ausführlichen Duschen noch ganz schwach erkennbar sind.

Katrina nimmt die Hände von ihren Augen und sagt: »Stell auf laut.«

Nach dem dritten Klingeln geht jemand dran. Eine Männerstimme dröhnt aus dem Lautsprecher: »Guten Morgen, Kleine, Lydia wurde unglücklicherweise von ihrem Handy getrennt. Dich kriegen wir auch noch.«

Erschrocken schauen wir uns an und ich drücke das Gespräch weg. »Hoffentlich ist ihr nichts passiert«, presse ich schließlich hervor, nachdem der erste Schock vorüber ist.

»Können sie dich tracken?«, möchte Katrina wissen.

»Möglich.«

»Dann lass das Handy hier. Wir fahren in die Uckermark. Und du meldest dich vorher bei der Polizei, Lady.«

Katrina textet Manu, ruft anschließend ihren Arbeitgeber an und röchelt mitleiderregend ins Telefon. Sie mailt ihrer Hausärztin, die in solchen Fällen auch mal Ferndiagnosen stellt, und packt ein Überlebensköfferchen für sich und Manu. »Bist du sicher, dass wir kein Weihwasser brauchen werden?«, fragt sie mich.

»Wir sind evangelisch.«

»Ja und?«

»Dann frag halt deinen Vater, ob er welches herstellen kann.«

»Okay.«

Während ich Sachen zum Wechseln einpacke und überlege, was noch nützlich sein könnte und was zum Geier ich der Polizei erzählen soll, klingelt mein Handy. Ich zucke zusammen und beginne unkontrolliert zu zittern. Offenbar hat mich der Vorfall gestern Nacht doch ganz schön mitgenommen.

Es ist Sylvie. Sie hat einen sechsten Sinn für so was. »Bist du okay, kleine Schwester?«

»Nicht wirklich.« Sie bekommt eine Zusammenfassung dessen, was vorgefallen ist, und erfährt, dass wir drei für ein paar Tage in die Uckermark verschwinden werden.

Das Thema Vampire klammere ich aus. Am Telefon macht sich das nun wirklich nicht gut.

»Weißt du, mir ist etwas Seltsames passiert«, erzählt Sylvie. »Auf meinem Weg zur Mensa stellte sich mir so ein Typ in den Weg, fast, als hätte er auf mich gewartet. Ich schaute ihn fragend an, aber er sagte nichts. Dann kam von der Seite ein anderer Kerl, einer mit Lederjacke und langen Haaren, und sagte zu ihm: ›Die ist es nicht. Lass uns verschwinden.‹ Und das taten sie dann auch. Soll heißen, sie verschwanden buchstäblich, im einen Moment waren sie noch da und dann war da keine Spur mehr von ihnen. Und du sagst mir jetzt, du bist angegriffen worden. Da kann ich nur eins und eins zusammenzählen und dich darin bestärken, für eine Weile die Stadt zu verlassen. Wenn du eine Zeugenaussage brauchst, schick die Polizei zu mir.«

»Du bist ein Schatz, Schwesterherz.«

»Pass auf dich auf.«

Sylvie ist schon die zweite, die mir das sagt. Allmählich kommen mir Zweifel, ob ich das kann, auf mich aufpassen. Wenn mich einer wie dieser Typ umbringen will, dann schafft er das auch. »Was habe ich dem bloß getan«, murmle ich vor mich hin.

Katrina, die gerade mein Zimmer betreten wollte, hört es und erwidert: »Schätzchen, das ist die falsche Frage. Du solltest dich lieber fragen, was mit ihm los ist, dass er jemanden wie dich angreift.«

»Es ist nur … warum musste er denn unbedingt meine Skizze klauen. Die könnte ich jetzt echt gut gebrauchen. Das Foto auf meinem Handy ist ganz schön unscharf.«

»Du hast einen Vampir gezeichnet?«

»Ja, zufällig, er war als Gast in der Bar. Er hatte ein interessantes Gesicht.«

Katrina prustet los, und nach einer Weile bringt sie auch mich zum Kichern. Die Anspannung der letzten Stunden löst sich und wir lachen, bis uns die Tränen kommen und ich beide Hände auf meine schmerzenden Rippen pressen muss.

Meine Mitbewohnerin seufzt und wischt sich die Lachtränen aus den Augen. »Das klingt alles so verrückt, es ist schon fast wieder glaubwürdig.«

Als sich der Schlüssel im Schloss dreht, zucken wir beide zusammen und schnappen uns improvisierte Waffen. Katrina, kreidebleich im Gesicht, greift sich eine Schere, ich den dicksten meiner Bildbände.

Aber es ist nur Manu, die von der Arbeit nach Hause kommt. »Was ist denn mit euch los?«, fragt sie, als sie uns beide zitternd und kampfbereit im Flur stehen sieht.

»Komm in die Küche«, fordert Katrina sie auf. »Wir haben dir etwas Unglaubliches zu erzählen, und dafür brauchst du Kaffee.«

Aufatmend lehne ich mich im Autositz zurück und betrachte die winzigen Schneeflocken, die im Licht der Scheinwerfer vorbei flirren. »Danke, dass ihr mir helft, für ein paar Tage rauszukommen.«

»Wir würden dich niemals im Stich lassen. Mein Chef ist super sauer, die Präsentation für ihn wird jetzt erst nächste Woche fertig, aber ganz ehrlich, die Welt dreht sich nicht um Arbeit.«

»Danke, Manu.« Ich lehne mich nach vorn und lege locker meine Arme um ihre Schultern. Sie nimmt meine Hände und drückt sie. »Das Einzige, was an dir noch heile ist, hm?«

Katrina, die am Steuer sitzt, lacht. »Du hättest sie mal sehen sollen, bevor ich ihr die Sportsalbe gegeben habe.«

»Vampire können offensichtlich ganz schön zupacken. Das sind doch eigentlich so Glitzerwesen.«

»Du verwechselst sie mit Elfen.«

Langsam und vorsichtig, wegen meiner Prellungen, lasse ich mich in den Sitz sinken und lausche ihrem Geplänkel, bis mir die Augenlider schwer werden. Was es für einen Unterschied macht, Menschen zu haben, auf die ich mich verlassen kann. Ohne Manu, Katrina und auch Sylvie wäre ich jetzt gefühlt ganz alleine auf der Welt.

Als ich aufwache, sind wir in Pinnow angelangt. Ich habe tatsächlich mein Handy zu Hause gelassen, aber vermutlich wird hier sowieso kein Empfang sein, außer vielleicht bei der Birke im Vorgarten. Dort hatte ich die letzten Male manchmal Glück.

Das Pfarrhaus befindet sich in Schwedt/Oder, aber Katrinas Vater hat sich dazu entschieden, ein altes Bauernhaus in der Nähe von Pinnow zu kaufen und zu sanieren. Die Leute im Dorf sind glücklich, dass ihr Pfarrer bei ihnen wohnt, und prahlen damit ab und an ganz gerne.

Katrina stellt ihren kleinen Skoda vor den Carport. Ihr Vater erwartet uns schon an der Tür. »Das ist aber eine Überraschung. Schön, euch zu sehen!«

Katrinas Vater ist ein schmächtiger Mann mit einem Schnurrbart und freundlichen blauen Augen. Er wirkt durchschnittlich und harmlos. Der Anblick täuscht; wenn er auf der Kanzel steht, strahlt er Autorität aus und kann auch mal eine pointierte Bemerkung fallen lassen.

Seine Frau, Katrinas Stiefmutter, verdient Geld dazu durch ihren Onlineshop, in dem sie gefilzte Taschen, Deko und Tee verkauft. Weil sie zeitlich flexibel ist und richtig gut kochen kann, versorgt meistens sie die Gäste. Sascha ist nicht hier. Katrinas Bruder lebt im betreuten Wohnen, obwohl die Eltern ihm angeboten haben, bei ihnen zu bleiben. Aber er hält es auf dem Land nicht länger aus als ein paar Tage.

»Hast du deine Sitzung ausfallen lassen?«, möchte Katrina wissen, als sie ihren Vater zur Begrüßung umarmt.

»Nein, die Hälfte hat sich krank gemeldet. Erkältungszeit. Der nächste Monat reicht auch noch, um die Themen zu besprechen. Aber morgen ist das große Treffen mit allen, da muss ich auf jeden Fall hin.«

Manu begrüßt ihn herzlich, sie umarmen sich. Dann bin ich an der Reihe und schüttle ihm die Hand.

»Sie sehen wirklich lädiert aus, Sophie. Cassandra hat bestimmt noch irgendwo Arnikasalbe, wenn Sie möchten.«

»Danke.« Ich lächle ihn an und folge ihm und meinen beiden Mitbewohnerinnen ins Haus. Es ist so einladend und gemütlich, dass mir fast die Tränen kommen. Katrinas Elternhaus erinnert mich immer ein wenig an das Haus der Weasleys in den Harry-Potter-Filmen. Nur sind es zwei Kinder statt sieben, und die Mutter starb, als Katrina fünf und Sascha zwei Jahre alt waren.

Katrinas Stiefmutter hat sich mal wieder selbst übertroffen und uns ein erstklassiges Buffet hingestellt. Als wir alle um den großen

Eichentisch sitzen und es uns bequem machen, spricht sie ein Abendgebet und verteilt anschließend den Salat. »Wie geht es dir, Katrina?«, fragt sie ihre Stieftochter.

Cassandra hat einen leichten amerikanischen Akzent, der ihre weiche Stimme zur Geltung bringt. Ursprünglich kommt sie aus Oregon, aber sie lebt gefühlt schon immer in Deutschland.

»Abgesehen von den Eskapaden meiner Mitbewohnerin ganz gut«, antwortet Katrina und grinst frech zu mir herüber. »Die Schichtarbeit ist anstrengend, aber das Fahren macht mir sehr viel Spaß.«

Ich lausche dem sich entspinnenden Gespräch über Arbeit und Life/Work-Balance und genieße den leckeren Ceasar Salad.

Katrinas Eltern vermeiden es taktvoll, mich nach meinen Erlebnissen zu fragen, und unterhalten sich stattdessen mit meinen Mitbewohnerinnen. Manu erzählt eine Story von ihrem schrulligen Chef, die uns vor Lachen fast von den Stühlen kippen lässt. Vor lauter Wohlbefinden werde ich immer müder, und zwinge mich schließlich, die Frage zu stellen, die mich aller Wahrscheinlichkeit nach blamieren wird: »Gibt es eine Möglichkeit, in der Kirche zu übernachten?«

»Im Sinne von ›An den Hörnern des Altars‹?«, fragt mich Katrinas Vater. Er ist einfach zu schlau für mich.

»Wenn das Sicherheit vor bösen Mächten bedeutet, dann ja.«

»Nun, die Kirche hat im Moment eher Kühlschranktemperatur ...«

»Nur, wenn man den Heizlüfter anmacht«, murmelt Katrina.

Ihr Vater lacht und knufft sie in die Seite. »Ja, nur dann. Ich weiß nicht, ob Ihnen Sicherheit vor bösen Mächten eine Blasenentzündung wert ist.«

»Für heute Nacht würde ich es gerne einmal ausprobieren«, erwidere ich, mit dem Hintergedanken, dadurch vielleicht die Familie aus dem Ganzen heraushalten zu können. Wenn Raoul und seine Leute mich hier überhaupt aufspüren können.

»Im Keller liegt noch ein Schlafsack für alpine Touren, den könntest du nehmen«, sagt Katrinas Stiefmutter mit ernstem Gesicht. Ihre braunen Augen funkeln verschmitzt und ich kann nicht anders, als sie anzulächeln.

»Klingt toll. Und Sie haben Arnikasalbe, sagte Ihr Mann.«

»Ja, die liegt hier irgendwo. Wollen wir nicht alle Du sagen? Ich fühle mich sonst so alt.«

»Natürlich, sehr gerne. Danke dir, Cassandra.«

Sie strahlt wie ein kleines Mädchen, dem ein großer Wunsch erfüllt wurde. Katrinas Familie ist im Unterschied zu meinen Eltern herzlich und unkompliziert. Sylvie sagt, und spricht mir damit aus der Seele, sie hat Mama und Papa total lieb und sie ist trotzdem froh, dass keine zehn Pferde sie dazu bringen würden, nach Berlin zu ziehen. Vielleicht gelingt es mir irgendwann mal, etwas daran zu ändern, aber im Moment kriegen Papa und ich uns nach spätestens 24 Stunden Aufenthalt in meinem Elternhaus in die Haare. Er denkt an Dinge wie meine Rente und mahnt mich, dem mehr Aufmerksamkeit zu widmen. Ich hingegen nehme ihm immer noch krumm, dass er meinen Wunsch, Malerin zu werden, noch nie unterstützt hat.

Wir sitzen noch eine Weile beisammen. Katrinas Eltern löchern Manu und mich mit Fragen über die Vernissage, zu der sie aufgrund einer Gemeindeveranstaltung nicht kommen konnten. Als es Zeit wird, schlafen zu gehen, möchte ich am liebsten die gemütliche Küche nicht verlassen.

»Du kannst auch hier auf der Küchenbank schlafen«, sagt Cassandra, deren wachem Blick nichts entgeht.

»Das würde ich gerne, aber mein Entschluss steht fest. Auch wenn es gerade nicht so aussieht.«

Cassandra lacht und drückt mich kurz an sich. »Zieh dir ganz viele Schichten an. Du kannst morgen als Erste duschen. Dann hast du auf jeden Fall warmes Wasser.«

Ich habe beim Packen für mehrere Schichten Kleidung vorgeplant: Thermounterwäsche, eine Fleecejacke und einen Steppmantel. Dick eingewickelt, Cassandras Schlafsack unter den Arm geklemmt, stapfe ich in Richtung der kleinen Dorfkirche mit dem beeindruckenden Turm und komme mir vor wie eine Mumie. Eine schwitzende Mumie.

Ein Lichtschein dringt durch die halb geöffnete Tür und ich zucke zusammen. Sind meine Verfolger schon hier? Aber es ist bloß Katrinas Vater, Harald, der mir den Heizlüfter bereit gestellt hat und mich an der Kirchentür erwartet. »Jetzt kannst du es dir bequem machen, so weit das geht«, sagt er und schaut mich skeptisch an. »Hoffentlich holst du dir keine dicke Erkältung.«

»Besser als ...« Gerade noch rechtzeitig stoppe ich mich. Was auch immer Katrina ihm erzählt hat, er soll mich nicht für paranoid halten.

Harald mustert mich besorgt, eine Stirnfalte zwischen den hellen Augenbrauen. »Wenn es etwas gibt, das du loswerden möchtest, kannst du gerne mit mir darüber sprechen.«

»Es ist nur … Du würdest wahrscheinlich meine geistige Gesundheit anzweifeln.«

»Das gehört nicht zu meiner Jobbeschreibung, keine Sorge.« In seinen Augen blitzt der Schalk. Es ist völlig klar, woher Katrina ihren trockenen Humor hat.

Ich fasse mir ein Herz und frage ihn: »Glaubst du an dämonische Wesen? Also, ganz konkret und zum Anfassen?«

»Hm, bisher sind mir noch nie welche begegnet. Aber warum soll es sie nicht geben?«

»Ich werde von Vampiren verfolgt.«

»Katrina und Manu haben alles stehen und liegen lassen und sind mit dir hierhergekommen. Sie scheinen dir zu glauben.«

»Vielleicht aus Mitleid mit mir und meinem armen, zerrütteten Verstand.«

»Sie wollen dich beschützen. Egal, was es für Dämonen sind, in Gottes Haus bist du da schon mal am richtigen Ort.«

Mehr kann ich wirklich nicht von ihm verlangen. Selbst Katrina, die mir in die Augen geschaut und mir versichert hat, dass sie mich nicht für psychotisch hält, kommt beim Thema Vampire an ihre Grenzen. Hoffentlich hat Harald Recht. Vielleicht bin ich hier sicher, wenigstens für diese Nacht.

Er zieht ein Fläschchen aus seiner Tasche, das verdächtig nach Cassandras Holundersirup aussieht.

»Weihwasser«, erklärt er auf meinen fragenden Blick hin. »Ich hab's gesegnet.«

»Danke«, entgegne ich gerührt. »Ihr habt wirklich an alles gedacht.«

»Unausweichlich, mit Katrina und Cassandra als Power Team. Sag Bescheid, wenn du was brauchst. Gute Nacht. Und sei behütet.«

»Danke. Dir auch eine gute Nacht.«

Kann man jemanden zurück segnen? Wenn, dann wäre das jetzt angebracht gewesen. Stattdessen winke ich Harald unbeholfen zu, betrete dann die Kirche und lege den Schlafsack und meine Sporttasche in die vorderste Bankreihe. Zeit, die Theorie zu testen, dass Vampire gegen Kirchen, Kreuze und Weihwasser völlig immun sind.

Obwohl ich mich bis zur Nasenspitze einpacke, streicht die eisige Luft über mein Gesicht wie eine kalte Hand. Meine aktuelle Lektüre auf dem E-Reader ist auch nicht gerade eine Hilfe, um einschlafen zu können. Viel zu aufregend. Aber wenigstens lenkt mich die Geschichte um Meerjungfrauen und Seemonster für eine Zeitlang ab. Es reicht nur nicht, um mich zu entspannen. Wieder und wieder kehren meine Gedanken zu gestern Nacht zurück, und zu Lydia. Wie sie genau im richtigen Moment zur Stelle sein konnte, ist mir ein Rätsel. Hat sie ihren Wikinger für mich abserviert, weil sie Interesse an mir als Person hat? Aber um das zu klären, hätten wir Zeit gebraucht. Jetzt, da es nicht sicher ist, ob ich die nächste Begegnung mit den Vampiren überhaupt überleben werde, wünsche ich mir um so mehr, sie hätte alles mit mir geteilt. Manu und Katrina würden mir den Kopf waschen, wenn sie das wüssten. Lydia wollte mein Blut nicht. Das hat mich enttäuscht und auch irgendwie verletzt. Macht mich das zu ihrem willfährigen Opfer, oder zeigt es die Tiefe meiner Gefühle für sie?

Das Grübeln bringt mich nicht weiter, also schließe ich die Augen und versuche zu schlafen.

Der Schlafsack wärmt mich ausreichend, aber die harte Kirchenbank drückt in meinen Rücken. Bei jedem Versuch, eine bequemere Position zu finden, verheddere ich mich in dem Stoff und entblöße garantiert irgendeinen Teil von mir, Hals, Arm, Schulter, Rücken. Die Kälte springt mich jedes Mal an wie ein Wolf, der im Walddickicht gelauert hat.

Nach wenigen Stunden unruhigen Schlafs, die mir endlos vorkommen, schaue ich auf meine Armbanduhr. Etwas wie sieben Uhr morgens hätte ich erwartet; aber die Anzeige steht stur auf halb Fünf.

Egal. Plötzlich reicht es mir. Wenn Louis in ›Interview mit einem Vampir‹ eine Kathedrale betreten und den Priester austrinken konnte, was soll das dann hier überhaupt. Vielleicht kann sich Raoul wie Lydia auch tagsüber bewegen. Die Morgendämmerung abzuwarten ist wahrscheinlich genau so nutzlos, wie mich am ganzen Körper mit Knoblauch einzureiben. Ich schnüffle an meiner Hand. Ohnehin hat die Wirkung der Zehen nachgelassen, die mir Cassandra gestern gegeben hat.

Stöhnend richte ich mich auf und beginne mich vor Kälte schlotternd aus dem Schlafsack zu schälen.

Mit all meinen Habseligkeiten bepackt, gehe ich in Richtung Tür und drehe mich auf halbem Weg noch einmal um. Das warme elektrische Licht taucht das Innere der Dorfkirche in einen goldenen Schimmer. Wäre es nur ein bisschen wärmer hier, könnte man sich hier richtig wohlfühlen.

»Tut mir leid, Kirche. Du hast dein Bestes getan«, murmle ich und drücke die Klinke herunter.

Kaum bin ich über die Schwelle getreten, sind sie über mir, Raoul und irgendein Unbekannter, und halten meine Arme fest.

»Ich habe ja mit Blödheit gerechnet, aber nicht, dass es so einfach ist«, kommentiert der Fremde, während er seine Hand auf meinen Mund gepresst hält. Er sieht aus wie ein Banker oder Steuerberater mit seinem ordentlichen Haarschnitt und der schicken Brille.

»Sie glauben heutzutage nicht mehr an die einfachen Wahrheiten«, erwidert Raoul.

Mein Blick fällt auf seinen Kopfverband, den er immer noch trägt. Die Hand des Fremden auf meinem Mund verbirgt mein Grinsen. Hat ihn die Fahrradpumpe doch härter erwischt als die Taschenlampe.

Mein Fuß sucht ein Ziel und trifft auf ein Schienbein. Dem Bankertypen entfährt ein gedämpfter Schmerzenslaut. Raoul presst brutal seine Finger in meinen Oberarm und zischt in mein Ohr: »Wenn du mitkommst, ohne Mucken zu machen, lassen wir die nette Pfarrfamilie da drinnen einfach schlafen.« Er deutet mit dem Kinn auf das Haus von Katrinas Eltern. »Wenn du irgendetwas versuchst und sie uns sehen, sind sie tot. Klar?«

Sein Griff schmerzt, ich wimmere und versuche mich herauszuwinden. Vielleicht wäre es doch klug gewesen, wenn wir alle in der Kirche übernachtet hätten. Andererseits, eine Belagerungssituation hätten wir da drinnen nicht überstanden. Cassandra hat meines Wissens nur einen Schlafsack, der für Minusgrade geeignet ist.

Der Gedanke bringt mich zum Kichern. Vielleicht bin ich aufgrund zweier durchwachter Nächte auch einfach ein bisschen durch.

»Kannst dir das Heulen sparen«, sagt Raoul grob, der meinen Lachanfall für hilfloses Schluchzen hält, »Mitleid bekommst du von mir ganz bestimmt nicht. Wie kann man nur so blöd sein, sich mit Lydia einzulassen.«

Dann verliert er das Interesse an unserem einseitigen Gespräch. Mit einer unwirschen Handbewegung bedeutet er seinem Kumpan, loszugehen. Der Bankertyp wirft mich kurzerhand über seine Schulter, als wäre ich ein Sack Federn. So muskulös sieht der gar nicht aus.

Am ganzen Körper zitternd, vor Kälte und wohl auch vor Panik, erhasche ich einen Blick auf die halb offen stehende Kirchentür. Katrina und ihren Eltern und auch Manu wird nichts geschehen. Und mir? Wenn diese Kerle mich entführen, um damit irgendein Ziel zu erreichen, werden sie mich vorerst am Leben lassen.

Dieser Gedanke hält mich aufrecht, während sie mich zu einem von Raureif überzogenen SUV schleppen. Raoul öffnet die Hintertür und der Banker platziert mich unsanft auf dem Sitz. Dann schließt er die Tür und geht um das Auto herum, um sich ans Steuer zu setzen.

Ich schnalle mich an, eine lächerliche Sicherheitsmaßnahme angesichts dieser Situation. Wie oft habe ich mir in meiner Fantasie ausgemalt, einem echten Vampir zu begegnen! Die Realität ist einfach nur erbärmlich.

Die andere Hintertür öffnet sich. Zu meinem Entsetzen nimmt Raoul neben mir Platz. »Angst?«, fragt er höhnisch und bringt sein Gesicht so nahe an das meine, dass ich jedes Detail seiner Visage erkennen kann. Heiß lodert Wut in meinem Bauch auf, darüber, wie er es genießt, mir seine Überlegenheit zu demonstrieren.

»Arschloch.«

Etwas Kühles presst sich gegen die Haut an meiner Hüfte: die Weihwasserflasche. Ich hatte sie unter meinen Gürtel geklemmt, damit sie in der kalten Kirche nicht gefriert. Vielleicht ist sie irgendwann für eine Überraschung gut, aber jetzt halte ich sie lieber verborgen.

Der Bankertyp drückt auf einen Knopf und die Zentralverriegelung rastet ein. Das Auto fährt an.

Raoul bleckt die Zähne. Wie abstoßend seine gelblichen Hauer aussehen. Niemals hätte ich ihn gezeichnet, wenn er mir die vorher gezeigt hätte. Jetzt presst er auch noch sein Gesicht an meinen Hals. Etwas wie zwei glühende Nadeln bohrt sich in meine Haut, dann ruckt Raouls Kopf zurück und ich höre ihn gedämpft fluchen. »Scheiß Knoblauch!«

Erneut ein scharfer Schmerz an meinem Hals, der stärker wird, ziehend. Vor meinen Augen flirren tanzende Sterne umher. »Wieder ein Mythos entkräftet«, ist mein letzter Gedanke, bevor mich die Schwärze des Alls einsaugt und ich in ihr verschwinde.

10
WÖLFE

LYDIA

Schon wieder Kopfschmerzen, und nicht nur das, mein ganzer Körper fühlt sich an wie durch die Mangel gedreht. Er hat zu intensiven Kontakt mit dem Asphalt gehabt. Ich hatte mich gerade noch rechtzeitig zur Seite geworfen, als ein LKW herangerast kam, und muss danach Kopf voran in den Graben getaumelt sein.

Wenn ich Damian in die Finger kriege, kann der sich auf was gefasst machen. *Stronzo*.

Mein Körper heilt schnell, aber von dem Sturz aus einem fahrenden Auto muss sich auch ein Vampir erst einmal erholen. Blut und Dreck rinnen in den Kragen meiner Bluse. Tränen der Wut und des Schmerzes laufen über meine Wangen und ziehen Spuren in die Schmutzschicht, die sich auf meiner Haut gebildet hat. Das Blut an meinen Händen und an meiner Hose kommt von den Abschürfungen.

Zu viel Blut, das aus mir herausrinnt wie aus einem angestochenen Beutel. Um nicht bis morgen hier liegen bleiben zu müssen und langsam zu einem Eiszapfen zu gefrieren, muss ich irgendein Tier finden und töten. Bis zum Frühjahr auszuharren wäre kein Problem, aber Sophie braucht meine Hilfe. Diese Kerle dürfen ihr kein Leid zufügen. Ein verzweifeltes Schluchzen entringt sich mir. Ich weine um das, was wir miteinander hätten teilen können, wäre nicht meine Feigheit stärker gewesen. Aber: »Hätte, hätte, liegt im Bette«, wie die Berliner sagen. Da wäre ich jetzt gern mit ihr. Und Henry.

Probehalber richte ich mich auf. Nicht schlecht, alle meine Gliedmaßen scheinen noch an mir befestigt zu sein, und der Kopf lässt sich drehen. Jetzt etwas trinken und danach das Blut abwaschen, das ist mein Plan für den Augenblick.

Auf Händen und Füßen krieche ich durch den verschneiten Wald, vermutlich irgendwo im nördlichen Brandenburg. Irgendwo im Nirgendwo. Erfrierungen machen uns nichts aus, jedenfalls deutlich weniger als Verbrennungen; aber Finger oder Zehen würden wahrscheinlich nicht nachwachsen. Es ist mir lieber, das nicht am eigenen Leib erproben zu müssen.

Da, ein Rascheln im Unterholz. Ein Tier mit einem massigen Körper bricht sich da Bahn. In meinem Zustand kein geeigneter Gegner.

Doch das Wildschwein hält genau auf mich zu. Gleich stoßen wir frontal zusammen. Ich greife nach einem Ast und schwinge mich auf den nächsten Baum. Schmerz schießt wie glühende Lava durch mein Rückgrat. Ja, wir leben nicht in dem Sinne, aber Lust und Schmerz fühlen wir. Ob meine Wirbelsäule gelitten hat? Das ist nicht auszuschließen. Um eine solche Verletzung zu heilen, reichen Eichhörnchen oder Mäuse nicht aus. Dazu braucht es das Herzblut eines größeren Tieres.

Ächzend ziehe ich mich auf einen der unteren Äste der Eiche und warte, bis der Keiler genau unter mir ist. Der Aufprall macht mich beinahe besinnungslos vor Schmerzen. An den borstigen Rücken des Tieres geklammert, beiße ich zu. Das Wildschwein buckelt und quiekt. Haare füllen meinen Mund und ein durchdringender Moschusgeruch steigt mir in die Nase.

Der Trick ist, rechtzeitig die Halsschlagader zu erwischen und einen tiefen Zug zu nehmen. Davon wird jedem Lebewesen, egal ob Mensch oder Tier, sehr schnell schwindlig. Der Keiler taumelt und versucht mich abzuschütteln, aber ich trinke gierig sein heißes Blut, bis das Brennen in meinem Rücken nachlässt und auch das Pochen in meinem Kopf verebbt. Schnell entferne ich mich von dem Wildschwein, das sich im Todeskampf windet und um sich tritt. Es besitzt scharfe Hufe und Hauer, in deren Nähe zu verweilen unklug wäre.

Meine Bewegungen werden flüssiger, nachdem mein Körper Nahrung bekommen hat. Ich kann förmlich spüren, wie Knochen, Muskeln und Sehnen zusammenwachsen und verletzte Haut sich schließt. Alles, was keine Kopfverletzung, Vergiftung oder Brandwunde ist, heilt sehr schnell bei uns.

Das Handy haben mir diese Mistkerle abgenommen, also gilt es auf altmodische Weise herauszufinden, wie ich von hier am schnellsten zum Hauptquartier komme. Mein Fehler, Henry nicht die ganze Wahrheit gesagt zu haben, lastet schwer auf mir. Hoffentlich ist es nicht zu spät.

Zu spät, um was zu tun?, meldet sich das lästige Stimmchen in meinem Hinterkopf. *Um deinem Clan zu dienen, oder um Sophie zu retten?*

»Halt die Klappe«, knurre ich.

Ein Knurren antwortet mir.

Alarmiert fahre ich herum, in der Erwartung, einen Wolf zu sehen, der sich unbemerkt angeschlichen hat. Es ist kein Wolf. Es ist ein Hund, und am anderen Ende der Leine steht ein Mensch. Er trägt grüne Arbeitskleidung und hat ein Gewehr über der Schulter, ein Jäger oder, was schlimmer wäre, der Förster. Wenn er mich für den Tod des Wildschweins verantwortlich macht, muss ich ihn verschwinden lassen. Dazu reicht meine Energie gerade nicht mehr aus.

Der Mann, mittleren Alters, mit graumeliertem Haar und einem Dreitagebart, reißt bei meinem Anblick erschrocken die Augen auf. »Was in aller Welt ist denn mit Ihnen geschehen? Sie sehen aus, als seien Sie mit einem Zug zusammengestoßen!«

»So ähnlich«, entgegne ich. Immerhin gehorcht mir meine Stimme, wenn sie auch etwas kratzig klingt.

»Ich habe soeben einen verendenden Keiler gefunden und ihm den Gnadenschuss geben müssen. Sie wissen nicht zufällig etwas darüber?«

Der Förster. *Che palle.*

»Nein«, lüge ich dreist. »Ich bin von einem Auto angefahren worden und versuche gerade, Hilfe zu holen. Fahrerflucht. Mein Handy liegt irgendwo im Graben, war nicht zu finden.«

Seine misstrauische Miene wird weicher. Menschen sind meistens erleichtert, wenn es eine einfache Erklärung für etwas gibt, das ihnen Unbehagen verursacht. Ansonsten müsste er jetzt darüber nachdenken, warum er das Gefühl hat, ich könne etwas mit dem Tod des Tieres zu tun haben.

In diesem Fall braucht es den Blick gar nicht, aber er funktioniert nach einem ganz ähnlichen Prinzip, nämlich das Naheliegende zu suggerieren.

Der Förster mustert mich besorgt. »Sie sind verletzt. Soll ich Sie ins Krankenhaus fahren?«

»Mir würde es reichen, irgendwo in einen Bus oder eine Bahn steigen zu können.«

»Wo möchten Sie denn hin?«

»Nach Berlin.«

Der Mann wiegt den Kopf und überlegt. Ihm scheint bewusst zu sein, dass es da eine Lücke in meiner Erklärung gibt. Offensichtlich entscheidet er sich, sie nicht füllen zu wollen. »Soll ich Sie zum Bahnhof fahren? Ist nicht weit von hier, kein großer Umweg für mich.«

Der Hund knurrt noch mehr als zu Beginn. Er traut mir nicht, zu Recht.

»Das könnten Sie tun? Sehr, sehr gern. Vielen Dank.« Ich schenke ihm ein Lächeln, das er nicht erwidert, und achte darauf, meine Eckzähne nicht zu zeigen.

»Ich muss nur eben meine Kontrollrunde beenden. Können Sie gehen, oder haben Sie Schmerzen?«

Er deutet auf mein rechtes Bein. Die Hose ist zerfetzt und blutig, aber die Schürfwunde, die sich über meinen gesamten Oberschenkel gezogen hat, ist abgeheilt.

»Sieht schlimmer aus, als es ist. Ich habe großes Glück gehabt.«

»Das glaube ich allerdings auch, wenn ich Sie angucke. Möchten Sie einen Schluck Kaffee?«

»Nein danke, der bekommt mir leider nicht. Sie wissen schon, der Magen.«

Diesmal lächelt er mich an. Der Hund fletscht die Zähne. Der Förster zieht sein Telefon aus der Tasche und gibt die Info mit dem verendeten Keiler durch. Dann nickt er mir zu, ihm zu folgen. Der

Hund läuft mit gesträubtem Fell neben ihm her. Wir gehen durch den vereisten Wald und ich höre dem Mann mit echtem Interesse zu, als er mir erzählt, was er den Tag über zu tun hat, oder manchmal auch, wie jetzt, schon früh am Morgen. »Es wurden Wölfe gesichtet. Meine Aufgabe ist, sie zu zählen und zu schauen, ob es sich um ein ganzes Rudel handelt. Vielleicht ist es auch nur ein einsamer Wolf, der sich bis in die Dörfer gewagt hat und von mehreren Leuten gesehen wurde. Bei einem Rudel müssen wir genau beobachten, welches der Tiere die Schafe reißt, wie es mir berichtet wurde. Auf keinen Fall soll hier unkontrolliert gejagt werden.«

»Darf man Wölfe denn überhaupt abschießen?«

»Wenn sie gewohnheitsmäßig Schafe töten, dann schon.«

Nachdenklich stapfe ich durch den Harschschnee und stelle mir vor, ein solch einsamer Wolf zu sein. Würde ich den Jägern entgegentreten, oder schnell weglaufen? Was auch immer der Wolf tut – wenn sein Abschuss beschlossene Sache ist, hat er keine Chance.

»Jetzt habe ich Sie traurig gemacht«, sagt der Förster.

»Nicht direkt. Ich denke nur darüber nach, warum die Wölfe hier so verhasst sind. Es sind scheue, wilde Tiere, die sich von den Menschen fernhalten.«

»Das ist Ihre Meinung. Aber fragen Sie mal die Bauern, die sind kaum noch zu bremsen. Ein Schaf ist viel Geld wert.«

Das kann ich nur allzu gut nachvollziehen. Eigentlich sind wir wie Wölfe, denke ich. Nur, dass kaum jemand von unserer Existenz weiß. Wir haben uns gut geschützt. Was, wenn dieser Schutz eines Tages nicht mehr existiert?

Der Förster fährt mich zum Bahnhof, den immer noch unruhigen Hund sicher hinter dem Gitter im Laderaum seines Jeeps verstaut. Kurz vor dem Ziel hauche ich mit ersterbender Stimme: »Mir ist ganz unwohl. Bitte fahren Sie mal kurz ran. Scheint ein Schwächeanfall zu sein.«

Das ist nicht einmal gelogen. Das Blut des Keilers hat es meinem Körper ermöglicht zu heilen, aber mein Hunger ist dadurch lange nicht gestillt.

Wolf, Wolf, Wolf, kläfft der Hund. Während das Tier jaulend und winselnd an dem Gitter hochspringt, trinke ich von dem Mann, bis ich nicht mehr hungrig bin.

Du fühlst dich ein bisschen schwach und beschließt, mit dem Bus nach Hause zu fahren, suggeriert mein Blick ihm.

Die Begegnung mit mir lösche ich aus seinem Gedächtnis, verlasse dann das Auto und gehe die letzten Meter zum Bahnhof zu Fuß. Der Förster wird es mir nachtun, sobald er wieder zu sich gekommen ist. Bis dahin möchte ich weit, weit weg von diesem Ort und vor allem von dem Hund sein, der mit hochgezogenen Lefzen und Schaum vor dem Maul geifert, als habe er das Böse in Person gesehen.

In der Toilette der Regionalbahn reinige ich so sorgsam wie möglich mein Gesicht und meine Haare. Kleine Rinnsale meines Blutes verschwinden im Abfluss. Was für eine Verschwendung.

In meiner Jackentasche steckt der Fahrausweis, den ich bei einer der seltenen Kontrollen aus dem Portemonnaie genommen und beim Aussteigen schnell in die Tasche geschoben habe. Den haben Raoul und Damian wohl übersehen, sonst wäre er weg, wie alles andere. Ich suche mir einen bequemen Platz am Fenster und lehne mich in das weiche Polster zurück. Das Blut von Mensch und Wildtier wärmt mich von innen her und vertreibt nach und nach die restlichen Schmerzen.

Dennoch, das bevorstehende Gespräch mit Henry lässt mir keine Ruhe. Inzwischen wird er von Damians Verrat erfahren haben. Um im Interesse des Clans handeln zu können, braucht er die von mir zurückgehaltenen Informationen: Sophies Immunität gegen den Blick, meine Entscheidung, sie am Leben zu lassen, und meine Vermutung, dass Wolodjas Freundin die Dunkle Gabe erhalten haben könnte. Mein Dolch hat sein Ziel getroffen. Eine solche Wunde hätte sie eigentlich nicht überleben dürfen.

Mit meinem Schweigen habe ich gegen meine Ehre als Jägerin gehandelt. Zwar betrachtet Henry die Regeln des Clans mit Skepsis. Dennoch kann er einen solchen Verstoß nicht ungestraft lassen.

Möglicherweise wird er mich nie wieder so anschauen wie an unserem gemeinsamen Abend. Er hat sich mir ganz geöffnet, hat mir von seinen Träumen und Unsicherheiten erzählt. Es wird ihn verletzen, wenn er begreift, wie wenig ich umgekehrt von mir preisgegeben habe.

Draußen beginnt es zu dämmern. Gerade noch rechtzeitig vor Sonnenaufgang werde ich im Hauptquartier ankommen. Den teuren Sunblocker haben mir die Mistkerle natürlich auch abgenommen. Mich zu überfallen, hat sich mehrfach für sie gelohnt. Wahrscheinlich haben sie mich aus dem Auto geworfen, um dem Clan ihre Verachtung für uns Jäger zu demonstrieren – eine stumme Botschaft an Henry.

Beschämt muss ich mir eingestehen, völlig kopflos gehandelt zu haben, als es um Sophies Rettung ging. Raoul hat mir eine Falle gestellt, und ich bin hinein getappt.

»Die Fahrkarte bitte!« Die Schaffnerin hat ihre Stimme erhoben. Sie muss mich schon mehrmals angesprochen haben.

»Entschuldigung«, murmele ich und hole meine Abokarte aus der Jackentasche. Dabei knistert Papier zwischen meinen Fingern und ein zerknitterter Zettel fällt zu Boden.

Die Schaffnerin reicht mir meine Karte zurück und geht weiter. Ich bücke mich, greife nach dem Zettel und streiche ihn glatt. Mein Nacken prickelt.

Das Papier entpuppt sich als ein Beleg aus der Whiskybar, auf den eine Adresse gekritzelt wurde. Pinnow, Uckermark. Darunter steht: »Hier findest du mich mit Manu und Katrina, wenn wir nicht mehr in Berlin sein sollten.«

Wollte Sophie mir die Sorge nehmen, ihr könne etwas zugestoßen sein? Nicht ganz zu Unrecht, muss ich mir eingestehen, und öffne meine linke Hand, die ich unbewusst zur Faust geballt hatte. Blutige Striemen von meinen Nägeln ziehen sich über die Handinnenfläche. Also gut. Sie hat einen Ort, an den sie gehen kann.

Der Gedanke ist unbequem, aber naheliegend: Möglicherweise werde ich nie wieder einen Job ausführen können. Nach zweieinhalb Jahrhunderten hat sich erneut ein Mensch in mein Herz geschlichen, mit unabsehbaren Folgen für uns alle.

Als ich durch die vertrauten Gänge des Hauptquartiers gehe, ist es totenstill. Ich ertappe mich dabei, dass ich zwei Finger kreuze. *In bocca al lupo. Crepi il lupo.*

Auch heute ist es Nadira, die mir als erstes begegnet. Sie sitzt in der Küche und starrt ins Leere. Als sie mich kommen sieht, schaut sie mich ausdruckslos aus rotgeränderten Augen an. Sie muss die ganze Zeit durchgearbeitet haben. Wir brauchen keinen Schlaf in dem Sinne; aber wenn wir keine Ruhepausen einlegen, sieht man es uns irgendwann an.

Auf meine fragend hochgezogene Augenbraue reagiert Nadira eher grimmig: »Dir ist bewusst, was du alles verbockt hast, oder?«

»Mir schon, aber wisst ihr es denn bereits?«

»Du hast Sara entkommen lassen, und niemandem von uns auch nur einen Ton gesagt.«

»Das stimmt.«

»Er wartet auf dich da drinnen.« Sie zeigt in die Richtung von Henrys Büro und kommentiert voller Sarkasmus: »Viel Spaß. Ich möchte jetzt echt nicht mit dir tauschen.«

Sofort mache ich kehrt, um zum Büro meines Clanführers zu gelangen und dieses Gespräch hinter mich zu bringen, je schneller, desto besser. Unterwegs überlege ich fieberhaft: Nadira hat von Sara gesprochen. Heißt das, sie wissen noch nicht über Sophie und mich Bescheid? Das kann nur bedeuten, dass Raoul diese Bombe mit meiner Ankunft platzen lassen möchte. Psychologisch gesehen mit verheerender Wirkung, denn aus Henrys Sicht kommt zu meinem schweren Fehler bei der Ausführung eines Jobs ein doppelter Verrat hinzu. Da alle über Henry und mich Bescheid wissen, auch Damian, ist das reines Kalkül.

Mit wackligen Knien klopfe ich an die Tür.

Erst auf ein barsches »Herein!« hin betrete ich den Raum.

Henry sitzt hinter seinem Schreibtisch und sieht nicht besser aus als Nadira. »Hast du eine Vorstellung, was für Sorgen ich mir um dich gemacht habe?«

Meine Augen werden groß. Das ist sein erster Satz, sobald er mich zu Gesicht bekommt?

»Lydia?«

»Wo bleibt der Tadel wegen meiner Nachlässigkeit und der schlechten Kommunikation?«

»Der kommt noch, keine Sorge.« Henry steht auf, geht um seinen Schreibtisch herum, eilt mit großen Schritten auf mich zu und schließt mich in seine Arme.

Sein Rasierwasser ist dasselbe, das mich vor einer gefühlten Ewigkeit zu einer unbedachten Äußerung verleitet hat. Als ich mein Gesicht an Henrys Brust presse und mir sein Duft in die Nase steigt, kommen mir die Tränen. Zum zweiten Mal innerhalb weniger Stunden. Seit meiner Begegnung mit Sophie fehlt mir jegliche Distanz zu meinen Emotionen.

Jäh flammt mein Begehren auf, als mich Henry an sich drückt. Ihm scheint es nicht anders zu gehen, sein Körper reagiert sofort auf unsere Nähe. Er nimmt mein Gesicht in beide Hände und legt seine Stirn an meine. »Das wollte ich dir zeigen, bevor wir über alles andere sprechen.« Sanft löst er sich von mir, nimmt meine Hand und führt mich zu den beiden Stühlen am Aquarium.

Sein Blick ist ernst, suchend. Er lächelt nicht.

»Es kommt noch schlimmer«, bringe ich hervor.

Henry nickt. »Dass du Geheimnisse vor mir hattest, ist mir spätestens dann bewusst geworden, als Sara sich per Videocall gemeldet hat.«

»Sara?«

»Sie hat von Raoul die Dunkle Gabe empfangen und wurde von den Abtrünnigen als Unterhändlerin beauftragt. Sie fordern erneut die Wiederaufnahme in den Clan. Ihren Andeutungen zufolge haben sie ein Druckmittel gegen dich in der Hand.«

Mit Henry ist eine Wandlung vor sich gegangen, die ich erwartet habe, die mich aber nichtsdestotrotz schmerzt: Seine Stimme ist kühl und sachlich, seine Augen verraten nichts.

Was ich ihm jetzt sagen muss, wird ihn dennoch treffen. »Ich hoffte, diese Situation allein lösen zu können. Das ist aber gründlich schief gegangen.«

Er nickt und schaut mich abwartend an.

»Es ist Sophie. Sophie Beeck, die Malerin. Ich … liebe sie.«

Das Begreifen in seinem Gesicht enthält ein Quäntchen Schmerz, aber schnell verbannt er jedes Gefühl aus seiner Miene. »Du hättest sie töten oder ihr Gedächtnis löschen müssen. Du hast beides nicht getan.«

»Genau. Aus irgendeinem Grund wirkt der Blick nicht bei ihr.«

»Anstatt sie zu verschwinden zu lassen, hast du ihr die Wahrheit gesagt.«

Beklommen nicke ich.

»*Fy Søren*, warum bist du damit nicht früher zu mir gekommen?« Henry schlägt mit der Faust auf den Tisch. Das kleine Möbelstück vollführt einen Hüpfer, ein Papierstapel kommt ins Rutschen. Ich halte die Blätter auf, bevor sie sich über den Fußboden verteilen können, und rücke den Stapel gerade.

Es tut mir fast körperlich weh, in Henrys Gesicht zu sehen. Seine eisblauen Augen wirken kalt wie Gletscherseen.

»Du bist ab jetzt keine Jägerin mehr. Das kann ich nicht verantworten. Das Schlimmste ist aber, du hast dein eigenes Todesurteil besiegelt. Hast du eine Ahnung, was du damit bei mir anrichtest? Wenn es nur wäre, dass das mit uns dir nichts bedeutet, könnte ich damit noch irgendwie klarkommen. Aber Lydia, wirklich, es ist nicht zu begreifen, wie leichtfertig du die Konsequenzen deines Tuns missachtest! Ich könnte dich schütteln, weil du mir jede Möglichkeit genommen hast, dir zu helfen.«

»Du hättest mich schützen wollen?«

»Vielleicht hätte es eine Möglichkeit gegeben, aber jetzt ist es auf jeden Fall zu spät. Und das bricht mir verdammt noch mal das Herz.«

An Henrys Stelle ginge es mir genauso. Die Bluttränen rinnen mir übers Gesicht, während ich ihm schweigend in die Augen schaue und hinter der Kälte und dem Zorn seine Liebe zur mir erkenne.

Wahrscheinlich erwartet er irgendetwas Gefühlvolles von mir. Aber die Verzweiflung lähmt mich. Sophie schwebt in großer Gefahr. Mich selbst wird man zum Feuer verurteilen. Vor mir steht die einzige Person aus meinem Clan, bei der ich mich, für einige Stunden jedenfalls, endlich zu Hause gefühlt habe. Mir fehlen die Worte, um auszudrücken, was Henry für mich bedeutet und wie weh es mir tut, ihn verraten zu haben.

»Lass gut sein, Lydia. Fahr nach Hause. Regele deine Angelegenheiten. Wenn du irgendetwas von mir brauchst, lass es mich wissen.«

Mein einziger Wunsch ist, die Arme um ihn zu schlingen und ihn solange zu küssen, bis wir all unsere Sorgen vergessen haben. Aber der Moment ist vorbei. »Danke«, sage ich stattdessen. »Du erfährst jetzt die ganze Geschichte von mir, damit du die nötigen Entscheidungen treffen kannst.«

Ich erzähle ihm von der Handy-Botschaft und der gescheiterten Entführung, von Damians Verrat und von meinem unfreiwilligen Aufenthalt im Wald, und schließe mit den Worten: »Ich möchte Sophie vor den Abtrünnigen schützen.«

»Du wirst den Jägern nicht entkommen«, widerspricht mir Henry. »Niemand weiß das besser als du selbst.«

»Solange ich Sophie vor ihnen erreiche, ist mir das egal.«

Wir schauen einander in die Augen, suchend, unzufrieden.

Vielleicht wäre es mir noch gelungen, ihm verständlich zu machen, dass mein dummes, unsterbliches Herz ihm genauso gehört, wie es Sophie gehört, aber in diesem Moment bricht im Hauptquartier ein Höllenlärm los.

Schreie ertönen.

Den danach aufbrandenden Kampfgeräuschen folgt ein schwerer Aufprall. Fast gleichzeitig springt Henry auf. Er greift sich seine Standardwaffe von ihrer Halterung an der Wand, eine Kalaschnikow mit einigen Sonderfunktionen.

Fragend schaue ich ihn an und er deutet wortlos auf seinen Messergurt, der daneben hängt. Auf meinen Protestlaut hin macht er eine ungeduldige Kopfbewegung und ist zur Tür hinaus, bevor ich auch nur ein Wort herausbringen kann. Ich hänge mir den Messergurt um und wiege prüfend einen der Dolche in der Hand. Ja, das könnte funktionieren. Aus dem Schrank nehme ich mir noch ein paar Kanülen mit Eisenkrauttinktur. Sicher ist sicher.

Wir laufen in die Richtung, aus der der Lärm kommt. So viele Vampire auf einmal, die untereinander kämpfen, habe ich zuletzt vor 50 Jahren gesehen. Pat, der wahrlich kein Krieger ist, ringt mit einem bulligen Türsteher-Typen und hat schon mehrere Schläge einstecken müssen, nach dem zu urteilen, wie sein Gesicht aussieht. Nadira hält sich mit zwei Säbeln eine ganze Meute von Angreifern vom Leib. Henry legt sein Gewehr an und eröffnet das Feuer auf diejenigen von ihnen, die genug Abstand zu der Jägerin haben. Das Krachen, das wir gehört haben, kam wohl daher, dass unsere Leute mehrere Schreibtische und Schränke vor die Eingangstür geschoben haben, um die Kontrolle über die Situation zu behalten. Vergeblich. Hier waren vampirische Kräfte am Werk. Die schwere Stahltür hängt schief in ihren Angeln und droht auf die Kämpfenden zu kippen. Mehrere Äxte mit schartiger Schneide liegen über den Boden verteilt.

Linda, die noch zierlicher gebaut ist als ich, benutzt gerade eine dieser Äxte, um einem Angreifer den Schädel zu spalten.

Bei den Angreifern, so weit ich sie im Kampfgetümmel sehen kann, erkenne ich kein einziges vertrautes Gesicht. Raoul und seine Leute fehlen. Die fremden Vampire haben nicht mit Henrys Zorn gerechnet. Wie eine Naturgewalt stürzt er sich auf die Abtrünnigen und mäht sie einen nach dem anderen nieder. Eine Frau greift ihn von den Seite an und verbeißt sich in seinem Arm. Er bricht ihr das Genick und sie rutscht zu Boden wie eine Stoffpuppe.

Währenddessen haben drei Angreifer ihre Chance gewittert und kommen auf mich zu gestürmt, ein Metallnetz zwischen sich. Offenbar haben sie den Befehl erhalten, mich lebend zu fangen.

Ich werfe Henrys Dolche nach ihnen. Eins, in die Stirn, zwei, ins Herz, drei, in den Bauch. Weil das nicht reicht, um sie umzubringen, bekommt jeder von ihnen eine Kanüle Eisenkraut gespritzt. Während sie sich röchelnd auf dem Boden krümmen, schaue ich mich um.

Überall klebt Blut, an den Wänden, im Teppich, auf unserer Kleidung und im Gesicht. Eine frische Welle von Angreifern dringt durch die zerstörte Tür. Auf ein Neues. Schnell sammle ich die Dolche ein und suche mir das nächste Ziel aus, einen jungen Vampir mit schwarzen Haaren, der einen Baseballschläger schwenkt. Mit einem Messer in der Kehle geht er zu Boden, eine Blutfontäne sprudelt aus der Wunde. Eine Vampirin versucht sich in meinem Hals zu verbeißen, ich ramme ihr einen Dolch durchs Auge ins Gehirn. Im Rhythmus des Kampfes aufgehend, strecke ich einen Angreifer nach dem anderen nieder.

Es ist zu einfach. Die Fremden sind in der Überzahl, aber ihre Ausbildung lässt zu wünschen übrig. Ich halte Ausschau nach dem

Rest des Teams. Vielleicht wissen sie mehr und können mir sagen, wer diese Leute überhaupt sind.

Nadira, Pat und Linda erledigen gerade die letzten Angreifer. Henry ist nicht bei ihnen. »Wo ...?«

Linda begreift sofort, was ich fragen will. »Drei von denen sind in Richtung seines Büros gerannt, er ist hinterher. Wir wollten gerade nachsehen gehen.«

Besorgt eile ich dort hin, Pat folgt mir.

Wir spähen durch die angelehnte Tür und sehen als Erstes das zertrümmerte Aquarium. Überall liegen Glasscherben, dazwischen zuckende und blutende Fische. Allein von diesem Anblick könnten mir erneut die Tränen kommen. So viel Zeit und Zuwendung hat Henry in seine Tiere investiert. Aber dann fällt mein Blick auf den Stuhl hinter seinem Schreibtisch, und hätte ich noch einen Herzschlag, würde er in diesem Moment stocken und aufhören.

Sie haben ihn ausgezogen, mit Kabelbinder gefesselt und seinen Körper mit Glasscherben zerschnitten. Eine steckt in seiner Brust, eine in seinem Bauch, eine in seinem Hals. Weil Henry eine Kampfmaschine ist, liegt einer der Angreifer wie ein zerbrochenes Spielzeug auf dem Boden. Von den beiden anderen fehlt jede Spur.

Mein Clanchef hat sehr viel Blut verloren, sein Gesicht wirkt ganz wächsern. Die Kerle scheinen seine Wunden mit irgendeiner Kräutertinktur bestrichen zu haben. Die Wundränder sehen bräunlich aus, ein ammoniakartiger Geruch steigt mir in die Nase. Sie könnten den Saft von Weißdornzweigen verwendet haben. Der verzögert die Wundheilung und kann sie auch ganz verhindern. Früher hat man Pflöcke daraus hergestellt.

Henry blinzelt mir zu und flüstert: »Schau nicht so entsetzt. Um mich zu erledigen, müssen sie sich schon mehr anstrengen.« Wie um ihn Lügen zu strafen, schießt ein Schwall Blut aus seinem Mund.

»Wir müssen ihn auf der Stelle zusammenflicken«, sagt Pat, »und dann braucht er eine Spezialbehandlung gegen das Gift. Ich weiß, dass du keine Jägerin mehr bist, Lydia, aber kannst du ihn nachher vielleicht zu Miro bringen? Wir müssen die Eingänge sichern, uns um die Gefangenen kümmern und überprüfen, ob die Kerle, die entkommen sind, irgendetwas Wichtiges mitgenommen haben.«

Wir machen nach Möglichkeit Gefangene, anstatt Unseresgleichen zu vernichten. Die Angreifer, die wir für den Moment kampfunfähig gemacht haben, sind in der Lage, sich selbst zu heilen, wenn wir sie lassen. Einen Vampir endgültig auszuschalten geht nur durch Verbrennen, oder wenn man sein Herz herausreißt. Was diejenigen betrifft, die mit Lindas Axt in Kontakt kamen und nun mit zerhauenen Köpfen in ihrem Blut liegen, ist es vielleicht gnädiger, sie dem Feuer zu übergeben. Ich bin froh, dass ich für solche Entscheidungen gerade nicht zuständig bin.

Wut steigt in mir auf, als ich Henrys blutüberströmtes Gesicht betrachte. Er hat die Augen geschlossen und rührt sich nicht mehr. Was diese Leute ihm angetan haben, und zwar grundlos, denn er hat ihnen garantiert keine einzige Information gegeben, ist unverzeihlich. So wie mein eigenes Tun. Wäre ich bloß an Henrys Seite gewesen und hätte ihn verteidigt, anstatt im Korridor gegen die fremden Vampire zu kämpfen, mit seinem Messergurt auch noch.

Pat verlässt den Raum, nachdem er Miro eine Nachricht geschickt hat. Er wird sich mit den anderen beraten, wie mit mir zu verfahren ist. Mit meiner Hinrichtung hat es keine Eile. Die Jäger werden mich finden, wohin auch immer es mich verschlägt.

Ich beuge mich über meinen ehemaligen Clanchef, hauche einen Kuss auf seine Lippen und beiße dann in mein Handgelenk, die Wunde an seinen Mund haltend. Obwohl er bewusstlos ist, öffnen sich reflexartig seine Lippen und er beginnt zu saugen. Um die Selbstheilung zu aktivieren, braucht er Blut. Bevor wir ihn vom Stuhl los schneiden, muss sein Körper die Scherben abstoßen. Sonst könnte der Versuch, ihn zu bewegen, noch mehr Schaden anrichten.

Seine Zähne bohren sich tief in mein Handgelenk. Er trinkt von mir und es tut weh, ein brennender, reißender Schmerz. Genussvolles gegenseitiges Nähren geht anders. Ich beiße die Zähne zusammen und halte es aus. Das ist das Mindeste, was ich für Henry tun kann. Weil er mit Weißdorn vergiftet wurde, wird er trotz meiner sofortigen Hilfe Wochen oder sogar Monate zum Heilen brauchen. Ich mache mir bittere Vorwürfe, ihm nicht rechtzeitig von Sophie und von Sara erzählt zu haben. Dadurch habe ich unseren Feinden in die Hände gespielt.

II
DER KELLER

SOPHIE

Ein höllischer Durst quält mich beim Erwachen. Mein Mund ist trocken wie Papier. Alles an mir ist schlaff und gefühllos: Arme, Beine, Rumpf, als hätte mich ein LKW gerammt und zu einer breiigen Masse zerquetscht. Stöhnend öffne ich meine geschwollenen Lider und erkenne nichts als Schwärze. Mein Herz klopft wie ein Presslufthammer. Aber mit meinen Augen ist alles in Ordnung. Ich kann deshalb nichts sehen, weil es dunkel um mich ist.

Es fehlt nicht nur an Licht, es ist auch zugig und kalt. Die Luft riecht ein bisschen modrig, wie in einem Keller. Wahrscheinlich ist es auch einer, sonst wäre es nicht so finster hier.

Bei meinem Versuch, mich aufzurichten, schreit jeder einzelne Muskel in meinem Körper Zeter und Mordio. Mit angehaltenem

Atem taste ich mich ab und bin dann erleichtert: Alle meine Körperteile scheinen noch am richtigen Platz zu sein.

Wenn nur der Durst nicht wäre, und dieses Gefühl, vor Schwäche wie gelähmt zu sein. Ich zwinge mich, aufzustehen. Für einen Moment dreht sich alles und ich muss mich mit einer Hand an der kalten, ein wenig feuchten Wand abstützen. Eine krümelige Masse, Kalk wahrscheinlich, verschmiert meine Haut.

Dann gelingt es mir, mich ein paar Schritte durch den Raum zu bewegen. Meine Augen haben sich inzwischen an die Dunkelheit gewöhnt. Vor mir befindet sich eine Holztür. Ein wenig Licht dringt durch die Ritzen. Probehalber drücke ich die Klinke herunter. Wie kaum anders erwartet, lässt sich die Tür nicht öffnen. Sie ist abgeschlossen.

Sie haben mich eingesperrt. Jetzt kommt Stück für Stück meine Erinnerung an heute früh zurück, und ich wünsche mir, sie täte es nicht. Zwei Vampire haben mich mit dem Auto entführt, und zuvor hat der eine, Raoul, von mir getrunken.

Meine Hand fährt an meinen Hals und findet zwei punktförmige Wunden. Verdammt! Wütend schlage ich mit der Faust gegen die Tür und presse dann meine Finger an die Brust, wimmernd vor Schmerzen. Das fehlt mir noch, gebrochene Knochen bei dem vergeblichen Versuch, hier rauszukommen.

»Hey, ganz ruhig!« Eine weibliche Stimme von draußen. »Ich komme jetzt rein und bringe dir etwas zu trinken. Bitte mach keinen Krach, dir wird nichts Böses geschehen.«

»Und das soll ich dir glauben?« Der krächzende Klang meiner Stimme erschreckt mich. Jedes Wort ist eine Qual für meine ausgedörrte Kehle.

Die Frau hinter der Tür, wer auch immer sie ist, scheint mich trotzdem zu verstehen. »Du bist misstrauisch, wie wohl jede an deiner Stelle. Aber komm, gib mir eine Chance. Ich lasse die Tür offen, du kannst entscheiden, ob du mich herein lässt oder nicht.«

Ein Schlüssel dreht sich im Schloss und knarzend geht die Kellertür auf. Das gelbe Licht einer Ovalleuchte, die offenbar noch mit Glühbirnen betrieben wird, zeigt mir eine schlanke, dunkelhaarige Frau. Im ersten Moment zucke ich zusammen, weil sie Lydia so ähnlich sieht. Aber dann wäre mir ihre Stimme vertraut vorgekommen. Beim zweiten Hinschauen sind leichte Wellen in ihrem Haar zu erkennen, das dunkelbraun ist, fast schwarz. Ihre Gesichtszüge sind mir fremd, ihre Augen bernsteinfarben, ganz anders als der Zartbitter-Ton bei Lydia. Das Gesicht der Fremden ist ein wenig voller, ihre ganze Statur größer, aber nicht weniger schön. Ein bisschen zu perfekt; sie muss ebenfalls ein Vampir sein, mit ihrer makellosen Haut und den roten Lippen. Ein Hauch von Lemongrass und Jasmin weht mich an.

Geduldig wartet die Frau mein Mustern ihrer Person ab. »Fertig?«, fragt sie schließlich mit einem Lächeln.

»Entschuldige mal«, gifte ich sie an, »aber es kommt nicht alle Tage vor, dass mich Vampire aussaugen und in einen Keller sperren. Noch ein neues Gesicht, das überfordert mich gerade ein bisschen.«

Ihr Lächeln wird breiter und in ihren Augen blitzt Humor. »Verstehe. Möchtest du wissen, warum ich hier bin?«

»Ja, bitte«, sage ich wütend, immer noch empört über die Leichtigkeit, mit der sie meine Gefangenschaft hinnimmt.

»Mein Plan ist, dich hier rauszuholen. Selbstverständlich weiß Raoul nichts davon.«

»Okay? Was erwartest du als Gegenleistung?«

»Auch wenn du es mir wahrscheinlich nicht glaubst: Nichts, außer deine Verschwiegenheit.«

»Warum?«

»Weil ich meine eigenen Ziele verfolge. Aber bevor wir reden, solltest du erst einmal etwas trinken.« Sie reicht mir eine große Plastikflasche.

»Traubensaftschorle?«

»Du hast Blut verloren, oder nicht?«

»Ja, an Raoul«, entgegne ich zähneknirschend. Dann durchfährt mich ein heißer Schreck und meine Stimme überschlägt sich fast: »Werde ich jetzt zum Vampir?«

Die Fremde beruhigt mich. »Nein, nicht, wenn er dir nichts von seinem Blut gegeben hat. Selbst dadurch wirst du noch nicht automatisch zum Vampir. Dafür braucht es ein Ritual.«

»Ein Ritual?«

»Er muss dich fast leer trinken, bis du an die Schwelle des Todes gelangst. Dann muss er dir sein Blut einflößen, kurz nachdem dein Herz aufgehört hat zu schlagen. Das funktioniert auch, wenn du aus einem anderen Grund viel Blut verloren hast, zum Beispiel durch eine Verletzung.«

Too much information. Diese Details tragen nicht gerade zu meiner Beruhigung bei. Aber wenigstens kann ich darauf vertrauen, dass ich voll und ganz ein Mensch bin und nicht plötzlich Lust bekommen werde, andere zu beißen. Als Vegetarierin auch noch. »Kann ich ihn daran hindern?«

»Nur, indem du von hier verschwindest. Aber wir reden später. Erst musst du trinken, sonst kippst du mir noch um.«

Sie schiebt mir ungeduldig die Flasche entgegen. Als ich danach greifen will, rutscht sie mir beinahe weg, so zittrig ist meine Hand.

»Komm. Setz dich. Ein wenig Zeit haben wir.«

Sie bugsiert mich zu einer umgedrehten Kiste, die in der Kellerecke steht. Mit weichen Knien sinke ich darauf nieder und staune über die Schwere in meinem Körper. Das Stehen, wenn auch nur für eine kurze Zeit, hat mich sehr viel Kraft gekostet. Im trüben Schein der Lampe schaue ich mich in dem kleinen, kargen Raum um. Nichts, außer Spinnweben. Die Mistkerle haben mir meine ganzen Sachen abgenommen.

Ich schraube den Deckel ab und nehme einen tiefen Schluck aus der Plastikflasche. Kalte, prickelnde Flüssigkeit rinnt durch meinen Hals, ein wenig unangenehm wegen der Kohlensäure, aber das kümmert mich nicht. Ich trinke und trinke und vergesse beinahe alles um mich herum.

Beim Absetzen ist die Flasche leer. »1,5 Liter«, murmle ich. »Das ist ganz schön viel auf einmal.«

»Raoul hat dir auch ganz schön viel Blut genommen. Vielleicht wollte er, dass du wacklig auf den Beinen bist. Hier.« Die Fremde reicht mir einen Schokoriegel, den ich gierig verschlinge.

»Wie spät ist es eigentlich?«

»16 Uhr.«

»Die haben mich einen ganzen Tag ohne Essen und Trinken eingesperrt.«

»Gut möglich. Brauchst du eine Toilette?«

»Jetzt gleich wahrscheinlich schon.«

Sie schmunzelt und ich erwidere ihr Lächeln. »Wer bist du, und warum möchtest du gegen Raoul arbeiten? Gehörst du zu Lydias Clan?«

Um ihren Mund zeigt sich ein bitterer Zug. »Mit dieser Mörderin habe ich ganz bestimmt nichts zu schaffen, und auch nicht mit diesem selbstgerechten Haufen. Sie haben meinen Wolodja umgebracht.«

»Du bist Sara!«

Der Schock, ausgerechnet ihr zu begegnen, muss deutlich auf meinem Gesicht erkennbar sein. Ihre Miene wird sanfter. Die Traurigkeit in ihren Augen berührt mich tief.

»Raoul hat ein Abkommen mit mir geschlossen, dass er und seine Leute mir bei meiner Rache helfen. Er hat mich gefunden und mir die Dunkle Gabe gegeben, weil ich an jenem Tag soeben die Schwelle des Todes überschritten hatte. Aber danach hat er mein Anliegen immer wieder verschoben. Ständig hatten andere Dinge Priorität. Mein Vertrauen in ihn ist dahin. Ich glaube, ich kam ihm gerade recht, um seine Reihen aufzufüllen.«

»Was hast du mit mir vor?«

»Wahrscheinlich möchtest du kein Vampir werden und auch kein Spielzeug für Vampire, oder?«

»Nein. Aber bin ich denn irgendwo vor ihnen sicher?«

»Warte kurz.« Sara schließt die Augen und lauscht. Als sie sie wieder öffnet, erkenne ich Bestürzung in ihrem Blick.

»Sie sind auf dem Weg hierher. Für heute ist es zu spät, um zu fliehen. Lass dir nichts anmerken, wenn sie gleich reinkommen.«

»Bleibst du hier?«

»Ja. Es gibt keinen Grund, warum ich nicht nach dir sehen sollte. Aber bitte verrate mich nicht.«

»Versprochen. Du bist mir deutlich sympathischer als der ganze Haufen zusammen.«

Außer Lydia. Wie wird Sara reagieren, wenn Raoul mich auf dieses Thema anspricht und sie begreift, was mir ihre Feindin bedeutet?

Raoul und sein Kumpan kommen die Kellertreppe heruntergepoltert. »Du hast dich um sie gekümmert? Bestens. Jetzt geh, wir haben mit ihr zu reden.«

Vom Regen in die Traufe. Saras Zorn wäre mir deutlich lieber gewesen, als mit diesen beiden Kerlen alleine zu sein. Sie wirft mir einen ratlosen Blick zu und deutet mit ihren Händen ein Daumendrücken an. Dann verlässt sie den Keller.

Der Bankertyp geht hinter ihr die Treppe rauf und kehrt kurze Zeit später mit einem flachen, rechteckigen Paket zurück, das er an der Wand neben mir abstellt. Meine Augen weiten sich. Könnte es sein ...? »Was in aller Welt habt ihr damit vor?«

»Warte es ab.« Raouls Lächeln ist alles andere als vertrauenerweckend. Es bietet mir volle Sicht auf seine Eckzähne, eine offene Drohung und eine Erinnerung daran, dass er mich ganz in der Hand hat.

»Ich habe Hunger«, sage ich und schaue ihm direkt in seine stahlgrauen Augen.

Seine Mundwinkel zucken. Einen Sinn für Situationskomik hat er, das muss ich ihm lassen. Dann überrascht er mich: »Käsestange?«, fragt er.

»Ja, bitte.« Mein Magen knurrt laut, wie um meine Worte zu unterstreichen.

Der Bankertyp wirft mir eine zerknautschte Brötchentüte vor die Füße. Gierig greife ich hinein und fördere eine nicht minder zerknautschte Käsestange zutage, deren Duft mir wie das Köstlichste der Welt vorkommt.

»Iss. Wir sind gleich zurück.« Zu meiner Erleichterung lassen sie die Kellertür offen; wahrscheinlich, um mir zu zeigen, dass sie mich nicht als eine ernstzunehmende Gegnerin ansehen.

In diesem Moment ist mir alles egal. Im Rekordtempo schlinge ich das Essen hinunter und bin danach immer noch hungrig, aber mein Magen protestiert nicht mehr ganz so stark. Meine Knie sind jetzt etwas stabiler, von daher wage ich es, aufzustehen und mich dem eingewickelten Bild zu nähern. Mit ziemlicher Sicherheit handelt es sich um ›Die Frau in Schwarz‹. Aber was haben sie bloß damit vor?

Meine Finger streichen über den oberen Rand des Pakets. Jener Morgen vor zwei Tagen, an dem die Spedition bei mir klingelte, erscheint mir ewig weit weg.

»Nichts ist, wie es scheint.« In der Tat. Wolodjas Freundin ist nicht tot und nicht entführt, sie wurde in einen Vampir verwandelt und plant ihre Rache am Clan. Ich werde Raoul und seinem Kumpan kein Sterbenswörtchen davon verraten, aber ich habe den Wunsch, irgendwann mit Lydia darüber zu sprechen. Für mich ist es wichtig zu erfahren, wie viele ihrer Art sie schon auf dem Gewissen hat, und wie viele Menschen. Ich kann sie nicht lieben, wenn ich nicht weiß, wer sie ist.

Was denke ich da? Lieben? Ist es schon so weit mit mir gekommen? Mit einem Mal überfällt mich die bisher verdrängte Sorge um sie. Wenn ihr das Handy abgenommen wurde, muss Raoul sie in seiner Gewalt haben.

Bedrückt schaue ich den beiden Vampiren entgegen, als sie den Keller betreten. Was sie in ihren Händen haben, trägt nicht zu meiner Beruhigung bei: Benzinkanister, Flammenwerfer und Feuerlöscher.

Es kostet mich einiges an Selbstbeherrschung, zu schweigen und sie grimmig anzustarren. Sie sollen sich nicht an meiner Angst weiden.

Raoul zückt einen Cutter und beginnt die Verpackung wegzuschneiden. Und, tatsächlich, darunter kommt Wolodjas Bild zum Vorschein. Der schlichte schwarze Rahmen betont die Schönheit von Lydias Porträt: den Glanz in ihren dunklen Augen, den Kontrast zwischen dem Schwarz, dem Grau und dem Weiß ihrer Kleidung und ihrem leuchtend roten Mund und der cremefarbenen Haut, die

Coolness der Pose, in der sie dasteht, als könne nichts und niemand ihr Schaden zufügen.

Aus Eifersucht habe ich mir verboten, meiner Leidenschaft für sie nachzugeben. Ihr Porträt habe ich versteckt gehalten, anstatt es anzusehen. Jetzt könnte es zu spät sein.

Raoul mustert mich mit wissendem Blick. »Du bist ihr vollkommen verfallen«, stellt er fest.

Bin ich das, beschreibt dieses Wort, was zwischen uns ist?

»Wusstest du, dass unsere Kunst diese Wirkung auf einen Menschen haben kann?«, fragt der Vampir. Ich antworte nicht und blicke ihn auffordernd an, bis er fortfährt: »Sie kann solche starken Gefühle auslösen, dass dieser Mensch mit der abgebildeten Person für immer verbunden bleibt.«

»Egal, ob es sich um einen Menschen oder Vampir handelt?«

»Nein, es muss ein Vampir sein. Nur dann tritt der Zauber in Kraft.«

Raoul nickt seinem Kumpan zu, der sich bis dahin im Hintergrund gehalten hat. Der hebt den Benzinkanister an und mir ist klar, was jetzt kommt. »Nein! Ihr dürft es nicht zerstören!« Mit einem verzweifelten Aufschrei werfe ich mich vor das Bild und umklammere es mit beiden Armen.

»Interessant«, kommentiert Raoul trocken und zerrt mich mühelos beiseite. Der Bankertyp gießt Benzin über den Rahmen und die Leinwand. Dann richtet er den Flammenwerfer darauf und tritt ein paar Schritte zurück.

Brüllend und schluchzend ringe ich mit Raouls eisernem Griff und muss hilflos dabei zusehen, wie Lydias Gesicht im Feuer auflodert und ihre ganze Gestalt schmilzt, bis am Ende nichts mehr übrig ist als ein paar Flocken Asche. Es ist vorbei. Der Bankertyp nimmt den Feuerlöscher und bedeckt die Glut mit weißem Schaum.

»Was habt ihr getan«, flüstere ich heiser. So außer mir war ich selten in meinem Leben. Dabei war es nur der Tod eines Kunstwerks, den sie mich gezwungen haben mitanzusehen. Was heißt ›nur‹, allein schon für mein Künstlerherz ist dies unerträglich. Das Grausamste ist aber, dass es sich anfühlt wie eine Hinrichtung, als hätten sie gerade Lydia zu Asche verbrannt und nicht nur ihr Bild. Vor Kummer weiß ich nicht wohin mit mir.

Raoul lässt mich ohne Vorwarnung zu Boden plumpsen wie einen nassen Sack. Sein Gesicht und seine Hände sind von blutigen Kratzern übersät, die sich vor meinen Augen zu schließen beginnen. Unter meinen Fingernägeln klebt sein Blut. Bei dem Anblick muss ich würgen.

Als ich mich zitternd auf dem Boden zusammenkauere, hockt er sich vor mich, hebt mein Kinn an und zwingt mich auf diese Weise, ihm in die Augen zu schauen.

»Das war nur der Anfang«, sagt er. »Wenn sie kommt, um nach dir zu suchen, wirst du das echte Schauspiel sehen können. Das ist ein Versprechen.«

Mit diesen Worten verlassen sie den Kellerraum. Die Hände vor die Augen gepresst, höre ich zu, wie sie die Tür abschließen und ihre Schritte leiser werden, bis sie verklingen. Sie haben mich im Dunkeln eingesperrt, allein mit der Asche von Lydias Porträt. Mein einziger Trost ist, dass die echte Lydia in Sicherheit ist. Aber wie lange noch?

Raue Hände schütteln mich wach und reißen mich aus einem unruhigen Schlaf. Ich blicke in Raouls hageres Gesicht. In seinen stahlgrauen Augen glüht ein unheiliges Feuer. Vom dem Bankertypen ist keine Spur zu sehen. Auch Sara ist nicht da. Wir sind alleine. Eine alles andere als beruhigende Feststellung. Ohne Umschweife packt der Vampir mich und bohrt seine Zähne in meinen Hals. Diesmal trinkt er lange, so lange, bis mir schwindlig wird und meine Ohren rauschen.

»Na ja, umbringen will ich dich mal nicht«, raunt er und lässt von mir ab.

Wie freundlich von ihm. Ich schlage nach ihm, aber mein Arm ist unendlich träge. Schwarze Schleier wabern vor meinen Augen. Mitten in der Schwärze sehe ich Lydia und ihren Wikinger vor mir, eng umschlungen. Ich stelle mir vor, bei ihnen zu liegen und Lydia tief zu küssen, während sich ihre Brüste gegen meine pressen; wie sie aufkeucht und ihre Hüften zucken, als der Wikinger von hinten in sie eindringt. Ich möchte mein Gesicht an ihrem Bauch vergraben und mich abwärts küssen, bis meine Zunge ihre geschwollene Perle berührt, an ihr saugen, bis sie kommt.

Aber die Ohnmacht, auf die ich zusteuere, ist stärker als meine Erregung. Lydias Gesicht verblasst vor meinen Augen und die Finsternis schluckt mich ganz.

12

Ausgetrickst

Lydia

»Er hat es erstaunlich schnell geschafft, in einen stabilen Zustand zu kommen.« Miro schaut mich ernst und suchend aus seinen dunklen Augen an, während er sich die Hände wäscht und anschließend die Latexhandschuhe abstreift. Er ist in seinen Dreißigern zum Vampir geworden, ein großer, hagerer Mann mit Brille und goldbraunem Haar, von Grau durchsetzt. Sein weißer Arztkittel ist blutbefleckt, nachdem er die restlichen Scherben aus Henrys Körper entfernt und die Wunden genäht hat. Als einziger Vampir aus dem Clan hat Miro ein Universitätsstudium beendet. Nach einigen Jahren Schichtarbeit im Krankenhaus musste er kündigen, weil ihn die ständige Konfrontation mit blutüberströmten Menschen überforderte. Unser Arzt ist bestens qualifiziert, seinen Clanführer zusammenzuflicken und anschließend seine Fortschritte zu überwachen.

»Ich habe ihm mein Blut gegeben«, entgegne ich auf die unausgesprochene Frage.

»Das habe ich mir gedacht. Aber selbst damit, die wussten, was sie taten. Die eine Scherbe steckte genau in seinem Herzen. Nachdem er von dir getrunken hatte, muss sie abgestoßen worden sein. Das Gift wurde ausgeschwemmt, der Schnitt konnte sich schließen. Sonst wäre Henry trotz all meiner Bemühungen verblutet.«

»Er ist ein Kämpfer.«

»Sein Glück.«

»Kann ich irgendetwas tun, damit es ihm besser geht?«

»Im Moment braucht er nichts als Ruhe. Hier bei mir ist er in Sicherheit. Für ein paar Minuten lasse ich euch allein, aber falls er jetzt schon aufwacht, redet nicht zu viel. Er muss heilen.«

Mit diesen Worten verlässt er den Container und schließt die Tür hinter sich.

Miro hat zu meiner Erleichterung den Verlust meiner Position mit keiner Silbe erwähnt. Aber es ist nicht nur mein schlechtes Gewissen, das sich anfühlt, als würde eine große Faust mein Herz zusammenquetschen. Es ist das, was ich für Henry empfinde, und was ich ihm nicht gesagt habe, als ich die Gelegenheit dazu hatte.

Natürlich wird er aufwachen, ich weiß es. Miro geht davon aus, dass er sich vollständig erholen wird. Aber wer vermag zu sagen, wie es dann zwischen uns sein wird?

Sachte fahre ich mit der Hand über sein Gesicht, berühre seine Wange, seinen Mund, so, wie ich es gemacht habe, als wir uns geküsst haben. Seine Lippen bewegen sich, seine Lider zucken, aber er öffnet die Augen nicht. Meine Sehnsucht, seine Stimme zu hören, von seinen Armen umschlossen zu werden, wird riesig groß. Ein Beben geht durch meinen ganzen Körper.

»Lydia.« Sein Flüstern ist nur ein Hauch. Hat er wirklich meinen Namen gesagt, oder hat mich mein Wunsch getäuscht?

Seine Augenlider flattern und öffnen sich. Das Weiße ist blutunterlaufen, aber die Iriden leuchten hell und klar. Unglaublich, aber ein Funke von Humor blitzt in seinen Augen auf und ein schwaches Lächeln spielt um seinen Mund.

Henry streckt einen zittrigen Arm aus und wischt mir mit dem Daumen die Bluttränen fort. Dann führt er die Hand an seinen Mund und leckt die roten Tropfen auf, während sein Blick auf mein Gesicht gerichtet bleibt. »Du schmeckst himmlisch.«

Seine Stimme klingt rau, kratzig nach der langen Ohnmacht, aber es schwingt auch etwas anderes darin mit.

»Du bist im Delirium.«

»Nein, nur etwas müde, nachdem man mich in kleine Scheiben geschnitten hat.«

»Das tut mir unendlich leid. Henry, ich ...«

»Wir sollen nur das Nötigste reden. Ärztliche Anweisung.«

Ich mustere ihn aus zusammengekniffenen Augen.

Sein Lächeln wird breiter. »Mach dir mal keine Gedanken, Lydia. Mir ist vollkommen klar, wonach sie gesucht haben. Es hat nichts mit dir oder deinen Handlungen zu tun.«

Details interessieren mich gerade überhaupt nicht. »Ich liebe dich«, platzt es aus mir heraus. »Ich habe so gehofft, dir das noch sagen zu können. Mir war unendlich bange ums Herz, als ...«

»Ich weiß, und wusste es vorher auch schon.« Henry zieht meine Hand, die er nicht losgelassen hat, erneut zu sich heran und drückt einen Kuss auf die Innenfläche. Seine Zungenspitze berührt flüchtig meine Haut. Er weiß genau, was er da tut. Das Kribbeln beginnt in meinen Zehenspitzen und setzt sich durch meinen ganzen Körper fort. »Wir werden Zeit zum Reden finden. Und für andere Dinge.«

Hoffentlich. So sicher wie er bin ich mir da nicht. Durchgedrehte Abtrünnige, geldgierige Forscher, Verräter in den eigenen Reihen, ganz zu schweigen von meiner bevorstehenden Hinrichtung … mir ist nicht klar, wie das alles ausgehen wird.

Ich beuge mich zu Henry und küsse ihn auf die Stirn, ein liebevoller, keuscher Kuss. »Heile du erst mal.«

»Und du pass auf dich auf, wenn du sie zu beschützen versuchst.«

»Du kennst mich einfach zu gut. Es ist verstörend.«

»Du genießt es.«

»*Giusto*.« Trunken von der Nähe zwischen uns möchte ich mehr, viel mehr. »Werd schnell gesund.« Zärtlich küsse ich ihn auf beide Wangen und wende mich zum Gehen. Leicht könnten meine Gefühle mich sonst verleiten, ihn fester an mich zu drücken, als gut für ihn wäre.

Miro wohnt und arbeitet in einem großen Container am Westhafen, der so gut versteckt ist, dass selbst Raouls Leute ihn nicht finden werden. Es war Henrys Idee, dass unser Arzt sich nicht im Hauptquartier aufhält, das leicht zur Zielscheibe für Angriffe werden kann, sondern an einem anderen sicheren Ort. Damit wir uns nicht allein auf die Hafenarbeiter verlassen müssen, die wir bestochen haben, gibt es eine Handvoll Jäger, die rund um die Uhr darauf achten, dass dieser Container nicht versehentlich verladen wird und dass sich niemand unbefugt nähert.

Draußen liegt überall Schnee, ein seltener Anblick in Berlin. Seit dem frühen Morgen hat es nicht mehr aufgehört zu schneien. Jetzt, am späten Nachmittag, scheint die Sonne auf die glitzernden Flächen.

»Weiß Damian von deinem Versteck?«, frage ich Miro, der vor dem Container auf mich gewartet hat.

»Nein. Außer Henry kennen es nur du und Pat, und meine Wachen. Bei allen anderen, die ich hier behandle, lösche ich diesen Ort aus dem Gedächtnis.«

»Gut. Wenn du irgendeine Gefahr vermutest, möchte ich, dass du Henry in ein Krankenhaus bringst.«

»Ein Menschen-Krankenhaus? Bist du sicher?«

»Es gibt unendlich viele Krankenhäuser in dieser Stadt. Bis Raoul und seine Leute die alle durchsucht haben, ist er wieder fit.«

»Na gut. Ich werde sehen, wen ich ansprechen kann.«

Ein wenig beruhigt mich das. Wenn jemand einen sicheren Ort für Henry finden kann, dann Miro. Er verfügt über mehr Kontakte in dieser Stadt als wir alle zusammen, ausgenommen vielleicht Raoul. Aber der zählt nicht.

In der Regionalbahn nach Pinnow nehme ich einen Notizblock aus meiner Tasche und schreibe auf:

1. Wird Sophie dort sein, oder hat Raoul sie verschwinden lassen?
2. Sind Sophies Freundinnen OK? Was wissen sie?
3. Wo befinden sich Sara und die restlichen Abtrünnigen?

Die beiden ersten Punkte lassen sich in etwa einer Stunde überprüfen. Bei dem dritten bin ich vollkommen ratlos, brauche aber dieses Wissen, um zu entscheiden, was zu tun ist. Die Abtrünnigen sind richtig gut darin, ihre Spuren zu verwischen. Bisher hat noch niemand von uns herausgefunden, wo sie sich verstecken.

Pensa, Lidia!

Raoul oder ein anderer von ihnen muss schon zur Stelle gewesen sein, als ich Sophies Wohnung mitten in der Nacht aufgesucht habe.

Sonst hätten sie nicht gewusst, dass uns mehr verbindet als nur eine flüchtige Begegnung. Sie wollten den Clan erpressen, indem sie mich unter Druck setzen. Aus irgendeinem Grund ist ihr Plan nicht aufgegangen. Dann haben sie nachgelegt und das Hauptquartier angegriffen.

Damian. Er muss etwas wissen, das ich nicht weiß. Da sind die Dokumente, von denen Henry gesprochen hat. Auch mein Clanführer verschweigt mir etwas, aber ihn an seinem Krankenbett zu bedrängen kam mir nicht in den Sinn. Erst einmal muss ich Sophie finden. Alles Weitere ergibt sich dann hoffentlich.

Durch das Fenster der Bahn bewundere ich den spektakulären Sonnenuntergang. Bald kommt die Dämmerung und mit ihr die Freiheit, zu gehen, wohin ich will, ohne Sorge, dass der sparsam aufgetragene Sunblocker mich nicht schützen wird. Da ich keine Jägerin mehr bin, ist mir auch der Zugang zu den Vorräten des Clans verwehrt.

Die Lichter der Stadt weichen nach und nach der spärlichen Beleuchtung an den Bahnhöfen der Peripherie. Ein wenig beklommen denke ich an den Förster und die Wölfe. Dort draußen ist es für meinesgleichen viel schwerer, sich zu verstecken, als inmitten der Stadt. Die Menschen kennen einander und beobachten alle Fremden aufmerksam.

Vom Bahnhof bis zur Dorfkirche ist es ein Fußweg von etwa zehn Minuten. Die kleine Pinnower Backsteinkirche mit dem mächtigen Turm hebt sich dunkel vom Schnee ab. Aus den Fenstern dringt Licht, Orgelklänge ertönen und darüber das warme Singen eines Cellos. Ein Konzert? Ein Gottesdienst?

Die Gänsehaut auf meinen Armen erinnert mich, dass ich dieses Gebäude nicht ohne ausdrückliche Einladung betreten kann. Etwas Vorsicht ist hier angebracht.

»Kommen Sie gerne herein, es sind noch Plätze frei.« Eine Frau steht an der geöffneten Tür und winkt mir zu. Unter ihrer weißen Wollmütze quillt eine Flut goldblonder Locken hervor, sie hat warme braune Augen und ein herzliches Lächeln. Ihren Akzent kann ich nicht ganz einordnen. Englisch? Skandinavisch?

»Vielen Dank.« Schritt für Schritt nähere ich mich der Kirchentür. Es bringt uns nicht direkt um, einen geweihten Raum zu betreten, aber es kann starke Beklemmungen und Angst erzeugen, die so überwältigend werden können, dass wir gleich wieder gehen. Die freundliche Einladung sollte mich davon befreit haben, aber ganz sicher bin ich mir nicht.

Die Frau reicht mir ein Programmheft. Mit weichen Knien taste ich mich vor bis zur hintersten Bankreihe, wo zum Glück noch ein Platz frei ist, und lasse mich erleichtert auf die sehr harte Sitzfläche sinken.

Hier in der Kirche kann ich Sophie nicht entdecken. Wahrscheinlich ist sie bei ihren Freundinnen.

Die Musik berührt mich tief. Sie stammt nicht aus meiner Zeit, sondern aus dem Hochbarock. Zugleich schwermütiger und leichter als die Madrigale und Motetten, die einst in Florenz aufgeführt wurden. Gesang ist hier nicht dabei, aber die Instrumente werden meisterlich gespielt. Für mich klingt es, als sänge das Cello mit menschlicher Stimme, die Orgel als ein feierlicher Chor darunter.

Für die nächste Stunde überlasse ich mich den Klängen, die mich überfluten. Sie erzeugen ein eigenartiges Gefühl von Geborgenheit in mir. Zugleich winde ich mich unruhig auf meinem Sitzplatz, denn die Zeit läuft mir weg.

Der Applaus am Ende ist frenetisch. Nach zwei Zugaben klatschen die Leute im Stehen. Am Ausgang werfen sie eifrig Geld in die Körbe, die ihnen entgegengehalten werden.

Ganz unten in meiner Jackentasche finde ich einen zerknitterten Fünfer und lege ihn ein wenig verschämt dazu. Die Frau mit den blonden Locken strahlt mich an. »Hat es Ihnen gefallen?«

»Ja, sehr. Ich liebe Vivaldi.«

»Das freut mich. Wie schön, dass Sie den Weg hierher gefunden haben. Bleiben Sie noch zum Kaffee?«

»Ähm … ja, warum nicht.«

Als ich mir draußen vor der Kirche die Hände an meinem Kaffeebecher wärme, so wie die vielen fröhlichen Konzertgäste um mich herum, kommt eine junge blonde Frau schnurstracks auf mich zu und mustert mich mit gerunzelter Stirn. Katrina. »Du bist Lydia, oder?«

Meine Augen weiten sich. Erstaunlich. Katrina hat ohne mein Zutun die Gedächtnissperre überwunden. »Ja, die bin ich. Es geht um Sophie.«

»Was hast du ihr angetan?« Sie wirkt, als wolle sie sich gleich auf mich stürzen.

Abwehrend strecke ich ihr meine Hände entgegen. »Nichts. Sie ist nicht bei euch?«

»Nein, verdammt!« Katrina klingt verzweifelt. »Wir haben zusammen mit ihrer Schwester eine Vermisstenanzeige aufgegeben, wir haben überall Plakate aufgehängt, aber bisher nichts. Wir hoffen, dass die Polizei etwas herausfindet.«

Mein Mut sinkt. Wenn die Abtrünnigen sie haben, ist das sehr unwahrscheinlich.

»Bitte, Katrina. Lass uns irgendwo ungestört reden. Wo ist deine Frau?«

»Der geht es nicht gut.« Die Abwehr in ihrem Blick ist eindeutig.

»Ich brauche eure Hilfe. Wenn ich Sophie nicht bald finde, kann es zu spät sein.«

Katrina ringt sichtlich mit sich. Dann verzieht sie das Gesicht, als hätte sie in eine saure Zitrone gebissen. »Also gut. Komm mit. Aber wehe, du versuchst irgendwas mit uns. Dann bringe ich dich um.«

»Du weißt, was ich bin?«

»Ja, leider. Und es passt mir überhaupt nicht, dass du hier bist.«

In diesem Moment tritt die Frau mit den Engelslocken zu uns. Sie wirkt besorgt. »Ist alles in Ordnung?«

»Ja, Cassandra. Wir gehen in die Küche, okay? Manu hat jetzt wahrscheinlich genug geschlafen, und Lydia hier hat wichtige Informationen für uns.«

»Ich komme nach. Harald wird auch bald von seiner Sondersitzung zurückkommen.« Cassandra wirft mir einen skeptischen Blick zu.

»Komm. Ich möchte nicht den ganzen Abend damit verbringen«, sagt Katrina zu mir. Ihre Stimme klingt feindselig, ihre blauen Augen sind kalt.

Ich ersticke den Impuls, mich zu rechtfertigen, und folge ihr schweigend. Unsere Schritte knirschen auf gefrorenem Schnee.

Als ob Katrina spürt, über was ich vorhin nachgedacht habe, sagt sie: »Es gibt hier einen einsamen Wolf, der kommt bis ran ans Dorf und durchwühlt den Müll. Bisher ist nie irgendetwas passiert, aber wir müssen trotzdem vorsichtig sein. Auch wegen anderer Jäger.«

Sie wartet auf eine Reaktion von mir. Schließlich, als nichts kommt, wendet sie den Blick ab.

Der Weg zum Haus ist nicht weit, aber es ist stockdunkel. Nur wenige Laternen beleuchten das Dorf am Abend. Die Familie scheint etwas außerhalb zu wohnen. Ein großes, schönes Bauernhaus taucht aus dem Dunkeln vor uns auf.

»Bellissima!«, entfährt es mir. Die beleuchtete Terrasse, die Tannengirlanden, die noch von Weihnachten hängen, die Lichterketten an den Fenstern, das alles wirkt anheimelnd und gibt mir kurioserweise Sicherheit, mir, dem Raubtier.

Die Küche ist vollkommen chaotisch. Ich fühle mich auf Anhieb wohl in diesem Raum, in dem Menschen leben und Dinge gemeinsam tun. Ähnlich wie in Sophies WG, aber mit dreimal so viel Platz.

Katrina streckt die Hand nach meinen Kaffeebecher aus, den ich immer noch umklammert halte. »Gib her, der ist inzwischen bestimmt kalt.«

Sie schüttet den Inhalt des Bechers in das Spülbecken. Dann schaltet sie die Kaffeemaschine an und kocht neuen Kaffee. Von der Menge des Kaffeepulvers her zu urteilen, die sie in den Filter schüttet, wird das ein Gebräu, das Tote aufwecken kann.

Bald darauf wird die Tür aufgestoßen und eine zerzauste und schläfrig aussehende Manu betritt den Raum. Bestürzt nehme ich die violetten Schatten unter ihren Augen wahr, und ihren fiebrigen Blick. »Was ist passiert?«

»Das fragst du, von allen Leuten? Dieser Kerl hat sie in die Mangel genommen und wollte von uns wissen, wo Sophie ist!« Katrinas Augen sprühen förmlich Funken, so wütend ist sie.

Manu setzt sich an den Tisch und schaut zwischen uns hin und her. »Worum geht es? Was sollte sie mit Sophies Verschwinden zu tun haben?«

»Das ist Lydia. Sie hat mit allem etwas zu tun. Sie möchte uns Informationen geben, die uns vielleicht helfen. Sonst hätte ich sie hier nicht reingelassen.«

»Du bist eine von ihnen?«, möchte Manu wissen.

Sie wirkt müde und fahrig. Als sie einen Schluck Kaffee nimmt, rutschen ihre Haare beiseite und entblößen zwei geschwollene Wundmale an ihrem Hals.

»Darf ich sehen?«

Katrina schlägt meine ausgestreckte Hand beiseite, aber Manu schüttelt leicht den Kopf. »Lass sie. Schlimmer kann sie es auch nicht machen.«

Vorsichtig berühre ich ihre Wunden und sie zuckt zusammen. Die Haut fühlt sich heiß an, die Wundränder sind verfärbt. »Die sind übel entzündet. Habt ihr sie desinfiziert?«

Katrinas Blick sagt: Für wie blöd hältst du uns? »Natürlich, sofort, nachdem er weg war. Hat aber nichts genützt.«

»*Che palle*! Welcher von ihnen war es?«

»Wir kennen die Kerle nicht persönlich.«

»Der Große, Schlaksige mit den langen Haaren oder der Kleinere, der aussieht wie ein Rechtsanwalt?«

»Der Banker … der Rechtsanwalt.«

»Porca miseria!« Meine Hände ballen sich zu Fäusten. »Er könnte dir Gift verabreicht haben. Das wäre schlecht.«

»Vampirgift?«, fragt mich Manu, die Augen vor Entsetzen weit aufgerissen.

»Nein, das ist einer von diesen Mythen. Wir haben kein Gift, wir sind doch keine Schlangen. Irgendein Zeug aus den Vorräten des Clans. Ich kenne jemanden, der helfen kann. Aber erst müssen wir über Sophie sprechen. Okay?«

Beide nicken, obwohl Katrinas Augen immer noch voller Misstrauen sind. »Warum hat er das getan?«, fragt sie mich.

Zweifelnd zucke ich die Achseln. »Weil er das Blut wollte? Oder um Manu zu seinem Werkzeug zu machen? Keine Ahnung. Es hängt von der Art des Giftes ab.«

Manu starrt mich erschrocken an. »Werde ich zu einem Vampir?«

»Nein. Das kann kein Gift dieser Welt.«

Beide stoßen ihren angehaltenen Atem aus. Um sie nicht noch mehr zu verunsichern, behalte ich mein weiteres Wissen zu diesem Thema für mich. Es gibt sehr wohl Gifte, die einen Menschen in einen Zombie oder Schlimmeres verwandeln können.

Beim Nachdenken ziehe ich eine Grimasse, die meine Zähne entblößt. Die beiden Frauen weichen instinktiv zurück.

»Ihr seid vorsichtig. Das ist gut, traut niemals einem Vampir. Das wird euch am Leben halten. Also, Sophie wurde von diesen Kerlen entführt. Wenn sie jetzt nach ihr suchen, muss sie entkommen sein.«

»Was bedeutet dir Sophie?«, will Katrina wissen.

»Alles. Ich … ich wäre sehr unglücklich, wenn ihr etwas zustieße.«

»Seit wann ist sie dir so wichtig?«

»Seit wir uns zum ersten Mal begegnet sind.«

»Lass das«, protestiert Manu, als Katrina erneut den Mund öffnet. »Du siehst doch, dass sie es ernst meint. Warum sollte sie uns etwas vormachen. Wenn sie uns schaden wollte, hätte sie uns schon längst töten können.«

»Abgesehen davon, dass Sophie mir den Kopf abreißen würde, wenn euch durch mich ein Leid geschieht.«

»Also gut«, lenkt Katrina ein. »Du willst uns helfen. Was glaubst du, wohin sie Sophie verschleppt haben, und wo sie jetzt sein könnte?«

»Ich habe keine Ahnung. Meine einzige Chance ist, Sara dazu zu befragen.« Mit dem Blick befreie ich sie beide von der Gedächtnissperre.

»Sara lebt? Das wäre mal eine gute Nachricht!« Manus Augen leuchten.

»Sie ist ein Vampir«, bremse ich ihren Enthusiasmus. »Also nicht am Leben. Aber vielleicht lässt sich herausfinden, wo sie wohnt.«

Katrina fixiert mich mit schmalen Augen. »Du hast sie umgebracht, oder?«

Schweigend starre ich auf die Tischplatte. Meine Jobbeschreibung braucht sie jetzt nicht auch noch zu kennen.

Manu beendet unser stummes Kräftemessen. »Ihre alte Adresse müsste irgendwo in meinem Kalender stehen. Hilft dir das vielleicht?«

»Nun, auf jeden Fall ist es ein Anfang. Schreib sie mir gern auf.«

Es war kaum anders zu erwarten, aber einen Stich versetzt es mir dennoch, als ich in der kleinen Dachwohnung in Schöneberg eine komplett fremde Frau mit einem Baby auf der Hüfte antreffe.

Sie wirkt müde und grantig, wahrscheinlich ist von meinem Klingeln ihr Kind aufgewacht. »Sara? Nein, da kann ich Ihnen nicht weiterhelfen. Ich kenne meine Vormieterin nicht.« Damit schlägt sie mir die Tür vor der Nase zu.

Im selben Moment öffnet sich die Wohnungstür gegenüber und ein Herr mit einem verhutzelten Gesicht steckt seinen Kopf heraus. »Suchen Sie jemanden?«, fragt er mich.

Irgendwie kommt er mir bekannt vor mit seiner schäbigen Kleidung, den wachen Augen und dem ungepflegten Bart, aber es dauert einen Moment, bis bei mir der Groschen fällt: Es ist der alte Mann aus der S-Bahn, der mir neulich gesagt hat, Gefühle seien es wert, dass man sich an sie erinnert. Ich strahle ihn an, sorgsam darauf bedacht, meine Eckzähne zu verbergen. Zufälle gibt es nicht in meiner Welt.

Es muss einen Sinn haben, dass wir uns hier und jetzt begegnen. »Ja. Sara Ruhland.«

»Ah. Das Mädchen, das verschwunden ist. Kommen Sie doch rein, da kann ich Ihnen ein paar Worte zu sagen.«

Immer wieder staune ich, wie vertrauensvoll die Menschen in dieser Stadt sind. Als ob er nicht von Raubtieren umgeben wäre, menschlichen und anderen, begegnet dieser Mann mir, der Wölfin, offen und unbesorgt.

»Danke. Gern.« Ich folge ihm in seine vollgestopfte Bude, Regale mit Schallplatten und Büchern, so weit der Blick reicht, Bananenkisten, in denen wahrscheinlich noch mehr Schätze liegen.

Der Mann bietet mir einen Platz auf seinem alten, staubigen Sofa an und verschwindet dann in der Küche, um Tee zu kochen. Mein vampirisches Gehör registriert, dass er leise vor sich hin redet, aber mir fehlt die Energie, um mich darauf zu konzentrieren. Die Ereignisse der letzten Tage gehen sogar über meine Kräfte.

Mit einer dampfenden Kanne und zwei Tassen kommt der Mann herein und setzt sich zu mir. »Eugen Oswald. Mit wem habe ich die Ehre?«

»Mein Name ist Lydia Mazzoni, ich stelle Nachforschungen über Sara Ruhland an. Sie ist in einen Kriminalfall verwickelt.«

»Niemals! Sagen Sie mir bitte, warum Sie wirklich hier sind.«

Sein Gesicht verrät nichts als aufrichtiges Interesse. Ich zögere. Jetzt wissen schon mehrere Menschen von meiner Existenz. Wenn der Clan das herausfindet, werden sie alle mit mir brennen. »Sara hat eine Information, die ich unbedingt brauche.«

»Das ist immer noch nicht alles.«

»Nein. Glauben Sie an Übersinnliches?«

»Kommt darauf an.«

»Magie? Dämonen? Vampire?«

»Aber natürlich. Sie sind eine Jägerin, das habe ich schon beim ersten Mal gesehen.«

Überrascht suche ich nach irgendeinem Hinweis, der mir verrät, was er ist. »Sie sind kein Mensch?«

»Doch. Aber ich kannte einen Vampir.«

»Ah.«

»Ja. Deswegen lebe ich weit über meine Zeit. Er hat mir ab und zu ein wenig von seinem Blut gegeben. Nun ist er leider nicht mehr da.« Ein wehmütiger Ausdruck überschattet sein Gesicht.

»Hatte er etwas mit dem Krieg zwischen dem Clan und den Abtrünnigen zu tun?«

»Sie meinen, vor 50 Jahren?«

»Genau.«

»Nein. Er ist in die Wüste gegangen. Meinte, er hätte lange genug existiert.«

»Wie lange?«

»Tausend Jahre.«

Mir fällt die Kinnlade herunter. Einer von den Uralten. Den dürfte eigentlich auch die Wüstensonne nicht umbringen. Aber wer weiß. Wer so lange existiert hat, kennt vielleicht Mittel und Wege. Oder er liegt da unter dem Wüstensand und wartet, bis komplett andere Zeiten kommen.

Eugen Oswald lacht glucksend. »Was für ein Vergnügen, Ihresgleichen in Erstaunen zu versetzen! Nun sagen Sie schon, warum sind Sie hier?«

»Um Sara zu finden und von ihr zu erfahren, wohin meine Liebste verschleppt wurde.«

»Ah. Das ergibt Sinn. Also gut, ich sage Ihnen, wo sie wohnt. Versprechen Sie mir zuvor etwas?«

»Kommt darauf an.«

Eugen schmunzelt. »Bitte verraten Sie weder Raoul noch den Jägern des Clans, wo sie sich versteckt. Sie braucht diesen sicheren Ort für sich.«

»Versprochen.« Erleichtert lasse ich meinen Kopf an die Sofalehne sinken. Er hätte einen Liter Blut oder meine rechte Hand von mir fordern können, ich hätte ihm alles gegeben, um Sophie in Sicherheit zu wissen.

In diesem Moment klingelt es an der Tür.

»Erwarten Sie Besuch?« Argwöhnisch gleitet mein Blick über Eugens Gesicht, sucht nach Hinweisen, dass etwas nicht stimmt. Sein Puls beschleunigt sich leicht unter meiner Musterung.

»Das wird meine Nachbarin sein, ihr ist das Mehl ausgegangen und sie ist nicht gern im Dunkeln unterwegs.«

Sagen Sie ihr, dass sie später wiederkommen soll.

Eugen ist nicht anzumerken, ob der Blick bei ihm gewirkt hat oder nicht. »Wenn Sie mich bitte entschuldigen?« Er steht auf und geht zur Tür.

Einen Sekundenbruchteil später presse ich ihn gegen die Wand. »Sie werden nichts dergleichen tun.«

»Dann probieren wir doch einfach die andere Variante.« Nichts Vertrauensseliges ist jetzt mehr in seiner Miene. Die grauen Augen sind kalt wie Eis, als er sagt: »Raus aus meiner Wohnung.«

Eugen kann mich faktisch nicht hinauswerfen, das mit der Rücknahme der Einladung ist Fiktion. Aber er hat mich für einen Moment abgelenkt. Das genügt ihm, um sich aus meinem Griff zu winden und blitzschnell die Tür aufzureißen.

Draußen erwarten mich zwei Polizisten.

»Lydia Mazzoni?«, fragt einer von ihnen, ein Mann mit grauen Haaren und Schnurrbart. »Ist Ihnen ein Gemälde mit dem Titel ›Frau in Schwarz‹ bekannt?«

Che palle. Auch das noch. Mir reicht es jetzt. Ich hole aus und ramme dem Mann meine Faust in den Magen. Aber seltsam. Weiß Eugen denn nicht, wie stark Vampire sind?

13
Gebrochene Herzen

Sophie

Der Schlüssel dreht sich im Schloss und eine Frauenstimme fragt: »Wie geht es dir?«

Ich öffne vom Weinen geschwollene Augen und sehe Sara vor mir auf dem Boden knien, eine weitere Plastikflasche und ein paar Bananen und Schokoriegel in den Händen. »Komm, du musst dich stärken, bevor wir dieses lauschige Plätzchen verlassen.«

Verwirrt schaue ich sie an. »Du willst mich wirklich hier rausholen?«

»Was hast du gedacht? Oder möchtest du, dass Raoul dir die Dunkle Gabe gibt?«

»Nein, auf keinen Fall. Danke. Äh … aber erst mal muss ich wirklich aufs Klo.«

Sie lächelt. »Kein Problem, ich zeige dir, wo es ist.«

Während wir die Kellertreppe hinaufsteigen, versichert Sara mir: »Bewege dich ganz frei, wir sind allein. Die anderen sind unterwegs.«

Ich sage das Erste, das mir in den Sinn kommt: »Sie haben Wolodjas Bild verbrannt.«

»Ja, darüber haben sie gesprochen. Diese Lydia ist zwar ein Miststück, aber um das Porträt ist es wirklich schade. Es kommt mir vor wie Mord, so ein Kunstwerk zu zerstören. Vor allem, weil er nie wieder eins malen wird.«

Bei diesen Worten bricht ihre Stimme und ich greife nach ihrer Hand. Sie erwidert den sanften Druck meiner Finger. »Du malst auch, richtig? Du bist die Sophie, von der er manchmal erzählt hat.«

»Ja. Schade, dass wir uns nie begegnet sind, vorher.«

»Vor Wolodjas Tod? Bevor ich zum Vampir wurde? Ja, das stimmt. Wir hätten uns wahrscheinlich gut verstanden.«

»Ich würde dich gerne malen«, platzt es aus mir heraus. Sofort steigt mir die Röte ins Gesicht. Wie peinlich, angesichts der Gefahr, in der ich schwebe, an meine Kunst zu denken.

»Sobald wir die Gelegenheit haben, sehr gerne. Wolodja ist nie dazu gekommen.« Sara lächelt mich tapfer an und wischt sich die blutigen Tränen fort, die ihr über die Wangen laufen.

Der Impuls, sie in den Arm zu nehmen, ist stark, aber das erscheint mir unpassend. Wir kennen uns ja kaum. So drücke ich noch einmal ihre Hand und lasse sie dann los, als wir nacheinander durch die zweite Kellertür nach außen treten.

Oben angekommen bleibt mir der Mund offen stehen. Im Licht der Morgensonne sind diese Räume noch beeindruckender. Und ein völlig unerwarteter Anblick. »Das Atelier!«

»Ganz genau.«

Staunend lasse ich meinen Blick über die große Glasfront schweifen, den Kronleuchter, die Schienen und die Ketten, die dafür gedacht sind, schwere Skulpturen zu bewegen. Vertraut und doch fremd, nach meinem unfreiwilligen Aufenthalt im Keller.

»Wie kommt ihr ausgerechnet in den Keller des Ateliers?«

»Es war meine Idee«, gesteht Sara verlegen und entlockt mir damit ein Schmunzeln. »Ich hatte noch einen Schlüssel. Raoul fand es gut geeignet, um dich zu verstecken.«

»Hast du die Ausstellung gesehen?«

»Ja. Die habe ich mir eine Nacht später angeschaut. Deine Bilder sind sehr schön.«

»Danke.«

Nachdem ich endlich zur Toilette gegangen bin, verlassen wir in einvernehmlichem Schweigen das Atelier. Draußen im Garten streicht mir eine braun getigerte Katze um die Beine, die hier häufiger herumläuft. Ich streichle kurz über ihr weiches Fell und folge dann Sara, die auf einen roten Ford zugeht.

»Komm, steig ein. Hast du einen Ort, an den du gehen kannst?«

»Lass mich überlegen.« Die WG wird mir keinen Schutz bieten, dort sind Raouls Leute bereits gewesen, um das Bild zu stehlen. Manu und Katrina möchte ich auch nicht in Gefahr bringen, ebenso wenig wie Sylvie. Aber dann fällt mir jemand ein. »Leihst du mir dein Handy für einen Anruf, Sara?«

»Klar. Hast du die Nummer denn im Kopf?«

»Die steht im Internet.«

Melli geht zum Glück sofort ans Telefon. Der Klang ihrer Stimme, nicht vom Anrufbeantworter, sondern in echt, lässt mich vor Erleichterung fast in Tränen ausbrechen. Selbst wenn sie sauer auf mich sein sollte, tut es einfach nur gut, sie zu hören und mit ihr ein Stück meiner vertrauten Welt wiederzufinden.

»Sophie, du lebst noch! Was ist passiert?«

Die unerwartete Wärme in ihrer Stimme bringt das Fass zum Überlaufen. »Es tut mir so leid, dass ich nicht zur Arbeit erschienen bin«, schluchze ich, das Erste, das mir einfällt, auch wenn es überhaupt keinen Sinn ergibt.

»Was ist denn los? Wo warst du? Ich habe bei euch Sturm geklingelt, aber es war niemand zu Hause.«

»Ein paar Typen haben mich entführt, Melli. Das ist die kurze Version der Geschichte. Kann ich für eine Zeitlang bei dir wohnen? In der Whiskybar finden sie mich sofort.«

»Heißt das, ich muss mir eine andere Kellnerin suchen? Das passt mir überhaupt nicht.«

Mein Lachen gerät etwas feucht. »Erst mal wahrscheinlich schon.«

»Dann tritt diese Mistkerle in den Hintern. Schicke ihnen die Polizei auf den Hals. Ich will meine Sophie zurück.«

Lächelnd lege ich auf, nachdem sie mir versprochen hat, eine SMS mit ihrer Adresse zu schicken. Nach weniger als einer Minute piepst Saras Handy und eine Nachricht erscheint. Unter ihre Adresse hat Melli geschrieben: »Fahre heute Nacht nach der Arbeit in den Urlaub. Zweitschlüssel liegt unter der Türmatte. Pflanzen gießen willkommen. Pass gut auf dich auf!!!«

Sara wirft einen flüchtigen Blick auf den Text und bietet mir an: »Wenn du willst, kannst du bis dahin bei mir bleiben.«

»Mitten am Tag? Hast du auch diesen Sunblocker?«

»Genau.« Sie lächelt.

»Wohin fahren wir?«, möchte ich wissen.

»Nach Schöneberg. Magst du Taylor Swift?«

»Auf jeden Fall!«

Eine knappe Stunde später vollführt Sara einen U-Turn auf einer großen, zweispurigen Straße und parkt das Auto in einer Seitenstraße. I can do it with a broken heart, dringt aus den Lautsprechern, bis sie den Motor abstellt. Passend, finde ich. Wir steigen aus und gehen auf ein weißes, kastenförmiges Gebäude zu, mit Stuck und Säulen, Gründerzeit. Mir bleibt der Mund offen stehen, als ich das blaue Schild sehe: Polizei.

»Was in aller Welt machen wir hier?«, zische ich.

»Warte es ab«, entgegnet Sara schmunzelnd.

Am Eingang treffen wir auf einen bärtigen Polizeibeamten, der uns ohne zu lächeln mustert. »Tag. Was wollen Sie?«

Sara zeigt eine Plastikkarte vor, vermutlich irgendein Ausweis, und die Augen des Mannes weiten sich. »Aha. Das Landeskriminalamt. Sie hatten wir eigentlich erst morgen erwartet. Sie haben ein gutes Timing, die Verdächtige wird gerade vernommen. Zimmer 5.«

Sara geht auf den Flur zu und ich will ihr folgen, da hebt der Beamte eine Hand, um uns aufzuhalten. »Ihre Begleitperson muss hier vorne warten.« Er deutet auf eine unbequem aussehende Holzbank.

»Sie hat eine Sondererlaubnis.« Die Mimik des Mannes verrät, dass Sara beim Sprechen den Blick auf ihn anwendet. Sein Mund wird schlaff und er starrt durch uns hindurch. Dann winkt er mich einfach weiter.

Zimmer 5 entpuppt sich als ein Büro, an dessen Tür ein Schild hängt: »Vernehmung. Bitte nicht stören.«

Die Tür steht einen Spalt offen. Eine mir nur allzu vertraute melodische Stimme erklingt: »Ohne meinen Anwalt hören Sie nichts von mir. Basta.«

Ein älterer Polizeibeamter mit Bürstenschnitt stürmt aus dem Raum und knallt frustriert die Tür hinter sich zu. Dann fällt sein Blick auf Sara. »Ah, Sie sind schon hier. Versuchen Sie Ihr Glück mit ihr am besten allein. Vielleicht ist sie dann bereit zu reden.« Mit diesen Worten verschwindet er im angrenzenden Büro.

Ich schaue Sara fragend an. Sie zuckt mit den Schultern. Die Tür öffnet sich erneut; ein junger Polizist mit schwarzem Haarschopf und hellen grauen Augen tritt heraus, erblickt uns und nickt uns zu. »Gehen Sie ruhig hinein. Frau Mazzoni hat uns versprochen, nicht mehr gewalttätig zu werden, aber für den Fall der Fälle sind wir in der Nähe.«

Er wirkt irgendwie ätherisch mit seiner blassen Haut. Sara dankt ihm, betritt Zimmer Nummer fünf und schließt die Tür hinter sich. Verunsichert starre ich auf die geschlossene Bürotür. Gewalttätig? Ich mache mir eher Sorgen um Lydia. Im Bezug auf sie ist Sara nicht zu trauen.

Der junge Polizeibeamte sieht mich fragend an. »Brauchen Sie noch etwas?« Irritiert schaut er auf meine zerrissene Jeans. Mist. An mein Aussehen habe ich gar nicht mehr gedacht.

Ich improvisiere. »Ja … ähm … meine Ausbilderin hat mich gebeten, mir Notizen zur Vernehmung zu machen. Aber wenn sie die Verdächtige allein befragen möchte, bekomme ich hier draußen gar nichts mit.«

Er lächelt und öffnet die Tür erneut einen Spalt weit. »So besser?«

»Vielen Dank.«

»Wenn Sie Hilfe brauchen, sagen Sie meinem Kollegen Bescheid.« Der Polizist geht in Richtung Ausgang.

Seitlich positioniert kann ich durch den Türspalt spähen und erkenne mit Erleichterung, dass Sara mir den Rücken zuwendet. Ein winziger Skizzenblock, Standardausrüstung in meiner Hosentasche, dient mir als Alibi, falls mich ein Polizist bei meinem Tun beobachtet.

Das Herz klopft mir bis zum Hals beim Anblick der Szene, die sich vor mir abspielt. Lydia sitzt mit Handschellen gefesselt an einem Schreibtisch und funkelt Sara trotzig an. »Ist das dein Ernst?«, faucht sie. »Weißt du, was auf dem Spiel steht?«

Saras Gesicht kann ich nicht sehen, aber ihre Stimme bebt vor unterdrückter Wut. »Ja, das ist mir bewusst. Deswegen bin ich froh, dass Eugen dich abgepasst und die Polizei verständigt hat. Dank seiner Kontakte bin ich hier offiziell als Vertreterin des Landeskriminalamts, um zum Diebstahl der ›Frau in Schwarz‹ zu ermitteln.«

»Ich hätte es ahnen können.« Lydia verdreht die Augen.

»Du wurdest zwar wegen Kunstdiebstahl und tätlichen Angriffs auf einen Polizeibeamten verhaftet, aber ich könnte dich hier und jetzt als Mörderin überführen«, fährt Sara ungerührt fort. »Aus dem Hochsicherheitstrakt im Gefängnis kommst auch du nicht so leicht raus.«

»Das ist schon hier schwierig genug. Wer hätte gedacht, dass ausgerechnet im Bayrischen Viertel Vampire bei der Polizei arbeiten.«

Sara lacht spöttisch. »Überraschung!«

Lydia seufzt resigniert. »Wie auch immer. Tu es halt, wenn du das Risiko tragen möchtest. Spätestens bei der körperlichen Untersuchung werden die Menschen herausfinden, was ich bin. Aber willst du wirklich zulassen, dass sie uns benutzen wie Laborratten?«

»Was weißt denn du darüber?«

»Außer den Leichen, die nicht zu übersehen waren? Raoul hat dem Clan einige Informationen gegeben.«

»Das ist nur die Spitze des Eisbergs. Da ist mehr.«

»Meinst du nicht, wir sollten beide unsere Karten auf den Tisch legen und klären, wie wir in Zukunft zusammenarbeiten können?«

»Nach allem, was geschehen ist? Nachdem du Wolodja ermordet hast und mich wahrscheinlich als Nächste im Visier hast? Jetzt willst du kooperieren? Ernsthaft?«

Saras Stimme ist schneidend, voller Hass. Ein eiskalter Klumpen ballt sich in meinem Magen zusammen. Mir ist angst und bange um Lydia, nicht nur wegen der drohenden Experimente. Ich habe die junge Vampirin unterschätzt. Ihre Freundlichkeit war echt, aber ihr Rachedurst ist es auch.

Lydia scheint zu demselben Schluss gekommen zu sein. Sie sackt ein wenig in sich zusammen. »Bitte pass wenigstens auf Sophie auf. Das musst du mir versprechen.«

»Warum?«

»Weil ich sie liebe.«

Sara schweigt. Gebannt halte ich den Atem an. Meine Beine sind wie Gummi unter mir, als hätte nicht ich Raoul eins mit der Fahrradpumpe übergezogen, sondern er mir. Lydia liebt mich, und sie schwebt in großer Gefahr. Was mit ihr geschieht, hängt nun davon ab, wie Sara sich entscheidet.

Die verbirgt ihr Gesicht in den Händen und stöhnt: »Oh no!«

Dann raschelt Papier und Sara sagt zu Lydia: »Also gut. Unterschreibe dieses Dokument, dann sorge ich dafür, dass du hier rauskommst. Aber nur, weil du Henry helfen musst.«

»Was ist mit ihm? Sei gewiss, wenn du ein falsches Spiel spielst, reiße ich dich in kleine Stücke!« Lydia windet sich wütend in ihren Handschellen. Vermutlich würde sie mit ihrer Drohung Ernst machen.

Unpassenderweise flattert etwas in meinem Unterleib. Wie gerne wäre ich jetzt mit Lydia und diesen Handschellen alleine in einem Bett.

Ein Stift kratzt über Papier. Sara steht wortlos auf. Leise schließe ich die Tür und husche hastig beiseite. Einen Sekundenbruchteil später treten beide aus dem Büro und kommen auf mich zu. In Saras Blick flackert kurz etwas auf. Sollte sie mich mit ihrem vampirischen Gehör beim Lauschen ertappt haben, verrät sie es mit keinem Wort.

Als Lydia mich sieht, werden ihre Augen weit. »Sophie!« Ich ziehe sie an mich, Handschellen und alles, und sie presst ihr Gesicht an meinen Hals. Sie zittert in meinen Armen.

»Erklärungen später«, bremst Sara uns. »Sagt jetzt beide am besten gar nichts. Und hört auf zu knutschen.«

Verlegen lösen wir uns voneinander. Sara klopft an die Tür des benachbarten Büros. Der ältere Polizeibeamte öffnet ihr. Mit gerunzelter Stirn sieht er uns drei der Reihe nach an. »Sie sind schon fertig?«

Staunend beobachte ich, wie Sara erneut den Blick anwendet. Allmählich entwickle ich ein Gespür dafür. Sie holt eine Klarsichthülle mit einigen Bögen Papier aus ihrer Tasche und drückt sie dem Polizeibeamten in die Hand. »Frau Mazzoni ist bereit, für ihr Fehlverhalten bei der Festnahme eine Ersatzzahlung zu leisten, sobald es zur Verurteilung kommt. Der Diebstahl des Gemäldes kann ihr nicht nachgewiesen werden. Der Richter hat bereits die Freilassung angeordnet. Sie fertigen die entsprechenden Formulare aus und legen das Dokument in der Akte ab.«

Das Misstrauen und jeglicher andere Ausdruck weichen aus dem Gesicht des Mannes. Sein Blick wird glasig. »Verstehe. Vielen Dank für Ihre Bemühungen.« Er verschwindet mit dem Schreiben in seinem Büro und schließt die Tür hinter sich.

Am Empfang sitzt statt des Bärtigen der junge Mann von vorhin. Graue Augen blitzen uns amüsiert an.

Saras Reaktion überrascht mich. Beinahe knurrt sie. »Du bist auch gar nicht eingebildet.«

Der Polizist grinst frech. Spitze Eckzähne bestätigen meine Vermutung, dass er kein Mensch ist. »Ich gehe einer ehrbaren Tätigkeit nach, im Unterschied zu dir.«

Sara schnaubt. »Du und ehrbar, wer's glaubt. Nun lass uns schon raus, Leon.«

In sicherem Abstand von der Polizeiwache setzen wir uns auf eine Parkbank. Weit und breit ist niemand zu sehen. Die kahlen Bäume und die bräunliche Grasfläche, von Schneeresten gesprenkelt, wirken trostlos in der Vormittagssonne. Sara und Lydia haben beide die Augen geschlossen, als ob sie auf etwas lauschen. Wahrscheinlich scannen sie mit ihren vampirischen Sinnen die Umgebung auf mögliche Gefahren.

Dann öffnet Sara ihre Augen wieder und sagt unvermittelt: »Wir müssen sofort zum Westhafen. Henry schwebt in großer Gefahr. Es ist kein Zufall, dass er in seinem Büro angegriffen wurde.«

»Die Kerle haben dort nach irgendetwas gesucht. Wenn sie jetzt sein Versteck gefunden haben …« Lydia bricht ab, ihr Gesicht ist vor Entsetzen und Kummer verzerrt.

Also macht sie sich Sorgen um ihren Wikinger. Henry. Sie scheint weit mehr für ihn zu empfinden als bloße Lust. Das versetzt mir einen Stich. Ich bin immer noch wütend auf sie, dass sie mich so benutzt hat. Gleichzeitig möchte ich sie in meine Arme schließen und ihr das rabenschwarze Haar aus dem Gesicht streichen.

»Kannst du nicht Verstärkung anfordern?«, frage ich sie.

»Nein. Henry hat mir meinen Status als Jägerin entzogen.«

»Du gehörst nicht mehr zum Clan?«, hakt Sara nach.

Lydia schüttelt den Kopf und blickt beschämt zu Boden.

»Dann kannst du ja für uns arbeiten.«

»Ganz bestimmt nicht! Raoul ist ein Schwein!« Ein Schwall italienischer Flüche prasselt auf uns ein.

Wir warten den Sturm ab. Dann frage ich die beiden: »Ganz ehrlich, nach allem, was ihr bis jetzt gesagt habt und was ich erlebt habe . ..« Unwillkürlich streichen meine Finger über die Bissspuren an meinem Hals. Lydias sieht sie auch und presst ihren Mund zu einem schmalen Strich zusammen. Ihre Nasenflügel blähen sich und sie sieht jeden Zoll wie ein Raubtier aus, das seinen Rivalen mit Klauen und Zähnen zerfetzen will. Peinlicherweise macht mich das an, aber ich ignoriere das Kribbeln in bestimmten Körperteilen und fahre fort: »Mir scheint hier niemand vertrauenswürdig zu sein, außer vielleicht diesem … Henry.«

»Wenn wir weder für den Clan noch für die Abtrünnigen arbeiten, sind wir Asche«, sagt Sara nüchtern. »Da Lydia ohnehin rausgeworfen wurde, bleibt uns nur noch Raoul.«

Lydia wirft ihr einen vernichtenden Blick zu.

»Es ist so«, beharrt Sara.

Aus Lydias Augen schießen Blitze. »Er fasst Sophie nie wieder an«, zischt sie.

»Warum? Weil du scharf auf mich bist?«, bricht es aus mir heraus. »Du hast doch deinen Wikingertypen, was willst du von mir?«

»Du sollst am Leben bleiben und selbst entscheiden, wer von dir trinkt, und ein Mensch bleiben, wenn du ein Mensch bleiben willst! »*Stupida oca*!« Lydia ist aufgestanden. Sie ist keine große Frau, aber in ihrem Zorn wirkt sie gewaltig. Ihre Haare, zerzaust und staubig, fallen über ihre Schultern wie eine Kaskade von schwarzem Feuer.

Sara blickt zwischen uns beiden hin und her. »Wir sollten jetzt wirklich los. Auch wenn wir nicht mit dem Clan zusammenarbeiten können, ist es wichtig, dass Henry die Führung behält. Sonst stehen wir auf verlorenem Posten gegenüber dem Konzern.«

14

IMMER MIT DER RUHE

LYDIA

»Was schlägst du vor?« Mein Misstrauen gegenüber Sara will einfach nicht weichen. Vor allem frage ich mich, woher sie von dem Angriff auf das Hauptquartier weiß. Eine von vielen Ungereimtheiten, für die sie mir eine Erklärung schuldet. Später, wenn ich mich vergewissert habe, dass Henry kein Leid geschehen ist.

Sie wird dich nicht ungeschoren davonkommen lassen. Entlocke ihr alle nötigen Infos und dann beseitige sie. Ausnahmsweise gebe ich dem Stimmchen Recht.

Nur … Vielleicht bin ich weich geworden, aber mir kommt nicht in den Sinn, dieser Frau, die so viel durchgemacht hat, etwas anzutun. Ein vages Schuldgefühl ist auch dabei. Das ging mir noch nie so nach einem Job. Allerdings hat bisher auch keine meiner Zielpersonen überlebt, um mir nachher Vorwürfe zu machen.

Sara mustert mich nachdenklich, als ob sie ahnt, was in mir vorgeht. »Wir sollten Henry eilends aus seinem Versteck holen und ihn erst einmal in die Wohnung von Sophies Freundin bringen. Danach können wir überlegen, wohin wir gehen.«

Sophie wirft mir einen fragenden Blick zu und ich nicke. »Eine andere Möglichkeit sehe ich gerade auch nicht. Allerdings fehlt mir Sunblocker, ohne den wird es schwierig.«

»Keine Sorge, hier ist welcher.« Sara zieht eine Tube aus ihrer Handtasche.

Es ist ein strahlender Tag. Der Schnee, der auf den Straßen liegt, verstärkt das gleißende Licht noch. Sara setzt eine Sonnenbrille auf. Ich habe keine. Geblendet von der Sonne stoße ich fast mit einer älteren Frau zusammen, die uns auf unserem Weg zu Saras Auto entgegenkommt. Sie nimmt ihren Chihuahua auf den Arm und drückt sich erschrocken an die Hauswand, um uns vorbeizulassen. »Immer mit der Ruhe!«, sagt sie tadelnd.

Sara fährt uns zum Westhafen. Mir schmerzen die Ohren von der Musik, die sie hört, aber Sophie scheint sie zu gefallen. Deswegen sage ich nichts.

Auf dem Gelände wirkt alles normal, wie immer.

Mich irritiert allerdings, dass die Tür des Containers einen winzigen Spalt weit offen steht. Den Sicherheitskräften, auch den Jägern, scheint dies nicht aufgefallen zu sein, sonst hätte längst jemand den Container überprüft. Solche Vorsichtsmaßnahmen sind in der Regel nicht nötig, da Miro seinen Arbeitsplatz so gut wie nie verlässt. Größtenteils ernährt er sich von den Blutkonserven, die ihm geliefert werden. Er hat einmal gescherzt, dass er jetzt ein Krankenhaus in einer Person verkörpert.

Was uns dann stutzig macht, ist das kleine Rinnsal Blut, das über die Türschwelle sickert.

Sophie sieht es zuerst und packt mich am Ärmel. »Was ist das?«, zischt sie mir zu.

Sara kniet sich hin, nimmt ein wenig Blut mit dem Finger auf und schnuppert daran. Ihre Augen werden groß vor Entsetzen. »Vampirblut«, flüstert sie.

Mit wenigen Schritten bin ich an der Tür und drücke die Klinke hinunter. Unerwartet gibt sie nach, und ich stolpere beinahe über ein Hindernis – Miros Kopf.

Der Kopf liegt in einer Blutlache, während sein Körper einige Meter weiter mit verrenkten Gliedern zwischen Wand und Krankenbett klemmt, wie ein weggeworfenes Spielzeug. Der Arztkittel ist mehr rot als weiß. Unter dem Bett entdecke ich einen schwarz-roten Klumpen: sein Herz. Ihm kann niemand mehr helfen.

Die beiden anderen sind mir gefolgt und nehmen die Szenerie in sich auf. Geistesgegenwärtig schließt Sara die Tür, damit das Hafenpersonal nicht auf uns aufmerksam wird.

Sophie hat beide Hände vor ihren Mund gepresst, die Augen riesig in ihrem bleichen Gesicht.

Das Bett ist leer, die Laken voller rostroter Flecken und Sprenkel. »Henry ist weg«, sage ich mit flacher Stimme. Mein Blick fällt auf Sara, die mit ausdruckslosem Gesicht an der Tür lehnt. »Was hast du getan?«, brülle ich sie an.

»Hey, ganz ruhig«, sagt Sophie, aber bei mir brennt gerade eine Sicherung durch. Meine Hände krallen sich in Saras Kragen und schütteln sie. »Ist das deine Rache? Wolltest du, dass ich durchdrehe vor Angst um ihn?«

»Das ist wohl dein schlechtes Gewissen, das aus dir spricht. Der Anblick hier schockiert mich genauso wie euch.«

Sie lügt, es muss eine Lüge sein, aber dann fleht mich Sophie an: »Lydia, komm doch zur Vernunft, wieso sollte Sara so etwas tun und uns dann auch noch hierher führen? Es ergibt keinen Sinn.«

Saras Gesicht ist zu einer Maske des Zorns erstarrt. »Du kannst von Glück sagen, dass ich Sophie respektiere. Sonst würde ich dir jetzt die Eingeweide aus dem Leib reißen.«

»Versuch es doch.«

Als junger Vampir hat sie keine Chance gegen mich, aber in ihrer Wut könnte sie einigen Schaden anrichten.

»Das bringt doch jetzt überhaupt nichts, wir müssen Henry finden!«, beharrt Sophie.

Sie hat Recht. »Du kriegst noch, was du verdienst.« Grob stoße ich Sara von mir fort.

Sie wirft mir einen hasserfüllten Blick zu und schnappt sich dann die Sonnenbrille, die in ihrer Jackentasche steckt und wie durch ein Wunder nicht zu Bruch gegangen ist. Bevor ich ein weiteres Wort äußern kann, ist sie zur Tür hinaus.

Ich breche neben Miros Kopf in die Knie und beginne unkontrolliert zu zittern. Bilder von damals tauchen vor meinem inneren Auge auf, wie sie Carl aus dem Zimmer gezerrt haben, sein Gesicht blutig von ihren Schlägen. ›Wir werden uns wiedersehen, Liebste!‹, rief er mir zu. Damit meinte er das Jenseits, das mir wahrscheinlich für immer versagt sein wird.

Wie von weit weg höre ich Sophie schreien: »Lydia, hilf mir jetzt. Sofort.«

Nur ihr zuliebe rapple ich mich auf, fasse dabei versehentlich in das trocknende Blut neben meiner Hand, und taumle in die Richtung, aus der ihre Stimme kam. Erst allmählich beginne ich meine Umgebung wieder wahrzunehmen.

»Hier. Der Schrank. Das Schloss geht nicht auf.« Sophie rüttelt an der Tür eines gewaltigen Stahlschranks.

Der Boden vor dem Schrank ist bedeckt mit zerbrochenen Medizinfläschchen, Tablettenpackungen, Kräuterbündeln, Mullbinden und Stapeln verbogener und zertrampelter Aktenordner. Jemand muss den Inhalt des Schranks durchsucht haben. Er wurde komplett ausgeleert. Warum hat man ihn danach wieder verschlossen?

Sophie probiert vergeblich, die Klinke herunterzudrücken. Ein Schlüssel ist nicht zu sehen.

»Lass mich mal versuchen.« Meine vampirischen Kräfte sind nicht übermäßig ausgeprägt, aber stärker als ein Mensch bin ich allemal. Nach langem Drücken und Ziehen gibt der Riegel schließlich nach. Die Tür springt auf. Reflexartig greife ich zu und packe den Körper, der mir entgegenfällt. Sophie eilt mir sofort zur Hilfe und stützt mich, um unseren Sturz zu bremsen. Andernfalls wäre das schlecht ausgegangen, denn Henry ist groß und ungefähr doppelt so schwer wie ich. Um ihn nicht zu Boden rutschen zu lassen, gehe ich in die Knie und lasse ihn mit Kopf und Schultern voran auf meinen Schoß sinken.

»Ist er tot?«, fragt Sophie mit zitternder Stimme.

»Ja. Und betäubt. Wenn wir hier weg wollen, müssen wir ihn wach bekommen.«

»Sehr witzig.« Sophie verdreht genervt die Augen und geht zum Kühlschrank, der unbeschadet in dem ganzen Chaos steht. Sie zieht ein paar Kühlpacks hervor und zeigt sie mir. »Vielleicht wird ihn das aufwecken.«

Und tatsächlich, als sie eine der Kältepackungen in Henrys Nacken presst, zucken seine Augenlider. Er blinzelt verwirrt, erkennt mich und brummt: »Das wurde aber auch Zeit. Ich habe diesen verdammten Kabelbinder um meine Handgelenke nicht abgekriegt.«

Einen Baum von einem Kerl, der unter Drogen gesetzt wurde, vom Westhafen zum Prenzlauer Berg zu bugsieren: eine Herausforderung, der ich mich unter normalen Umständen nicht hätte stellen wollen. Wir haben kein Auto und keinen Sunblocker mehr, Sara hat beides mitgenommen. Und im ganzen Container war keine einzige Tube zu finden. Besorgt registriere ich, wie Henrys Haut trotz der Kapuze, die er vorsichtshalber aufgesetzt hat, röter und röter wird. Selbst zwischen den zottigen Strähnen seines Bartes, der wieder mal getrimmt werden müsste, bilden sich Brandblasen. Auch meine Haut spannt sich unangenehm, aber die Wirkung vom Vormittag hält noch an.

»Es könnte schlimmer sein«, kommentiert Henry trocken. »Das heilt wieder. Ein abgerissener Kopf bleibt ein abgerissener Kopf.«

»Das ist höchst geschmacklos!«

»Stimmt, aber pietätvolles Reden bringt uns Miro auch nicht zurück. Den größten Gefallen tun wir ihm, wenn sein Opfer nicht umsonst war.«

Er hat Recht, genau wie Sophie Recht hatte, mein Verhalten Sara gegenüber zu tadeln. *Dato che ci sciamo* … »Hast du gesehen, wer dich in diesen Schrank gesperrt hat?«

»Wie heißt sie noch … die Freundin von diesem Künstler. Die von Raoul die Dunkle Gabe bekommen hat und dem Clan letztens eine Videobotschaft geschickt hat. Sara.«

Auf unser beredtes Schweigen hin zieht Henry die Augenbrauen hoch. »Gibt es da etwas, das ich wissen müsste?«

»Später«, sage ich grimmig. »Es gibt offenbar eine Menge Dinge, die ich wissen müsste.«

15
CARPE NOCTEM

SOPHIE

Mit Ach und Krach schafft es Henry die Treppen zu Mellis Wohnung hinauf. Knapp zwei Stunden vor der Dämmerung; zum Glück sind wir hier, denn sein Gesicht ist schlimm verbrannt. Da fehlt nur noch der aufsteigende Rauch. Vampire sind in der Realität deutlich zäher als in den Filmen.

Ich schließe die Wohnungstür auf und staune über das Stückchen Normalität, das sich mir bietet. Unendlich erleichtert stelle ich fest, dass hier in unserer Abwesenheit niemand gewesen ist.

Wir helfen Henry ins Schlafzimmer, wo er sich der Länge lang auf das Bett sinken lässt und die Augen schließt. Seine Hände und sein Gesicht hinterlassen Blutspuren auf dem cremefarbenen Bettüberwurf, aber vermutlich wird Mellis Wohnung noch mehr einstecken müssen, sobald unsere Verfolger hier auftauchen.

Lydia zieht leise die Schlafzimmertür hinter sich zu, nachdem wir die Vorhänge und Rollos geschlossen haben. Dasselbe machen wir in der ganzen Wohnung. Danach haben wir nichts mehr zu tun. Stumm sitzen wir nebeneinander auf dem Sofa. Die Spannung zwischen uns steigert sich ins Unerträgliche, bis Lydia schließlich sagt: »Hast du eine Ahnung, was für eine höllische Angst ich um dich gehabt habe?« Ihre Stimme klingt brüchig, nach ungeweinten Tränen.

»Warum?«

Sie versteht sofort, was ich meine. »Du bist doch diejenige, die sich in diesem Jahrtausend auskennt. Ich habe Gefühle für euch beide. Ist das so schwer zu verstehen?«

»Nein. Aber du hättest es mir sagen können.«

»Wann, und wie, wenn ich es selbst noch nicht wusste?«

»Du hast mit mir experimentiert.«

»Ist es das, was dich verletzt hat?«

Meine Augen werden feucht und ich kämpfe erbittert darum, dass meine Stimme nicht schwankt. »Du hast in keiner Weise angedeutet, was du für mich fühlst, sondern bist ohne ein Wort gegangen! Und dann tauchst du mit diesem Typen in der Bar auf und siehst aus, als wolltest du ihn auf der Stelle verschlingen.«

»Komm her.«

»Nein.«

»Sophie.«

Stur starre ich auf Mellis Wanddekoration, das farbenfrohe Gemälde einer irischen Landschaft, anstatt Lydia anzuschauen. Grün, Rot, Lila und Braun verschwimmen vor meinen Augen, als mir wider Willen die ersten Tränen über das Gesicht laufen.

Schmale Hände legen sich um meine Wangen und drehen sanft meinen Kopf, bis wir uns Nase an Nase gegenübersitzen. »*Ti amo*,

Sophie. Ich will dich so sehr, ich könnte aus der Haut fahren. Vom ersten Moment an, als wir uns begegnet sind.«

»Raoul hat dein Porträt verbrannt.«

»Hat er das? Und trotzdem schaust du mich an, als würdest du mich auffressen wollen.«

»Ja. Es war niemals nur die Magie des Bildes.« Meine Tränen fließen jetzt unaufhaltsam und Lydia wischt sie mit ihren Händen fort.

Was sich da Bahn bricht, sind nicht nur meine verletzten Gefühle und meine sexuelle Frustration. Es ist auch die Angst, die ich in diesem verflixten Keller ausgestanden habe, der Ekel und die Panik, nachdem Raoul mich zweimal gebissen hatte, und die Verzweiflung, als Lydias Porträt in Flammen stand.

Ich lasse mich in ihre Arme sinken und sie hält mich.

Wie mein Gesicht gerade aussehen muss, ist mir nur zu klar: Die Augen verquollen vom Weinen, Rotz und Tränen überall. Aber Lydia legt ihre Hände um meine Wangen und schaut mich an, als gäbe es nichts anderes auf der Welt als uns beide. »Ich liebe dich, *gioia mia*«, wiederholt sie, und mir läuft ein Schauer über den Rücken.

Dann werde ich rot, als mir mein Wachtraum im Keller des Ateliers in den Sinn kommt.

Ein Lächeln blüht in Lydias Gesicht auf, als sie meine Verlegenheit bemerkt. »Du denkst an Sex, oder?«

»Ja, und zwar ...« Meine Wangen glühen.

Ihr Lächeln wird breit und enthüllt ihre Eckzähne, hübsch und weiß, nicht solche Hauer wie die von Raoul. Sexy, auf eine schräge Art. »Raus damit.«

»Ich habe mir vorgestellt, wie es mit euch beiden wäre.«

»Mit mir und Sara?«

Miststück. Sie weiß genau, dass es mich verlegen macht, seinen Namen auszusprechen. »Mit dir und … Henry.« Helles, perlendes Gelächter erklingt. »Du lachst mich aus.«

»Nein.« Lydia wischt sich blutige Tränen aus den Augenwinkeln. Lachtränen. »Nein, ich freue mich darüber und würde es sehr gern tun.«

»Wirklich?« Ein bisschen schockiert sie mich. Fantasien in die Tat umzusetzen war bis jetzt nicht so meine Gewohnheit.

»Wenn es dann passt. Jetzt bist du hier bei mir.«

Meine Wangen werden heiß. Ich vermag nichts zu sagen.

Ernst werdend erwidert Lydia meinen Blick, streckt ihre Hand aus und streicht mir ein paar feuchte Haarsträhnen aus der Stirn.

Wer wen zuerst küsst, kann ich nicht auseinanderhalten. Da ist nur noch Fühlen und Riechen und Schmecken, und mit jedem Stückchen, das ich ihr näherkomme, will ich noch mehr.

Ihre Zunge spielt mit meiner; sie küsst mich nicht hart, sondern sanft und lockend, saugt mal an meiner Oberlippe, mal verschlingt sie gierig meinen Mund.

Feuchtigkeit sammelt sich zwischen meinen Beinen. Meine Hände schieben sich wie von selbst unter ihr Shirt. Ihre Haut ist weich und ein wenig kühl, wahrscheinlich, weil sie in den letzten Stunden nicht viel zu sich genommen hat. Das sollte mir Angst machen, aber stattdessen steigert es mein Begehren.

Meine Hände gleiten über ihren Körper und raffen ihr Shirt hoch, damit meine Lippen ihre weiche Haut berühren können. Lydia stößt einen Laut zwischen einem Stöhnen und einem Maunzen aus. Der Anblick ihrer Brüste bringt die Muskeln in meinem unteren Bauch in Aufruhr. Die Spitzen sind bereits hart und heben sich dunkel von ihrer cremeweißen Haut ab. Ich küsse Lydia am ganzen Oberkörper,

Hals, Schulter, zwischen den Brüsten, an der seidigen Haut ihrer Unterseite, und lasse sie hier und da meine Zähne spüren. Nur ihre steifen Nippel umgehe ich.

»Sophie!« Ein Protest und eine Bitte. Mein Name klingt in ihrem Mund wie Musik.

Es berauscht mich, sie so erregt und außer Kontrolle zu sehen. Ihre Hüften zucken und das lässt mir keine Wahl, ich muss ihr Hose und Slip ausziehen, um meinen Mund auf ihre bloße Scham zu pressen. Eigenartigerweise riecht sie gar nicht nach Frau, aber es ist kaum zu übersehen, dass sie mehr als feucht ist. Mein Daumen umkreist ihre Perle und sie drängt mir ihr Becken entgegen. Das macht mich heiß. Der Stoff des Höschens klebt an meiner Haut und ich presse die Beine zusammen; dieses Level an Erregung ist kaum auszuhalten. »Lass uns ins Bett gehen.«

»Da liegt Henry. Hör nicht auf«, fleht sie.

Nun denn.

Mit beiden Händen greife ich mir ihre Pobacken und lecke an ihr wie an meinem Lieblingseis. Der Vergleich ist gar nicht weit hergeholt, denn auch ihre Schamlippen und ihre Klitoris sind kühl. Abgesehen davon unterscheidet sie nichts von einem Menschen. Als ich zwei Finger in ihre Vagina schiebe und sie von innen streichle, ziehen sich ihre inneren Muskeln rhythmisch zusammen. Sie ist kurz davor zu kommen, rollt ihre Hüften und stöhnt: »Sophie. Ich will dich auch anfassen. Jetzt. Zieh dich aus.«

Ihren Körper der Länge nach an meinem zu spüren, bringt mich fast zum Explodieren. Mein Hintern drängt sich wie selbst in ihre Hände, als sie von hinten ihre Hand zwischen meine Schamlippen schiebt und meinen Eingang zu massieren beginnt.

»Leg dich auf den Bauch«, raunt sie in mein Ohr.

Sie schiebt einen Finger in meine feuchte Scheide und krümmt ihn genau an der richtigen Stelle, während sie mit dem Mittelfinger der anderen Hand meine Klitoris zu reiben beginnt.

Mein Höhepunkt kommt schnell und heftig. Sterne tanzen vor meinen Augen. Sei es, weil mich die Sehnsucht nach ihr die ganze Zeit über verrückt gemacht hat, oder weil mir der Tod schon so nahe war; jedenfalls drängt mich mein Körper, gleich weiterzumachen.

Mich umdrehend, so dass wir voreinander knien, schnappe ich mir Lydia und küsse sie, bis hoffentlich der letzte Rest ihrer Rationalität sie verlassen hat. »Beiß mich«, flüstere ich in ihr Ohr.

Ein Zittern durchläuft ihren Körper, sie flucht auf Italienisch und treibt mit ihrer melodischen Stimme meine Erregung noch höher. »Komm schon, Lydia.«

»Noch nicht. Erst du.«

»Dann beiß mich.«

Sie knurrt, ein Laut, der mir direkt zwischen die Beine fährt. »Du hast keine Ahnung, wonach du da fragst!«

»Tu es.«

Ich küsse sie weiter, abwechselnd auf den Mund und auf die Brust, und rolle ihre Nippel zwischen meinen Fingern, bis ihr Blick sich vor Lust verschleiert. Dann halte ich meinen Daumen an ihren Mund. Sie beißt ohne Vorwarnung zu und leckt die herabperlenden Blutstropfen auf wie eine Katze. Sie legt zwei Finger an meinen Hals, da, wo meine Ader pulst, und schaut mir ernst in die Augen. »Sicher?«

»Ja.«

Mit einem kapitulierenden Aufseufzen vergräbt Lydia ihr Gesicht in meiner Halsbeuge. Ich schlinge meine Arme um sie und halte sie.

Zuerst spüre ich nichts Ungewöhnliches. Dann einen stechenden Schmerz, aber nicht vergleichbar mit der groben Behandlung durch

Raoul. Lydia saugt mit weichen Lippen an meinem Hals, als würde sie eine Frucht genießen. Ihre Zunge liebkost meine Haut und besänftigt das Ziehen und Pulsieren.

Ein animalischer Laut erklingt. Das raue Stöhnen stammt von mir. Es ist mehr als Lust, es ist das Gefühl, ganz mit ihr vereint zu sein, ihr tiefstes Bedürfnis zu stillen und dadurch auch selbst etwas zu empfangen, was auch immer dieses ›Etwas‹ genau ist. Ich schließe meine Augen und lasse mich von der warmen Woge ihrer Nähe umspülen.

Noch einmal ein kurzes Ziehen, als Lydia ihren Mund von mir löst. Sie küsst die Wunden an meinem Hals, die neuen und die alten, und fährt mit der Zungenspitze darüber.

Ihre Hände umfassen sanft mein Gesicht. Ich kann mich an ihr nicht sattsehen. Mich fasziniert unendlich, wie verändert sie aussieht. Ein rosiger Schimmer überzieht ihre Wangen, ihre Augen glänzen wie die Nacht mit Feuerfunken darin; ihr Mund, tiefrot vom Blut, verlockt mich, sie wieder und wieder zu küssen.

Als meine Lippen sich den ihren nähern, stoppt sie mich mit einer Hand an meinem Kinn. »Gib mir einen Moment«, bittet sie mich. »Du schmeckst wie das Paradies. Es steht nicht gut um meine Selbstkontrolle.«

Ihre Zurückweisung schmerzt mich.

»Sophie. *Cara*. Komm her.« Sie zieht mich an sich, bis mein Kopf an ihrer Schulter ruht, und streicht mit den Handflächen über meinen Nacken und meinen Rücken, zärtlich, beruhigend.

Allmählich überkommt mich Müdigkeit. Der Blutverlust tut wahrscheinlich das Seine dazu.

Lydia bemerkt, dass mir die Augen zufallen. »Ich hole dir etwas zu trinken und eine Kleinigkeit zu essen. Ruh dich aus, *gioia mia.*«

Der Klang ihrer Stimme ist wie eine Liebkosung, in die ich mich gerne fallen lasse. Nach und nach verebbt meine Lust und macht einem wohligen, warmen Glühen Platz.

Als Lydia mit einer Kanne Tee und einer Schüssel Karamellpudding zurückkommt, bin ich fast eingeschlafen. Sie überredet mich mit sanfter Gewalt, wenigstens ein paar Löffel Pudding und ein paar Schlucke Tee zu mir zu nehmen. »Glaub mir, du brauchst Energie. Ich habe darauf geachtet, nur wenig von deinem Blut zu trinken, aber dein Kreislauf wird trotzdem darauf reagieren.«

»Ich wollte dich zum Höhepunkt bringen.«

»Das hat keine Eile. Was du mir gerade gegeben hast, bedeutet mir sehr viel.« Ihre Stimme bricht. Sie meint, was sie sagt.

Nach ein paar Küssen, die ich träge erwidere, steht Lydia auf und geht hinaus. Schläfrig kuschle ich mich in die flauschige Decke und schließe die Augen. Ein bisschen Ausruhen, bevor die Hölle über uns hereinbricht.

Plötzlich knarrt eine Tür, schwere Schritte erklingen vom Flur her und schrecken mich aus dem Schlaf. Wie von der Tarantel gestochen springe ich auf, lasse die Decke fallen und sprinte zu dem Säbel, den Melli als Deko an ihrer Wand hängen hat. Mit zitternden Fingern greife ich mir die Waffe und halte das Ding vor meinen Leib, wild um mich blickend. Wer auch immer hier hereinkommt, muss erst an mir vorbei.

16
FROSTGLÜHEN

LYDIA

Nur mit Bluse und Höschen bekleidet, schlüpfe ich aus dem Wohnzimmer, um nach Henry zu sehen. Das große Bett im Schlafzimmer ist leer. Für einen Augenblick durchzuckt mich bodenlose Panik, aber dann knarrt eine Tür weiter hinten im Flur. Schnell wie der Blitz sause ich los und stehe kurz darauf Brust an Brust mit Henry. Er ist nackt bis auf seine Anzughose, wahrscheinlich das einzige seiner Kleidungsstücke, das nicht komplett besudelt und zerrissen ist. Hinter ihm quillt Wasserdampf aus der geöffneten Badtür. Sein Haar ist feucht und einige Strähnen ringeln sich in seiner Stirn, was ihm ein jungenhaftes Aussehen verleiht. Seine Miene ist ausdruckslos. »Ich wollte euch nicht stören.«

»Tust du nicht, *tigre*. Jetzt jedenfalls nicht mehr.« Ich recke mich ihm entgegen und drücke einen Kuss auf seine Nasenspitze. Mein ganzer Körper vibriert wie unter Hochspannung. Von Sophie zu trinken war wie in einem Jungbrunnen zu baden.

Henry öffnet zögernd die Arme und ich lasse mich in seine Umarmung sinken, die sich ein bisschen steif anfühlt. Mein Kopf lehnt an seiner Brust, meine Lippen berühren seine nackte Haut. Einzelne Wassertropfen hängen noch zwischen den gekräuselten Haaren dort. Einen davon angle ich mir mit meiner Zunge. Henry erschaudert, seine Hände auf meinem unteren Rücken greifen fester zu und er gibt seine starre Körperhaltung auf. Verlockend, mit ihm hier und jetzt einfach weiterzumachen.

Prüfend fahren meine Hände über seinen Oberkörper. Anstelle der tiefen Schnitte sind nur noch Narben zu ertasten. Er ist auf dem Weg der Heilung. Allerdings wird er bald mehr Blut brauchen.

Meine Hand verirrt sich an seinen Hosenbund und tiefer. Im Schritt finde ich eine unverkennbare Erhebung. Henrys Lachen bringt meine Finger zum Vibrieren. »Was für eine Art von Untersuchung wird das denn?«

»Wir müssen reden. Vergnügen später.« Widerstrebend löse ich mich von ihm und vermisse seine Nähe sofort.

Henry neigt zustimmend den Kopf. »Das ist vernünftig.«

Ich schiebe mit einem Fuß die Badtür zu. Sie knarrt fürchterlich, noch lauter als zuvor. Wir tauschen einen amüsierten Blick und dann drängt mich Henry an die Wand und küsst mich leidenschaftlich. »So viel Zeit muss sein.«

Im Wohnzimmer angekommen, einige Minuten später, presse ich mir beide Hände auf den Mund, um nicht loszuprusten.

Sophies Augen sind voller Panik, sie steht mitten im Zimmer, splitternackt, kampfbereit, obwohl sie wahrscheinlich gar nicht weiß, wie man kämpft. Mein vampirisches Gehör registriert, wie ihr Puls rast. In Sophies Hand befindet sich ein orientalischer Säbel, ein Sammlerstück, das zuvor in einer Halterung an der Wand gehangen hat. Unsere Blicke treffen sich. Verlegen lässt sie die Waffe sinken.

Mein Herz fliegt ihr zu. »Keine Angst, *gioia mia*, das sind nur wir. Schlaf ruhig weiter.«

Sophie legt den Säbel auf dem Couchtisch ab. Sie hebt die flauschige Decke auf, die zu Boden gefallen sein muss, wickelt sie um ihren nackten Leib und setzt sich auf das Sofa. Ich lasse mich neben ihr auf die weiche Polsterfläche sinken und lausche darauf, wie sich das wilde Schlagen ihres Herzens allmählich beruhigt.

Mir schießt durch den Kopf, dass Henry riechen muss, was wir etwa vor einer halben Stunde auf genau diesem Sofa getan haben. Wenn er es bemerkt hat, zeigt er es mit keiner Miene. Gelassen nimmt er auf einem der Sessel Platz.

»So«, beginne ich. Mein Ärger über sein Verhalten, den ich bis jetzt in mir verschlossen habe, steigt nun mit voller Wucht in mir hoch.

»Du kochst ja förmlich vor Wut, Lydia. Wenigstens sind wir jetzt quitt.« Henrys Gesicht ist ernst, aber für einen Moment blitzt der Schalk aus seinen Augen.

»Lenke nicht vom Thema ab. Du hättest mir sagen müssen, dass sie dich aus dem Weg schaffen wollten.«

»Um nichts in der Welt wollte ich dich da mit hineinziehen«, widerspricht mir Henry.

Sophie schaut ihn prüfend an und nickt ihm dann zu. »Lydia denkt, sie muss immer alles alleine lösen. Du offensichtlich auch.«

»Wie bitte?«, protestiere ich.

»Ist doch so«, bemerkt Sophie lakonisch.

Henry zwinkert ihr zu. »Du gefällst mir.«

»Wir müssen besprechen, was da gelaufen ist«, beharre ich. »Erst foltern sie dich in deinem eigenen Büro, dann schneiden sie unserem Arzt den Kopf ab. Sara verfolgt offenbar ihre eigenen Ziele, wenn sie ihnen geholfen hat, dich zu verstecken, uns dann aber zu dir geführt hat.«

»Sagen wir mal, ich habe weit mehr gesehen als jenes Dokument, das du für die Verhandlungen mit Raoul zusammengefasst hast. Miro war beinahe auf dem gleichen Wissensstand wie ich. Wahrscheinlich haben sie noch weitere Pläne mit mir, zum Beispiel, mich öffentlich hinzurichten. Sonst säße ich jetzt nicht hier.«

»Wer sind ›sie‹?«, möchte Sophie wissen.

»Korrupte Mitglieder des Vampirrats, die es für das geringere Übel halten, wenn wir freiwillig Einzelne von unseren Leuten für die Forschung zur Verfügung stellen.«

»Wie hast du es herausgefunden?«, frage ich Henry.

»Damian forderte mich auf, Listen mit den Namen entbehrlicher Clanmitglieder anzufertigen. Als ich Nein gesagt habe, kam der Überfall auf das Hauptquartier.«

»Und es kam dir nicht in den Sinn, uns vorher einzuweihen.«

»Was hätte das gebracht? Je weniger ihr wisst, desto besser für euch. Möglicherweise lassen sie Pat, Nadira und die anderen in Ruhe, weil sie nichts von der ganzen Sache ahnen.«

»Aber der Clan braucht dich!«

»Das mag so sein, aber wir können ihnen nicht von jetzt auf gleich das Handwerk legen. Ohne die Abtrünnigen schon gar nicht.«

»Was können wir jetzt tun?«

»Warten, bis sie kommen, um uns zu holen. Uns vorher mit Raoul verständigen, der uns vielleicht helfen wird, vielleicht auch nicht.

Eine Videobotschaft verschicken, in der wir uns klar positionieren.« Henry holt sein Smartphone aus der Tasche und legt es auf den Tisch.

»Wie viel Zeit haben wir?«, fragt ihn Sophie.

»Keine«, entgegnet er.

»Schade.«

Für einen Moment schauen wir drei einander an und ich könnte schwören, dass wir alle dasselbe denken. Henrys Nasenflügel zucken und seine Augen werden dunkel. Sophies Herzschlag beschleunigt sich hörbar.

»Vielleicht ein bisschen Zeit«, sagt er nachdenklich. »Wenn ich rieche, was hier passiert ist, möchte ich wenigstens eine Kostprobe davon haben. Wenn du erlaubst, Sophie.«

Sie wirkt vollkommen verblüfft, die Röte steigt ihr ins Gesicht und sie schlägt die Beine übereinander, als ob sie dadurch ihre Erregung verbergen könnte. Ihr Duft hat mich schon die ganze Zeit über wahnsinnig gemacht. Jetzt, mit ihr und Henry in einem Raum, kann ich mich kaum noch zügeln.

»Okay«, sagt Sophie. In ihren Augen leuchten Neugier, Humor und etwas anderes, Tieferes. Zärtlich umfasst sie meinen Hinterkopf und küsst mich, dann geben ihre Hände mich frei. »Nun geh schon zu ihm.«

In einer einzigen flüssigen Bewegung ziehe ich mir die Bluse über den Kopf, streife meinen Slip ab und knie mich vor Henrys Sessel.

Sein Blick ruht auf mir, hungrig und sehnsüchtig. »Lieber hätte ich dich auf meinem Schoß«, sagt er rau, »aber vermutlich platzt dann die ein oder andere Naht. Wäre nicht gut für die Stimmung.«

Zwar habe ich die Position zu Henrys Füßen aus pragmatischen Gründen gewählt, aber als ich seinen Gürtel löse, den Reißverschluss seiner Hose öffne und meine Finger sogleich auf bloße Haut treffen, überrascht mich die Heftigkeit meiner Lust.

Sein Schwanz ist halb hart und er schließt genießerisch die Augen, als ich die Spitze mit Lippen und Zunge liebkose.

Sophie kommt zu uns und beugt sich von hinten über Henry. Sie schlingt die Arme um seinen Oberkörper, während sie seinen Nacken und Hals küsst und dabei ihre Brüste an den Stoffbezug des Sessels presst. Ihre Augen glänzen erregt.

»Genug.« Henry schiebt meinen Kopf sanft beiseite. Dann greift er nach meinen Händen, um mich mit hochzuziehen und einen Kuss auf meine Lippen zu drücken. »Das Bett dürfte um einiges bequemer sein. Kommt mit.«

»Gleich.« Sophie tritt einen Schritt auf ihn zu und streift ihm die Hose gänzlich ab. Er kickt das Kleidungsstück beiseite. Dann neigt er den Kopf vor ihr wie vor einer Lady und streckt auffordernd seine Hand aus. Sophie kichert und legt ihre Finger in seine. Hand in Hand gehen sie in Richtung Schlafzimmer.

Ich folge ihnen und kann dabei nicht aufhören, Henrys Rückseite zu betrachten, die jetzt in ihrer ganzen Pracht enthüllt ist. Mein Blick schweift über die Narben längst vergangener Kämpfe, den festen Hintern, den ich anfassen und kneten möchte.

Henry setzt sich aufs Bett und sagt zu Sophie: »Komm her.«

Zögernd geht sie auf ihn zu, bis sie zwischen seinen Beinen steht. Die Decke vom Sofa trägt sie immer noch um sich gerafft, ihre Nacktheit scheu verbergend.

Henry nimmt ihr die Decke fort und berührt die zarte Haut an Bauch und Taille. »Du hast Sommersprossen. Mmm.« Er drückt zarte Küsse auf jede einzelne. Dann streicht er mit seinen großen Händen über Sophies Brüste, was ihr wohlige Seufzer entlockt. Unwillkürlich berühre ich meine eigenen Nippel und keuche auf, so empfindlich sind sie.

Sophie dreht sich zu mir um und sieht mich mit leicht geöffneten Lippen an, die noch geschwollen sind von unseren Küssen vorhin. Zu gern wüsste ich, was in ihrem Kopf vorgeht. »Erzähl uns eine deiner Fantasien.«

Ihre Augen weiten sich. Sie ist irritiert, in Henrys Beisein von mir auf ihre Fantasien angesprochen zu werden. Ihre geröteten Wangen zeigen jedoch ihr Interesse. »Ich möchte, dass ihr beide mich am ganzen Körper küsst, bis es euch so heiß macht, dass ihr es nicht mehr aushaltet. Von da an können wir improvisieren.«

Ich knie mich hinter Sophie. Meine Hände umfassen ihre Pobacken, meine harten Brustspitzen streifen dabei die Rückseite ihrer Beine. Henry liebkost ihre Brüste und zupft und saugt abwechselnd an ihren Nippeln. Meine Daumen streichen über die empfindliche Haut an der Innenseite ihrer Oberschenkel, teilen von hinten ihre Schamlippen. Sophie stößt einen kehligen Laut aus und windet sich in meinem Griff. Ich stehe auf und schlinge meine Arme um ihren Leib, um sie hochzuheben. Henry greift sich ihre Beine und gemeinsam ziehen wir sie auf das Bett. Über sie gebeugt, küsse ich ihren Bauch und dann ihre Scham, dabei genüsslich ihren Whisky-und-Karamell-Duft einsaugend, der mir mehr und mehr zu Kopf steigt.

Henry fragt: »Wie ist es mit Beißen? Möchtest du das auch?«

»Ja, verdammt! Darauf warte ich schon die ganze Zeit.«

Er legt sich neben sie und streicht mit den Fingerspitzen leicht, ganz behutsam über die frischen Wunden an ihrem Hals. Sophie erschauert. Henry streift mit Lippen und Zunge über ihre Haut, während er ihre beiden Nippel gleichzeitig zwischen den Daumen rollt, und beißt zu.

Zugleich tauche ich mit meiner Hand in die Nässe zwischen ihren Schamlippen.

Sophie wirft den Kopf zurück und stöhnt, ein Laut, der Feuchtigkeit an meinen Schenkeln herabperlen lässt.

Über ihrer Schulter begegnet mir Henrys Blick. Sein Mund glänzt rot von Sophies Blut, seine Augen sind glasig vor Erregung. »Am liebsten möchte ich jetzt in dir sein«, gesteht er mir und beginnt sich aus seiner liegenden Position aufzurichten.

Ich nutze den Moment, um Sophie einen Kuss zu stehlen und dabei ihre Brüste mit meinen Händen zu umfassen. Dann dränge ich Henry sanft aufs Bett zurück und lecke den Sehnsuchtstropfen von seinem steinharten Schwanz.

Er stößt ein raues Lachen aus. »Wenn du mich aufessen willst, nur zu.«

»Meine Fantasie ging ein bisschen anders weiter«, protestiert Sophie.

»Woran denkst du?«, möchte Henry wissen, und zuckt unwillkürlich zusammen, weil ich seinen Schaft umfasst habe und meine Hand an ihm auf und ab bewege. »Langsam«, warnt er mich, »sonst kann das sehr bald vorbei sein.«

Obwohl sich die verbrannte Haut um seinen wild wuchernden Bart in Fetzen ablöst, ist er unwiderstehlich, Krieger und Liebender zugleich. Gerade hat er ein Bettgesicht, auf seinen Wangenknochen erblühen rote Flecken und seine Augenlider sind auf Halbmast. Ich fahre mir mit der Zungenspitze über die Lippen und begegne Sophies Blick, der verschleiert ist vor Lust. Sie schaut auf meinen Mund und ich möchte meine Zunge in ihren Nektar tauchen und sie zum Schreien bringen.

»Ich stelle mir vor«, antwortet sie auf Henrys Frage, »wie Lydia dich vögelt und du mir mit deinem Mund Freude bereitest. Ich möchte ihr Gesicht sehen, wenn sie kommt.«

»Lässt du mich dabei noch mal von dir trinken?«

»Ja, warum nicht. Wenn du nicht zu viel nimmst.«

Draußen quietschen Autoreifen über Asphalt. Wir zucken alle drei zusammen. Ein Wagen hält mit laufendem Motor genau unter unserem Fenster. Ganz in der Nähe ertönt raues Gelächter.

Sophie steht auf und sagt mit zittriger Stimme: »Ich gehe mal vom Wohnzimmer aus nachsehen, wer das ist.«

Mein Herz krampft sich zusammen. Wenn unsere Verfolger ihr ein Leid zufügen ... Henry wirft einen Blick auf meine Miene, zieht mich in seine Arme und flüstert mir ins Ohr: »Das Ganze kann auch gut ausgehen, weißt du. Und egal wie es ausgeht, jetzt sind wir zusammen.«

Ich lasse meinen Tränen freien Lauf, während er mich festhält. Nichts, absolut nichts in sicher in dieser Existenz, aber es gibt Momente, in denen ich das schwer akzeptieren kann.

Sophie kommt zurück und sieht mich mitfühlend an. »Alte Erinnerungen?«, fragt sie und kauert sich neben Henry, um meine Tränen fort zu küssen. »Du schmeckst köstlich, wie wilde Beeren«, murmelt sie an meiner Wange.

Ihre Lippen auf meiner Haut kitzeln und erregen mich. Ich gebe einen lusterfüllten Laut von mir und ziehe ihr Gesicht zu mir. Als wir in einem tiefen Kuss versinken, schmecke ich mein Blut an ihrer Zunge. Meine Hand gleitet über Henrys Brust, spielt mit seinem linken Nippel und streift dabei Sophies Finger. Sie lässt ihre Hand tiefer rutschen und umfasst seine Erektion, die sich beruhigt hatte, aber unter dem leichten Druck ihrer Finger wieder anschwillt. Henry gibt ein erregtes Brummen von sich.

Unterdessen machen meine Küsse Sophie wild. Endlich, endlich fasst sie meine Brüste an und beginnt meine Nippel mit kreisförmigen Bewegungen zu reiben. Aufstöhnend drücke ich eine meiner Fersen in mein zuckendes Geschlecht, in dem vergeblichen Versuch, mir Erleichterung zu verschaffen.

Henrys Wangen und sein Hals sind gerötet vor Erregung. »Ich will euch beide«, presst er hervor. »Bitte.«

Sophie löst sich von mir, wendet sich Henry zu und streichelt federleicht über seinen Hodensack. Sie schmunzelt, als ein Grollen aus seiner Kehle dringt. Ich knie mich neben die beiden und sauge an seinem Schaft, umschließe ihn dabei aber nur ganz locker mit meinen Lippen. Ohne Vorwarnung nehme ich ihn tief in meine Kehle auf, nur um ihn einem feuchten Geräusch wieder aus meinem Mund rutschen zu lassen. Meine Zungenspitze streicht über die geschwollene Eichel, gerade so sachte, dass es nicht genug ist.

»Biest!« Henrys Becken folgt meinen Bewegungen. Schließlich kann ich mich nicht länger beherrschen, knie mich über ihn und greife mir seinen Schwanz, um ihn ohne weiteres Spielen tief in mich hinein gleiten zu lassen.

Wir seufzen beide auf. Meine Muskeln beginnen um ihn zu pulsieren. Ich wiege mich auf ihm, finde meinen Rhythmus. Die köstliche Reibung lässt mich fast vergehen vor Lust.

Henry, der seine Hüften stillhält, dreht seinen Kopf zu Sophie und streckt einen Arm nach ihr aus. »Komm her«, schnurrt er einladend.

Sie kniet sich über ihn, ihr Geschlecht über seinem Gesicht, und stützt sich mit beiden Händen auf der Matratze ab. Sogleich beugt sie sich vor und beginnt genießerisch meine Klitoris mit ihrer Zunge zu stimulieren. Hitze schießt durch meinen Unterleib. Henry hat eine Hand zwischen Sophies Beine geschoben, um die Schamlippen zu spreizen, und leckt hingebungsvoll an ihr. Dann und wann entlockt er ihr kleine, spitze Laute. Die Bilder in meinem Kopf … Taucht er seine Zungenspitze in ihren Eingang? Saugt er an ihrer Perle, wie ich es gern täte? Stöhnend greife ich in Sophies flammenfarbenes Haar und bedauere, sie nicht küssen zu können; ihr Gesicht bleibt verborgen an der Stelle, an der Henry und ich verbunden sind.

Da beginnt er sich in mir zu bewegen und ein süßes, schmelzendes Gefühl raubt mir die Sinne. Die nassen Geräusche, die sein Mund an Sophies Geschlecht macht, und wie er im Rhythmus seiner Stöße in sie hinein stöhnt, erregen mich über alle Maßen. Das Aroma ihres Blutes steigt um uns auf. Henry muss eine Ader an ihrem Oberschenkel durchstoßen haben; ich höre, wie er ein paar gierige Schlucke von ihr trinkt. Sophie seufzt wohlig, als er fortfährt, sie mit seiner Zunge zu verwöhnen. Sein Schwanz zuckt und wird noch härter in mir, ich massiere ihn mit meinen Muskeln und entlocke Henrys Kehle raue, animalische Töne. Meine Hand verirrt sich von hinten zwischen seine Beine und umfasst seine Hoden. Henry keucht auf. Seine Stöße werden erratisch, unkontrolliert. Ich folge seinen Bewegungen, mein Inneres zieht sich lustvoll zusammen. Sophie saugt an meiner Klitoris, die zweifache Stimulation bringt mich an den Rand der Ekstase. Liebesworte, derbe Ausrufe, alles sprudelt ungehindert aus meinem Mund, während ich das Zusammenspiel unserer Körper genieße.

Henry bringt Sophie mit seinem cleveren Mund zum Höhepunkt. Ihr langgezogenes Stöhnen, das Vibrieren ihrer Stimme am Zentrum meiner Lust gibt mir den Rest. Ich kippe mein Becken, um Henrys Schwanz noch tiefer in mich aufzunehmen, und komme mit lang anhaltenden, heftigen Wellen. Sophie kniet sich neben uns, um mich anschauen zu können. Henry bäumt sich auf und stößt einen heiseren Schrei aus, während sein Samen in mich zu strömen beginnt. Seine Hände in meinem Haar vergrabend, zieht er mich an sich und küsst mich innig. In seinem Mund schmecke ich Sophie, ihr Blut und ihre Weiblichkeit, und sauge beides bis zum letzten Tropfen gierig in mich auf.

17
DAS VERSPRECHEN

SOPHIE

Lydia küsst Henry ein weiteres Mal, dann wendet sie sich mir zu und drückt mich fest an sich. Ihre Augen strahlen wie zwei dunkle Sterne. »*Gioia mia.*«

Wir tauschen ein paar zärtliche Küsse und kuscheln uns an Henry. Er sieht fertig aus, bleich und erschöpft, trotz der Röte auf seinen Wangen und seiner Brust. Meine Hand ertastet eine feuchte Stelle auf dem Laken. Erschrocken stelle ich fest, dass es Blut ist, frisches Blut, das aus einer aufgebrochenen Narbe am Bauch tropft.

Lydia beugt sich über ihn. »Alles in Ordnung«, protestiert er benommen.

»Das sehe ich anders.« Sie betrachtet die Wunde kritisch und schaut dann Henry ins Gesicht. »Es gibt nur eine Möglichkeit, das besser zu machen.«

Sie beißt in ihr Handgelenk und hält es an seinen Mund. Er beginnt zu trinken, stoppt dann aber und runzelt die Stirn. »Das tut dir weh. So möchte ich es nicht.«

»Tu, was ich dir sage, *testa di legno*.«

Wenn Lydia schimpft, geht ihr etwas wirklich nahe. Henry scheint das zu verstehen; er legt eine Hand an ihre Wange und streicht zärtlich mit seinen Lippen über ihre, bis sie den Kuss erwidert.

»Lass es uns hier mal probieren«, sagt er zu ihr, küsst ihren Hals und ritzt die Haut mit seinen Zähnen. Um ihm besseren Zugang zu bieten, schiebt Lydia ihr Haar beiseite. Ihre Lippen sind zusammengepresst. Zwischen ihren Augen bildet sich eine steile Falte. Sie wappnet sich für Schmerzen.

Henry zögert.

»Trink von mir«, biete ich ihm an.

Seine eisblauen Augen blicken besorgt. »Nicht, dass du uns nachher umkippst.«

»Dann hole ich es mir zurück.«

Er schmunzelt, was mit blutigen Lippen ein bisschen gruselig aussieht, und streichelt meinen Bauch. Auf die empfindliche Stelle zwischen Oberschenkel und Schamhügel, da, wo er während unseres Liebesspiels meine Haut mit seinen Zähnen verletzt hat, presst er seinen Mund. Erst leckt er mit der Zungenspitze über die Wunde, dann beginnt das mir vertraute Ziehen. Während Henry trinkt, zerzausen meine Hände sein Haar, das immer noch feucht ist. Unser Tun hat etwas Liebevolles, auf diese Weise.

Lydia schaut interessiert zu. Als ich mich unter Henrys Händen zu winden beginne, weil das Saugen eher stimuliert als schmerzt, lächelt sie wissend und ein wenig melancholisch.

»Wenn beide es wollen, wirkt das Beißen erotisch. Ich hatte … Erlebnisse, die es mir schwer machen, das zu genießen. Außer mit dir, Sophie.«

»Lass mich von dir trinken. Dann kann Henry sich nehmen, was er braucht.«

Auf diese Weise bekommen wir alle wieder Lust auf Sex. Da Henry aufpassen muss, um keinen weiteren Schaden bei seinen Narben anzurichten, lassen Lydia und ich ihn zuschauen. Das macht ihn so wild, dass eines zum anderen kommt. Es dauert lange, bis sie mich schlafen lassen.

Zwischen zwei Vampiren zu liegen, befriedigt und ein bisschen blutig, sollte mein Risikobewusstsein in Alarmbereitschaft versetzen. Aber mir ist klar geworden: Die wahren Monster lauern irgendwo da draußen. Wider besseren Wissens hoffe ich, dass sie uns hier nicht finden werden. Das ist mein letzter Gedanke, bevor mich der Schlaf überwältigt, an Lydias Brust geschmiegt, Henrys Hand auf meiner Hüfte.

Das Erste, was ich beim Erwachen sehe, ist Raouls grinsendes Gesicht. Sofort greife ich unter mein Kopfkissen und schnappe mir Mellis Säbel, der dort seit meinem Kontrollgang durch die Wohnung bereit liegt. Raoul blockt meinen Hieb ab und presst mir seine knochige Hand auf den Mund, um mich am Schreien zu hindern. »Ruhig, hör mir erst mal zu, bevor du mich mit deiner Waffe aufschlitzt.«

Wütend starre ich ihn an. Er scheint es nicht einmal nötig zu haben, mir den Säbel wegzunehmen, so wenig Kampfgeschick traut er mir zu.

»Hältst du jetzt still?«

Grimmig nicke ich und lasse den Säbel sinken. Raoul nimmt seine Hand fort. »Wo sind Henry und Lydia?«, platzt es aus mir heraus, bevor er überhaupt einen Ton sagen kann.

Kurz erscheint etwas wie Mitleid auf seinen schroffen Zügen. »Für die beiden kannst du gerade nichts tun. Sie sind verhaftet worden. Auf sie wartet das Feuer.«

»Was ist mit mir, warum hat mich der Tumult nicht geweckt?«

»Offenbar hat der Vampirrat ein paar härtere Geschütze aufgefahren. Da der Blick bei dir nicht wirkt, scheinen sie dir etwas gegeben zu haben, das dich komplett ausgeknockt hat.«

Frustriert stöhne ich auf und presse mir die Hände an die Schläfen. Raoul sagt wahrscheinlich die Wahrheit, denn mein Kopf fühlt sich an, als hätte jemand mein Gehirn entfernt und stattdessen Watte hineingestopft.

Plötzlich werde ich mir meiner Nacktheit bewusst und ziehe mir die Decke bis ans Kinn.

»Keine Sorge, das interessiert mich überhaupt nicht.« Mein Blick muss Bände sprechen, deswegen fügt er hinzu: »Dein Blut nehme ich mir gerade auch lieber nicht. Wer weiß, was für Substanzen sie dir verabreicht haben.«

»Warum bist du hier?«

»Sagen wir mal, Sara hat mir ein paar Hinweise gegeben. Damian hat offensichtlich nicht nur den Clan, sondern auch uns betrogen.«

»Damian?«

»Der Typ, der mein Partner war. Der aussieht wie ein Rechtsanwalt.«

»Alles klar.«

»Ich habe überhaupt kein Interesse daran, den Clan weiterhin zum Feind zu haben. Aber es sieht aus, als hätte Damian darauf hingearbeitet, dass es so bleibt, weil er als ein Mitglied des Vampirrats ein Abkommen mit den Pharmaleuten getroffen hat.«

»Was hat das mit mir zu tun?«

»Wenn Henry und Lydia uns beim Kampf gegen die Experimente unterstützen sollen, tue ich besser alles dafür, dass du überlebst. Sie scheinen einen Narren an dir gefressen zu haben.« Er lacht glucksend.

Seinen schlechten Wortwitz ignorierend, frage ich ihn: »Warum haben mich die vom Vampirrat nicht einfach umgebracht?«

»Vermutlich wollten sie warten, bis dein Blut wieder genießbar ist. Vampire verschwenden keine Nahrung. Die beiden Wachen, die sie für dich abgestellt haben, haben meine Leute erledigt.«

Sein wölfisches Lächeln macht mir nur deshalb keine Angst, weil die Sorge um Lydia und Henry mein gesamtes Denken einnimmt. Aber etwas Abstand wird mir guttun, um mich nicht mehr so dünnhäutig zu fühlen. »Jetzt gehe ich erst einmal ins Bad und ziehe mich an. Danach erzählst du mir, was euer Plan ist.«

Raoul überrascht mich, indem er mit leisem Spott eine Verbeugung andeutet. »Wird gemacht.«

»Und, Raoul? Du schuldest mir noch sechs Euro fünfzig. Ein Irish Coffee. Mit Trinkgeld, weil ich mir sicher bin, dass du meine Skizze vernichtet hast.«

Sein raues Lachen folgt mir, als ich meine Klamotten zusammensuche und ins Bad gehe.

Sara wartet am Märchenbrunnen auf mich, wie von Raoul angekündigt. Sie hat die Taschenlampe an ihrem Handy eingeschaltet, damit ich sie finden kann. Für alle, die nichts von Vampiren wissen, ist sie bloß eine junge Frau mit dunklem Haar, die eine Sporttasche bei sich hat. Mir macht sie ein wenig Angst, mit dem Zorn, der immer noch in ihren Augen lauert. Ihr Gesicht ist ausdruckslos wie eine Maske.

»Hey«, sage ich.

»Hey.«

Es ist nicht der Zeitpunkt, um schwierige Themen zu besprechen, wie zum Beispiel mein Misstrauen ihr gegenüber. Die angespannte Stimmung macht mich fertig. Ist ja auch gar nicht gruselig, mitten in der frostkalten Nacht durch den dunklen Park laufen zu müssen, mit nichts bewaffnet als mit einem nutzlosen Säbel. Raoul hat versprochen, sein Möglichstes zu tun, um, die beiden Gefangenen rechtzeitig zu befreien. Das ist das Einzige, das mich durchhalten lässt.

Sara bricht ihr Schweigen und erklärt mir nüchtern und ruhig, was sie vorhat. »Wir nehmen den Lieferanteneingang. Der ist am schwächsten bewacht. Die Wachen werde ich hiermit ausschalten.« Sie zeigt mir Tränengasspray, das sie aus ihrer Jackentasche holt.

»Das wirkt bei Vampiren?«

»Klar.«

»Hast du noch eine andere Waffe?«

»Hier.« Sie holt ein hässlich aussehendes Messer und einen Schlagstock hervor.

»Wann hast du gelernt, damit zu kämpfen?«

»Gar nicht. Aber glaub mir, wenn es sein muss, kann ich damit umgehen.«

»Ähnlich wie ich mit dem hier?« Ich schwenke Mellis Säbel. Der sieht zumindest beeindruckend aus.

Sara lacht. »Pass auf, dass du dich damit nicht selbst aufspießt.«

»Was muss, das muss.« Das ist ein tapferer Versuch, Coolness zu demonstrieren. In Wahrheit klappern meine Zähne so heftig, dass mein Kiefer schon ganz verkrampft ist. Aber das muss Sara nicht wissen.

Mit zusammengekniffenen Augen mustert sie mich für einen Moment. »Passt. Aber denk daran, wahrscheinlich werden wir abgesehen von den Wachen mit niemandem kämpfen müssen. Wir sind nur für die Aktenordner zuständig, dann verschwinden wir wieder.«

So sehr wie in diesem Moment habe ich mich noch nie nach einem ganz normalen Alltag gesehnt.

Nach etwa 20 Minuten gelangen wir an eine Baustelle. Ein mehrstöckiges Gebäude, so weit ich im Dunkeln erkennen kann. Ich erinnere mich vage, von Sylvie etwas über einen neuen Wohnkomplex im Friedrichshain gehört zu haben.

»Hier?«

»Ja. Das Hauptquartier des Clans befindet sich im Keller.«

Kurz vor einer Tür mit der Aufschrift ›City Sheriffs‹ machen wir Halt. Irgendwann muss ich Lydia mal fragen, was sich der Clan bei diesem Firmennamen gedacht hat. Falls wir beide morgen noch da sind.

Eine LED-Leuchte über der Tür spendet ein kaltes Licht. Ich betrachte die bulligen Kerle mit Bomberjacken und Mützen, die sich rechts und links des Eingangs postiert haben. Eine Ratte läuft über meinen Fuß und lässt mich zusammenzucken. Fast hätte ich den Säbel fallen lassen.

Sara greift nach meinem Arm und drückt zu, noch nicht schmerzhaft, aber ein deutliches Warnsignal, mich zusammenzureißen. Sie greift in ihre Jackentasche, um einen kleinen Gegenstand hervorzuholen. Vorsichtig, nahezu lautlos, öffnet sie den Reißverschluss ihrer Sporttasche und holt den Schlagstock heraus.

Die beiden Wachen wissen gar nicht, wie ihnen geschieht. Schon hat Sara ihnen das Tränengas ins Gesicht gesprüht. Fluchend pressen sie sich die Fäuste vors Gesicht. Sara springt auf sie los und zieht einem der Kerle eins mit ihrem Schlagstock über. Er kippt um und rührt sich nicht mehr. Der andere stürzt sich auf Sara und übersieht mein ausgestrecktes Bein. Mit einem dumpfen Aufschlag treffen seine Knie auf den Betonboden. Zeitgleich landet Sara einen wuchtigen Fausthieb in seinem Solarplexus. Mit einem Röcheln klappt er zusammen und krümmt sich auf dem Boden.

Ohne abzuwarten, ob die Kerle sich wieder hochrappeln, drückt Sara die schwere Tür auf. Wir eilen durch schwach beleuchtete Gänge, bis wir Kampflärm hören.

Offensichtlich ging die Befreiungsaktion nicht ganz so glatt, wie Raoul sich das gedacht hat.

Sara bedeutet mir, dass wir eine andere Abzweigung nehmen müssen. Gefühlt endlos rennen wir durch einen Gang nach dem anderen, unsere Schritte viel zu laut auf dem grauen Vinylboden. Endlich stehen wir in einem Flur, in dem sich mehrere Büros befinden. Auf einem der Schilder steht ›Damian Müller‹. Die Tür ist offen, ein Lichtschein dringt nach außen.

Ich schaue Sara fragend an. Sie tauscht den Schlagstock gegen das gezackte Messer. Dann macht sie eine Kopfbewegung in Richtung der Bürotür.

Als wir den Raum betreten, bietet sich uns ein abstoßendes Szenario: Der Bankertyp hat eine Frau an der Kehle gepackt und trinkt ihr Blut, während er sich gleichzeitig auf seinem Handy irgendwelche Videos anschaut.

Schockiert erkenne ich Lydias Stimme: »Deswegen rufen wir euch auf: Lasst euch nichts vormachen, wehrt euch gegen die geplanten Experimente!« Das ist nicht irgendein Video, sondern Henrys und

Lydias Videobotschaft. Sie müssen sie mit seinem Smartphone aufgenommen und verschickt haben, während ich geschlafen habe.

Knurrend fährt der Vampir herum. Irgendein sechster Sinn hat ihn darauf aufmerksam gemacht, dass er Besuch bekommt. Seine Augen glühen wie die eines Raubtiers.

Mit einem verstörenden Krachen lässt er den Kopf seines Opfers auf die Schreibtischplatte knallen. Die Zähne gebleckt, ein eigenartiger Kontrast zu seinem gepflegten Aussehen, kommt er auf uns zugeschossen. Der Kerl ist blitzschnell, auf eine unheimliche Weise, wie ein Film, der vorgespult wird. Aber Sara hat ihn erwartet und rammt ihm ihr Messer mitten in die Brust, dreht es einmal herum und zieht es dann wieder heraus. Sein Aufschrei endet in einem Gurgeln und er stürzt zu Boden. Das Blut sprudelt aus seiner Wunde wie Wasser aus einem Zimmerbrunnen.

»Schnell jetzt, bevor er sich erholt!« Sara öffnet ihre Sporttasche und schaufelt förmlich die Aktenordner hinein, die sie in einem Stahlregal findet.

»Die alle?«

»Nein, nur die, auf denen ›Projekt Defensio‹ steht.«

Damian versucht sich hoch zu stemmen. Während die Blutlache um ihn herum stetig wächst, füllen wir Saras Sporttasche mit Akten.

»Was ist mit der Frau?«

»Vergiss sie. Schnell raus hier.«

Als wir die Gänge entlang hetzen, ertönt hinter uns ein wütendes Brüllen. Wie gut, dass Sara weiß, wo wir hinmüssen.

Aber weiß sie es wirklich? Irritiert schaue ich um mich. Die Gänge sehen zwar alle gleich aus, aber an grünen Türen sind wir vorhin nicht vorbeigekommen. Außerdem werden die Kampfgeräusche lauter.

»Wo willst du hin?«, frage ich, etwas außer Atem.

Sara antwortet nicht, sondern beschleunigt ihren Schritt. Die schwere Sporttasche trägt sie mit einer Hand, als wären fünfzehn Kilo Akten nichts.

Um sie zu stoppen und zur Rede stellen, haste ich hinter ihr her und pralle beinahe gegen ihren Rücken. Der Anblick, der sich mir bietet, schockiert mich. Vor uns im Gang kniet Raoul auf dem Brustkorb eines Vampirs, den ich nicht kenne. Er hält ihm ein Messer an die Kehle und der Vampir schluckt sichtbar.

»Zum letzten Mal, wo wurden sie hingebracht?«

»Serverraum«, presst der Vampir hervor und versucht sich aus Raouls Griff zu winden. Sein Fehler. Der Abtrünnige zögert nicht und rammt ihm das Messer direkt in den Kehlkopf. Blut quillt aus der Wunde. Raoul wischt das Messer an der Kleidung seines wimmernden Gegners ab und steht auf. Er muss Sara und mich vorher schon wahrgenommen haben. Ohne Hast oder Überraschung dreht er sich zu uns um und fragt mit gerunzelter Stirn: »Hattet ihr nicht den Auftrag, euch mit den Akten zum Ausgang zu begeben, so schnell wie möglich?«

»Da wäre noch eine Kleinigkeit.« Saras Stimme ist kalt.

»Ja?« Raoul hingegen klingt gelangweilt.

»Ich möchte, dass du dich der Gerichtsbarkeit des Clans stellst«, fordert Sara. »Du hast genügend Verbrechen begangen. Die reichen locker für das Feuer.«

»Du hast sie wohl nicht mehr alle!« Der Abtrünnige, der sie zum Vampir gemacht hat, starrt Sara ungläubig an. »Her mit den Akten, aber schnell!«

»Nein. Die bekommst du nur, wenn du dich ihnen stellst.«

Raoul tritt auf Sara zu, das blutige Messer noch in der Rechten, und streckt seine linke Hand nach der Sporttasche aus. »Her damit.«

Seine Stimme ist tief und seine Augen bodenlos wie ein Tor zur Nacht. Ich erkenne den Zauber, den Henry und Lydia als den Blick bezeichnet haben.

An Sara prallt er wirkungslos ab.

Sie stürzt sich auf Raoul und ich sehe eine gezackte Schneide in ihrer Hand aufblitzen, das Messer, mit dem sie bereits Damian verwundet hat. Tief stößt sie es in die Brust des Abtrünnigen. Raoul reißt entsetzt Augen und Mund auf, verliert durch die Wucht des Stoßes das Gleichgewicht und landet auf dem Rücken.

Wie vom Donner gerührt stehe ich da. An und für sich befriedigt es mich, Raoul am Boden zu sehen. Aber er ist der Einzige, der ein Interesse daran hat, Henry und Lydia vor dem Feuer zu bewahren. Dass Sara auf meiner Seite steht, glaube ich jetzt nicht mehr.

Sie wirbelt zu mir herum, die Zähne gebleckt, in der eindeutigen Absicht, eine kleine Stärkung für den Weg zu sich zu nehmen. Nicht mit mir. Ich schlage mit Mellis Säbel nach ihr. Sara schnaubt verächtlich und entwaffnet mich mit einem gut gezielten Tritt. Sie packt mich und hält mich eisern fest. Die Hand, an der ihr Fuß mich getroffen hat, schmerzt höllisch. Meine Jacke rutscht zur Seite. Meine linke Hand, die unverletzt ist, findet ein Gewicht in der Innentasche, das da nicht hingehört. Kühl, glatt … Die Flasche mit dem Weihwasser!

Während Sara mein Shirt und den Kragen meiner Jacke zur Seite schiebt, um besseren Zugang zu meiner Halsschlagader zu finden, schließen sich meine Finger um den Flaschenhals. Vorsichtig, um damit nicht im Innenfutter hängen zu bleiben, tastet sich meine Hand Millimeter um Millimeter vorwärts.

Einhändig drehe ich den Schraubverschluss auf, ganz langsam, um Sara nicht auf mein Tun aufmerksam zu machen.

Ein scharfer Schmerz an meinem Hals. Sara hat zugebissen. Ich reiße meinen Arm hoch und schütte ihr das Weihwasser über den Kopf.

Kreischend weicht sie zurück, ihre Lippen rot von meinem Blut, klatschnasse Haarsträhnen an Stirn und Wangen klebend. Den Rest des Wassers spritze ich ihr mitten ins Gesicht. Ihre Haut beginnt Blasen zu werfen und sie stößt einen grauenhaften Schrei aus. Unterdessen rührt sich Raoul hinter ihr. Mist, den hatte ich ganz vergessen. Die Flasche ist so gut wie leer. Aber als Waffe kann sie mir noch dienen.

Blut schießt wie aus einer Fontäne auf mich zu und durchnässt meine Kleidung. Sara krümmt sich röchelnd am Boden. Erst begreife ich gar nicht, was passiert ist.

Dann tritt Raoul auf mich zu, sein blutiges Messer in der Hand. »Respekt, du bist schnell.«

Seine Stimme klingt schleppend, als hätte er einen über den Durst getrunken. Aber das Gegenteil ist der Fall. Er ist bleich wie der Tod. Die Adern auf seiner Stirn zeichnen sich bläulich ab.

»Wirst du jetzt beenden, was sie begonnen hat?« Mir schlottern die Knie. Meine Finger umklammern die Flasche fester.

»Sollte ich?« Raoul entblößt grinsend seine scharfen Eckzähne. Doch dann schwankt er und kann sich gerade noch mit einem Arm an der Wand abstützen.

Plötzlich weiß ich, was ich zu tun habe. »Du brauchst meine Hilfe. Du brauchst Blut. Sonst kannst du nicht kämpfen.«

»Stimmt.«

»Versprich mir etwas.«

Er stiert mich aus blutunterlaufenen Augen an, abwartend.

»Ich möchte, dass ihr nie wieder von Lebenden trinkt, gegen ihren Willen, weder du noch deine Leute. Wenn du mich hintergehst, schicke ich dein Foto an die Polizei.«

Raouls Gesicht ist ausdruckslos. Dann hebt er den Arm, nicht ohne Mühe, und zeigt auf das Ende des Gangs. »Da drüben ist die Küche. Im Kühlschrank sind Blutkonserven.«

18
ÄTZEND

LYDIA

Meine Arme und besonders meine Schultern schmerzen höllisch. *Porca puttana*! Noch nie, in all den Jahrhunderten, hat es jemand gewagt, mich gefangen zu nehmen. Jetzt passiert mir das gleich zweimal innerhalb weniger Stunden.

Die Handschellen, die Henry und ich tragen, sind jeweils mit Ketten an einem Ring befestigt. Die Ringe wurden in die Decke eingelassen. Die Ketten sind gerade so kurz, dass unsere Arme nach oben gezogen werden und eine unangenehme Spannung in den Gelenken entsteht, und so lang, dass wir mit den Knien den Boden erreichen. Wir können aufrecht knien, aber nicht in die Hocke sinken oder uns hinsetzen.

Unser Bewegungsspielraum ist zusätzlich eingeschränkt durch Ketten, die von den Handschellen zu den Fußringen um unsere Knöchel laufen. Unser Körperschwerpunkt ist durch die genau bemessene

Länge der Ketten ein kleines bisschen zu weit nach hinten verlagert. Wir kämpfen kniend permanent um unser Gleichgewicht und reißen dabei abwechselnd an unseren Fußknöcheln und an unseren Schultern und Handgelenken.

Sie haben uns graue Kleidung gegeben, eine kratzige Hose und ein Hoodie, sonst nichts. Besorgt sehe ich frisches Blut aus Henrys Verletzungen sickern und den Stoff dunkel färben. Dann ist da noch der Gedanke an Sophie wie ein glühender Dolch in meinem Herzen, schlimmer als alles, was mein Körper ertragen muss.

Wir sind beide zu klug, um unsere Kraft mit Wehklagen oder Hilferufen zu verschwenden. Eines muss ich dennoch loswerden: »Wusstest du davon, dass sie den Serverraum zu einem Folterkeller umfunktioniert haben?«

Henry lacht und verzieht dann vor Schmerzen das Gesicht. »Diese Ringe habe ich noch nie gesehen. Das muss Damians Tun sein. Die anderen scheinen auf ihn zu hören. Das wundert mich. Vielleicht hat er es im Alleingang entschieden.«

»Mich wundert so einiges hier.«

Als wäre das ein Stichwort, fliegt die Tür auf.

Anstelle des Exekutionskommandos steht ein ungleiches Paar im Eingang: Raoul, bleich und zerzaust, mit einem riesigen Blutfleck in der Mitte seines Sweatshirts, und Sophie. Mein Herz beginnt freudig zu klopfen. Ihre Haare sind eine wilde, abstehende Mähne. Sie trägt eine Sporttasche in der Hand, die schwer sein muss, nach ihrer angespannten Körperhaltung zu urteilen. So weit ich erkennen kann, ist sie unverletzt.

Anstatt einer Begrüßung fragt Raoul: »Seid ihr kampffähig?«

»Wenn du unsere Fesseln aufbekommst, ja«, entgegnet Henry.

»Du siehst nicht kampffähig aus, Clanchef.«

»Du auch nicht, Abtrünniger.«

Raoul lacht grimmig. »Oh doch.« Er zieht etwas aus seiner Hosentasche, das aussieht wie ein Schlüsselbund mit Stiften daran. »Hier. Das habe ich den Wachen abgenommen.«

Mit Henrys Fesseln macht Raoul kurzen Prozess. Er braucht jeweils zwei der Stifte, um die Handschellen aufzuschließen, und zwei, um die Fußfesseln zu öffnen.

Etwas steif erhebt sich mein ehemaliger Clanführer und reibt sich seine geschwollenen Gelenke.

»Hm. Entweder, hier funktionieren dieselben Schlüssel, oder wir haben ein Problem«, sagt Raoul und nimmt sich meiner Handschellen an.

Nach mehreren Fehlversuchen schleudert er den Schlüsselbund fluchend von sich. Sophie fragt besorgt: »Wie viel Zeit haben wir denn noch?«

»Wenn Sara Alarm geschlagen hat, keine«, entgegnet Raoul. Eine steile Falte hat sich zwischen seinen Augenbrauen gebildet und sein Gesichtszüge wirken dadurch noch schroffer als sonst.

»Sara? Sie ist nicht bei euch?«, fragt Henry erstaunt.

»Sie kocht ihr eigenes Süppchen«, sagt Raoul. »Aber jetzt darüber zu sinnieren ist nutzlos. Wir haben Wichtigeres zu tun. Hier kommt Plan B. Der ist gefährlich, aber effektiv.«

Er zieht ein kleines Fläschchen aus einer Innentasche seiner Jacke.

»Als Nächstes wirst du mich fragen, ob ich dir vertraue«, spotte ich.

Der Anführer der Abtrünnigen verzieht sein Gesicht zu einer humorlosen Grimasse. »Willst du hier raus oder nicht?«

Wortlos halte ich ihm meine gefesselten Hände entgegen.

»Lass mich das machen«, bietet Henry an.

»Soll mir recht sein.« Raoul reicht ihm das Fläschchen und kramt weiter in seiner Tasche, bis er gefunden hat, was er sucht. »Hier.« Er hält uns zwei Staubmasken entgegen. »Komm, Sophie, wir gehen beiseite, damit wir das Zeug nicht einatmen.«

Henry legt mir eine der Masken an und versucht dann, sich die andere aufzusetzen, aber sie ist zu klein. Ich betrachte das Fläschchen. Mein Blick fällt auf die Aufschrift auf dem Etikett. *Che palle*! Henry ist im Begriff, die Schlösser an meinen Handschellen mit Salpetersäure zu behandeln.

»Setz unbedingt diese Maske auf!«, ermahne ich ihn.

Von draußen ertönen Stimmen, noch weit weg, aber wahrscheinlich nicht mehr lange.

»Keine Zeit«, befindet Henry und öffnet das Fläschchen.

19
SARA
SOPHIE

Gebannt schauen wir alle zu, selbst Raoul, wie Henry mit ruhiger Hand die Säure auf das Schloss von Lydias rechter Handschelle träufelt. Er verschließt das Fläschchen und wartet geduldig, bis sich die Handschelle öffnen lässt. Dann wiederholt er dieselbe Prozedur auf der linken Seite. Mit einem kleinen Lächeln streckt und beugt Lydia ihre Finger, um sie zu lockern, und massiert ihre Handgelenke.

Die Stimmen auf dem Flur sind jetzt ganz nahe.

Henry wirft einen besorgten Blick zur Tür und wendet sich Lydias Fußfesseln zu.

Beim linken Fuß glückt die Prozedur erneut. Beim Lösen der rechten Fußfessel behält Henry das Fläschchen in der Hand, ohne es zu verschließen. Ungeduldig ruckelt er mit beiden Händen an dem Metall und rutscht ab. Die Hand mit dem Fläschchen zuckt zur Seite und ein paar Spritzer Säure landen auf seinem Gesicht. Henry brüllt auf und kneift instinktiv die Augen zusammen. Säure läuft auf den Teppichboden und brennt ein großes Loch hinein.

Vor Schmerzen stöhnend presst Henry sich beide Hände vor den Mund. Die Säure frisst sich in die Haut seiner rechten Wange. Auch die Stirn ist in Mitleidenschaft gezogen.

»Scheiße, Scheiße, Scheiße!« Panisch suche ich den Raum nach einem Waschbecken ab.

Die Tür springt auf und kracht gegen die Wand. Herein stürmen mindestens acht Vampire, darunter einer mit pinken Haaren. Hinter ihnen Sara, das verbrannte Gesicht zu einer Maske des Triumphs verzerrt. »Gerade noch rechtzeitig, um sie aufzuhalten!«, ruft sie aus.

Hinter ihr drängen weitere Vampire in den Raum. Raouls Verstärkung ist angekommen und mischt die Neuankömmlinge von hinten auf.

Lydia reißt sich die letzte Fußfessel ab, deren Schloss zum Glück doch noch nachgibt, und stürzt sich auf eine Vampirin mit schwarzen Locken. Henry, die Verätzungen in seinem Gesicht ignorierend, knallt den Typen mit den pinken Haaren gegen eine Reihe von Servern zu seiner Rechten. Eine zierliche Brünette rennt mit einer Axt in der Hand auf die beiden zu.

Hier habe ich nichts verloren. Schritt für Schritt schleiche ich mich an dem Getümmel vorbei, die Sporttasche mit den Akten in der linken Hand, die leere Glasflasche in der anderen.

Gerade bin ich durch die Tür und überlege, in welche Richtung der Ausgang liegt. Plötzlich spüre ich einen Blick auf mir und fahre herum. Da steht Sara, einen grimmigen Ausdruck auf ihrem zerstörten Gesicht. »Das gehört mir.« Sie greift nach der Tasche und bringt mich zum Taumeln, da der Trageriemen über meine Schulter geschlungen ist. Ich stemme meine Füße in den Boden und halte den Trageriemen, der mir von der Schulter rutscht, mit beiden Händen fest. Sara tritt mir in den Bauch, mir bleibt die Luft weg und ich krümme mich wimmernd zusammen. Sie reißt mir die Tasche aus den schlaffen Händen und rennt davon.

Ohne nachzudenken oder auf meine Schmerzen zu achten, stolpere ich hinter ihr her. Diese Akten müssen unbedingt zu Henry zurück.

Ein Vampir blockiert unseren Weg; nicht irgendeiner, sondern der Bankertyp, den Sara mit ihrem Messer abgestochen hatte, Damian.

Mit einem süffisanten Lächeln greift er nach Saras Handgelenken. »So schnell wirst du mich nicht los. Her mit der Tasche!«

Wutentbrannt schnappt sie nach ihm, aber er weicht ihr aus und schlägt ihr brutal ins Gesicht. Sara geht zu Boden und Damian nimmt sich die Tasche.

Dann zögert er und schnuppert. Ein breites Grinsen breitet sich auf seinem glatten Gesicht aus, das ihn aussehen lässt wie ein Filmmonster. Er entdeckt mich und nähert sich mir mit ausgebreiteten Armen. »Ich rieche Menschenfleisch!«

Ich hole mit meiner leeren Weihwasserflasche aus. Damian blockt den Schlag mühelos ab und schubst mich gegen die Wand. Ich fluche und ramme mein Knie in seine Weichteile, aber er knurrt bloß. Seine Zähne bohren sich wie feurige Dolche in meinen Hals. Das verhasste Ziehen beginnt. Die Hände des Vampirs umklammern unerbittlich meine Schultern, seine Finger drücken sich in mein Fleisch. Er trinkt und trinkt und hört gar nicht mehr auf. Mir wird schwindlig. Schwarze Schleier trüben meinen Blick. Wenn ich den Kerl nicht sofort stoppe, wird er mich töten.

Mit dem Mut der Verzweiflung gelingt es mir, meine Hand mit der Glasflasche, die ich noch immer umklammert habe, hochzureißen und sie an seine Schläfe zu donnern. Er grunzt überrascht, sein Kopf fliegt nach hinten. Ein scharfer Schmerz brennt an meinem Hals, die Zähne des Vampirs, die ruckartig aus den Wunden gezogen werden. Seine Hände umklammern immer noch meine Schultern, im Fallen reißt er mich zu Boden. Mein Kopf kommt hart auf. Die Luft wird aus meinen Lungen gepresst, als sein schwerer Körper auf mir landet.

Eine Bewegung hinter Damian lässt mich aufblicken. Eine Hand greift nach dem Trageriemen der Sporttasche und zieht daran, bis er loskommt.

Sara, das Gesicht blutüberströmt, stemmt sich hoch, ein wenig wacklig, und wuchtet die schwere Tasche über ihre Schulter.

Das Letzte, was ich sehe, ist, wie sie in einem aberwitzigen Tempo mit der Sporttasche um eine Ecke des Gangs biegt, ohne einen Blick zurück zu werfen. Dann wird es Nacht um mich.

20

BEERENAROMA

LYDIA

Typisch, dass der Vampirrat das Jägerteam des Clans vorschickt, bevor man die eigenen Leute riskiert. Gegen Pat, Nadira und Linda zu kämpfen wird hart; nicht nur, weil sie perfekt ausgebildet sind, sondern auch, weil die Jäger für mich wie Geschwister sind. Niemals hätte ich gedacht, dass ich einmal auf der Seite der Abtrünnigen gegen sie kämpfe.

Sie wollen uns in den Serverraum zurückdrängen. Das müssen wir verhindern und uns zum Ausgang durchschlagen. Alleine werde ich nicht lange standhalten, und Henry vermutlich auch nicht. Raouls Leute sind unsere einzige Chance.

Ich stürze mich auf Nadira und wir rollend knurrend und fauchend wie zwei Katzen über den Boden. Henry schlägt Pat mit einem Fausthieb nieder und schleudert ihn gegen seine geliebten Server. Es scheppert und einige der blinkenden Kästen fallen um. Ich kann mir ein Zusammenzucken nicht verkneifen. Armer Pat. Wenn er zu sich kommt, wird er über den Zustand seiner Hardware weinen.

Pats Sturz lenkt mich eine Millisekunde zu lange ab. Nadira nutzt das sofort aus und schließt ihre Hände um meinen Hals. Jetzt muss ich schnell sein. Mein Knie schießt hoch und rammt ihren Bauch, aber die Kraft reicht nicht aus, um ihr ernsthaft Schmerzen zuzufügen. Der Klammergriff um meinen Hals wird fester anstatt lockerer und ich beginne Sterne zu sehen, weil Nadira mir die Blutzufuhr zum Kopf abdrückt. Schlagartig verschwindet ihr Gewicht von meiner Brust. Es ist Raoul, der sie von mir fortzerrt und ihr den Knauf seines Messers gegen die Schläfe knallt.

Unsere Blicke begegnen sich. »Muss ja nicht alle klugen Köpfe hier ausschalten«, murmelt er beinahe verlegen. Wahrscheinlich hat Sophie ihn genauso weichgekocht wie mich. Anders kann ich mir sein Verhalten nicht erklären.

Nicht alle Abtrünnigen sind für einen unblutigen Sieg. Voller Entsetzen sehe ich einen der jüngeren Vampire in Flammen aufgehen. Einer von Raouls Leuten hat Benzin und Flammenwerfer hier rein geschmuggelt.

»Ergebt ihr euch?« Das ist Henry. Wahrscheinlich geht es ihm so wie mir darum, weiteren Schaden zu verhindern.

Außer Linda, die ihre Axt drohend erhoben hat und von drei Abtrünnigen umringt wird, steht kaum noch jemand vom Jägerteam. Der Verbrannte zuckt ein paar Mal und rührt sich dann nicht mehr.

»Lasst uns gehen. Wir wollen einfach nur hier raus«, sage ich und schaue Linda eindringlich an.

»Dann haut ab, bevor ich euch in kleine Stücke hacke für das, was ihr Ronald angetan habt«, zischt sie hasserfüllt.

Als wir uns zur Tür begeben, hält uns niemand auf.

Draußen auf dem Gang liegen mehrere Vampire, Freund und Feind, wenn es da überhaupt noch eine Unterscheidung gibt, in verschiedenen Stadien der Bewusstlosigkeit.

»Sobald ich Sara in die Finger kriege, kann sie froh sein, wenn es nur das Feuer wird«, presst Raoul zähneknirschend hervor. Aber von der jungen Vampirin ist keine Spur zu finden, ebenso wenig wie von der Tasche mit den Dokumenten.

Henry wendet sich mir zu. Die Verätzung mit der Salpetersäure lässt ihn immer noch zum Fürchten aussehen, doch die Haut beginnt bereits zu heilen. Seine hellen Augen blicken besorgt. »Wann hast du Sophie zum letzten Mal gesehen?«, fragt er.

Heißer Schrecken durchfährt mich. »*Madonna santa*! Ich weiß es nicht!«

Wir durchsuchen einen Gang nach dem anderen, immer auf der Hut, falls doch noch weitere Verfolger auftauchen.

»Wir müssen jetzt los, sonst war alles umsonst«, drängelt Raoul.

»Wo ist sie? Wo ist Sophie?« Schmerz wummert in meinem Gesicht, mein Knöchel brennt wie Feuer. Trotzdem kann ich nicht aufhören nach ihr zu schreien.

»Du wirst dein Mädchen schon noch finden.« Das ist Raoul, desinteressiert wie immer.

Henry kniet sich hin und wälzt einen bewusstlosen Vampir beiseite, Damian, registriere ich leidenschaftslos. Da liegt Sophie, bleich wie der Tod, ihr flammenfarbenes Haar dunkel verklebt. Neben ihr auf dem Boden sind Scherben verstreut, Reste einer zerbrochenen Flasche.

»Sophie.« Erschüttert beuge ich mich über meine Liebste und hauche einen Kuss auf ihre bleiche Stirn.

»Der Blutverlust ist sehr hoch, wahrscheinlich ist sie nur noch am Leben, weil sie zuvor von dir getrunken hat«, flüstert Henry mir ins Ohr.

Meine Bluttränen fallen auf ihr Gesicht. Da kommt Leben in sie. Ihre Lippen zucken und ihre rosa Zungenspitze schießt heraus, erwischt aber keinen der Tropfen. Ich fange einen von meiner Wange und halte ihr meinen Finger hin, den sie gierig ableckt.

»Dein Blut schmeckt köstlich«, krächzt Sophie. »Vampir mit Beerenaroma.« Dann fallen ihr die Augen wieder zu.

EPILOG

»Das ist atemberaubend, Sophie.«

Manu tritt an meine Seite und wir betrachten das Bild, das ich von Lydia gemalt habe.

Sie steht vor einem nachtblauen Himmel, die Arme weit geöffnet, den Blick nach oben gerichtet. Jeans und Pullover, beides dunkelblau, schmiegen sich an ihren Körper wie eine zweite Haut. Weiß leuchten ihr Gesicht, die Hände und die bloßen Füße in der Dämmerung. Ihre ganze Haltung strahlt Frieden aus.

Unsere Vernissage findet in einem hellen Raum in Weißensee statt. Manu und ich brauchten einen Ortswechsel. Alle Gäste, die wir eingeladen haben, sind gekommen. Auch Katrina zusammen mit ihren Eltern, Sylvie, Oskar mit seinem Hund RiffRaff, mein Autorenfreund David, Melli, deren Wohnung ich gemeinsam mit meiner Schwester und meinen Mitbewohnerinnen in Ordnung gebracht habe, und sogar Lukas Quast.

Der Galerist erzählt gerade voller Begeisterung von einem Wettbewerb, an dem ich seiner Meinung nach unbedingt teilnehmen sollte. »Figurative Malerei!«, schwärmt er. »Das ist wie für sie gemacht.«

Lydia hört ihm höflich zu und lächelt in den passenden Momenten. Sie hat mir gestanden, dass sie ihn schrecklich langweilig findet.

Aber ja, vielleicht ist es keine schlechte Idee, mich zu diesem Wettbewerb anzumelden. Warum nicht! Ich schwinge deutlich lieber den Pinsel als irgendwelche Nahkampfwaffen.

Sara hat Berlin verlassen. Darüber bin ich nicht traurig. In einem anderen Leben hätte sie eine Freundin werden können. Aber als Damian uns angegriffen hat, hätte die Vampirin mich, ohne mit der Wimper zu zucken, sterben lassen.

Die Dokumente sind fort, vermutlich da, wo Sara ist. Mit großer Wahrscheinlichkeit besitzt der Clan eine digitale Version. Raoul schmiedet schon Pläne, sich in Damians Daten einzuhacken. Die Videobotschaft hat weite Kreise gezogen, bis hin zu den vernünftigeren Ratsmitgliedern. Es werden immer mehr Stimmen laut, die fordern, Henry solle wieder als Clanchef eingesetzt werden. Vielleicht wird er eines Tages mit der Korruption aufräumen können. Wie er durfte auch Lydia ihre Wohnung behalten, bisher hat niemand sie aufgefordert zu gehen.

Manu hat sich von ihrer Vergiftung erholt, nachdem Katrina und ich ihr einen winzigen Schuss Vampirblut in einen Smoothie gemixt haben. Hoffentlich kommt sie uns nie auf die Schliche, sonst können wir uns etwas anhören. Einen neuen Arzt hat der Clan noch nicht gefunden, so weit Raouls Informationsquellen reichen. Die Abtrünnigen mussten seit jeher ohne medizinische Hilfe auskommen. Um so wichtiger, dass die ständigen Scharmützel mit dem Clan endlich aufhören.

Ich bin immer noch ein Mensch. Der Blutverlust war hoch, aber es hat gerade noch zum Überleben gereicht.

Getreu unserer Abmachung hat Raoul seinen Leuten untersagt, Blut von Lebenden zu nehmen, wenn es gegen den Willen dieser Person geschieht, ob Mensch oder Vampir.

Irgendwann wird mir Lydia vielleicht erzählen, was diesbezüglich der Grund ihrer eigenen Ängste ist. Sie hat sich immerhin bereit erklärt, mit Nadira darüber zu sprechen, die in ihrem menschlichen Leben Therapeutin gewesen ist. Die beiden kommunizieren miteinander, sozusagen außerhalb des Protokolls.

»Woran denkst du?«, fragt Henry, der lautlos neben mich getreten ist.

Ein Lächeln breitet sich auf meinem Gesicht aus, weil seine Worte mich an den bisher besten Sex meines Lebens erinnern. »Ich möchte den Tag pflücken. Jeden Tag. Und jede Nacht.«

Glossar

Norwegisch

Faen – Teufel noch mal!

Fy Søren – Heiliger! (als Fluch; wörtlich: Bei Sören! = norwegischer Heiliger)

Latein

Carpe diem – pflücke (nutze) den Tag; hier abgewandelt in

Carpe noctem – pflücke die Nacht

Italienisch

Nessun riposo per i malvagi – nach dem englischen geflügelten Wort »No rest for the Wicked«, Ursprung: Jesaja 57,20.21, Bedeutung: Übeltäter finden keinen Frieden

bene – gut

Chiudi il becco, stupida! – Halt die Klappe, Dumme!

Vorrei far l'amore con te. – Ich will mit dir Liebe machen.

Molto volentieri. – Sehr gerne.

caspita – verflixt

micione – Kater

bellissima – 1. meine Hübsche 2. wunderschön (aufs Haus bezogen)

porca vacca – verdammt noch mal (wörtlich: Schweinekuh)

porca puttana – verdammte Scheiße (wörtlich: Schweinehure)

Più scemo non potevi nascere – dumm geboren und nichts dazugelernt

non dire sciocchezze – red keinen Unsinn

tigre – Tiger

nella merda – in der Scheiße

merda – Scheiße

perché – warum/inwiefern

se solo sapesse – wenn er nur wüsste

sarei felice – ich würde mich sehr freuen

stronzo – Arschloch

che palle – so ein Mist

In bocca al lupo. Crepi il lupo. – Hals- und Beinbruch/toi toi toi (wörtlich: In den Mund des Wolfes. Der Wolf soll sterben! = sich Glück wünschen, auf Holz klopfen)

giusto – stimmt

pensa – denk nach

porca miseria – verdammter Mist (wörtlich: Schweineelend)

stupida oca – dumme Kuh

Dato che ci sciamo – Wenn ich schon dabei bin/Apropos

Ti amo. – Ich liebe dich.

gioia mia – mein Glück/meine Freude

cara – Liebes

testa di legno – Holzkopf

Madonna santa – Heilige Madonna (als Fluch)

DANKSAGUNG

Ein ganz herzlicher Dank gilt meinen Testleser*innen @j.b.blossum, @hagen.alverich und @annetteschwindt sowie meinem Bruder Béla, der sich tatsächlich an ein Genre gewagt hat, das er gar nicht liest. Vielen, vielen Dank für eure unbezahlbar wertvollen Hinweise! Ihr habt mir echt viel Arbeit beschert, vor allem die Wortwiederholungen zu bereinigen hatte es in sich. Ich kann gar nicht fassen, wie viel besser dieses Buch sich jetzt liest. Und natürlich schreibt man Whisky ohne e.

Eine Schlamperei muss ich zugeben: Ich habe darauf verzichtet, die Berliner Polizei nach Einwegspiegeln auf den Wachen zu fragen. Aber na ja … mit ziemlicher Sicherheit haben sie keine.

Meine Lektorin und Buchsetzerin @martinavolnhals hat es nicht nur geschafft, meinen Plot zurechtzurücken, sondern sie hat mir sozusagen noch einmal einen Crashkurs in Stilistik gegeben. Liebe Martina, ohne dich wäre ich nicht mal ansatzweise so zufrieden mit diesem Buch, wie ich es jetzt bin. Ein tief empfundenes Danke für deine tollen Ideen, deinen Zuspruch und deinen Humor. Und Damian ist natürlich ein Smombie. Im Funkloch in der Uckermark hat er es nicht lange ausgehalten, zum Glück.

Meine Coverdesignerin @yola.stahl_design hat mit viel Geduld und Fingerspitzengefühl das Entstehen dieses Covers begleitet. Ich bin absolut zufrieden und glücklich mit dem Ergebnis. Auch die Charakterkarten können sich sehen lassen, und der Buchtrailer. Vielen lieben Dank!

Die Bookstagram-Community, meine Kolleg*innen vom @chronistenturm, die @fantasy_montag-Community, meine Messe-Mitstreiter*innen und alle Bookies, die ich in den vergangenen Jahren kennen lernen durfte: Ihr seid toll! Ohne euch hätte ich erst gar nicht weitergemacht mit dem Schreiben. Es ist ein Wechselbad der Gefühle. Ihr macht mir Mut. Danke.

Last but not least: Meine Familie, deren Genres ich leider nicht schreibe, die aber den Alltag mit mir aushält. Ich liebe euch und bin so froh, dass ihr da seid.

VITA

Anna Hellmich erzählte schon als Kind sehr gerne spontan entstehende Geschichten.

Vampirromane liebt sie seit jeher, vor allem, wenn sie düster und romantisch sind, aber nicht ohne Humor. Ihre Vampire sind eher pragmatisch und frei von Glitzer, irgendwo zwischen Anne Rice und ›Trueblood‹.

Website: https://www.anna-hellmich.de

Social Media: https://www.instagram.com/anna_hellmich_autorin

BUCHWERBUNG

Wer noch mehr über Vampire lesen möchte: Eine Kurzgeschichte mit Sylvie und Leon wird in der Anthologie der @wortelfen »Von Mond zu Mond« erscheinen.

Wer Lust auf High Fantasy mit Cozy-Elementen hat: Zwei Bände meiner Steinkönig-Trilogie sind bereits erschienen. Der dritte und letzte Band erscheint im Frühherbst 2026.

DER STEINKÖNIG

Ein Wesen aus alter Vorzeit erwacht: Der Steinkönig. Eine junge Frau gerät zwischen die Fronten, entdeckt ihre magischen Gaben und nicht zuletzt die Liebe.

Rosa, 17 Jahre alt, lebt als Stallmagd am Hof des Fürsten Milan von Nortia. Nachdem sie miterleben musste, wie der finstere Sanas zwei ihrer Freunde in einem nächtlichen Ritual ermordete, flüchtet sie vom Hof. Der zweite Zeuge des Geschehens, der junge Hofzauberer Hanc von Temeryn, wird ihr Reisegefährte, Lehrer und Freund. Doch auch er scheint etwas vor ihr zu verbergen.

Welchen ihrer Verbündeten kann Rosa vertrauen? Wird es ihr gelingen, den Steinkönig als erste zu erreichen und seine Magie dem Zugriff der Machtgierigen zu entziehen?

Eine magische High-Fantasy-Geschichte über Freundschaft, Liebe und den Mut, sich einem übermächtigen Bösen entgegenzustellen.

DIE ROSE VON KATUNA

Eine Rose, die einen Krieg aufhält. Ein paar Samenkörner, die eine Hungersnot bekämpfen. Kann uralte Magie die Welt retten?

Ein Jahr ist vergangen, seit Rosa und Legiel den mächtigen Steinkönig geweckt und den dunklen Magier Sanas besiegt haben. Ihre Liebe wird auf eine harte Probe gestellt, als sich ihre Wege trennen. Die Heilkundige Hanerisa nimmt Legiel auf eine gefährliche Mission mit. Rosa wird in ihre vom Hunger geplagte alte Heimat Nortia gerufen, wo sie das geheimnisvolle Vermächtnis der Herrin Seidenbast erfüllen soll. Unterwegs begegnet sie bedrohlichen Alten Wesen, die gierig nach Erdmagie sind.

Niemand ahnt, wie die lückenhaft überlieferte Prophezeiung der Rose von Katuna die Welt verändern wird. Kann die vereinte Magie von Erde, Sonne, Wasser und Luft die Rose tatsächlich erblühen lassen? Können Rosa, Hanerisa und Legiel den alles vernichtenden Krieg verhindern?

»Die Rose von Katuna« ist eine märchenhafte Geschichte über Freundschaft, Liebe und den Mut, sich einem übermächtigen Bösen entgegenzustellen. Mit der Fortsetzung von »Der Steinkönig« präsentiert Anna Hellmich einen packenden und eigenständigen High-Fantasy-Roman voller Magie.